Tomorrow's parties

AU DIABLE VAUVERT

William Gibson

Tomorrow's parties

Traduit de l'américain par PHILIPPE ROUARD

Du même auteur

NEUROMANCIEN, roman, *J'ai lu*
COMTE ZÉRO, roman, *J'ai lu*
MONA LISA S'ÉCLATE, roman, *J'ai lu*
GRAVÉ SUR CHROME, roman, *J'ai lu*
LUMIÈRE VIRTUELLE, roman, *J'ai lu*
IDORU, roman, *Flammarion*, *J'ai lu*

Au diable vauvert
La Laune 30600 Vauvert
www.audiable.com
contact@audiable.com

Remerciements

À tous ceux qui ont attendu celui-ci avec une plus vive impatience que d'habitude, en particulier mes éditeurs, merveilleusement représentés par Susan Allison et Tony Lacey.

À Deb et Graeme et Claire, avec amour, pour m'avoir offert plus qu'un hébergement ordinaire.

À Julia Witwer, pour avoir été la première à lire ce texte et plus encore.

Et à tous les amis bien particuliers de ce roman : Gordon Begg, Judith Beale, Jessica Eastman, Karl Taro Greenfeld, Mark Halyk, Richard Kadrey, Lueza Jean Lamb, Roger Trilling, Jack Womack. Merci à tous.

Et au contingent postcyberpunk de Mexico qui, bien que j'eusse décliné leur très aimable invitation à faire une tournée alternative, m'ont encouragé avec leur chaleureux enthousiasme tout au long d'un chapitre crucial écrit à l'hôtel Camino Real.

10 mai 1999
VANCOUVER, B.C.

À Graeme et les Badchairs

1
Cité de carton

Son portable serré sous le bras comme la coquille de quelque espèce marine modeste mais peu chanceuse, Shinya Yamazaki fend la marée vespérale des anonymes aux parapluies pliés s'engouffrant, sur un staccato de chaussures noires, dans le cœur sans air de la station.

Aguerri aux coups de coudes, aux sacs Ginza alourdis d'emplettes, aux angles cruels des mallettes, Yamazaki et son petit coffret d'information s'enfoncent dans les profondeurs néon. Vers cet affluent de calme relatif, un couloir carrelé relie des escaliers mécaniques parallèles.

Des piliers gainés de céramique verte soutiennent une voûte grêlée de ventilateurs veloutés de poussière, de détecteurs de fumée, de haut-parleurs. Derrière les piliers, contre le mur dans le fond, les asiles de fortune des sans-abri s'emboîtent en un jeu de construction informe de cartons d'emballage de récupe. Yamazaki s'arrête et, oubliant un instant sa mission, prend de plein fouet le piétinement océanique de la migration quotidienne. Soudain, il aimerait tant être ailleurs.

Une luxueuse poussette à trois roues dirigée par une jeune élégante parfumée Chanel lui passe sur les orteils, provoquant une grimace de douleur. C'est lui, étourdi et nerveux, qui s'excuse, et il entrevoit l'enfant passager derrière un rideau souple de plastique rose, la lueur d'un jeu vidéo clignotant tandis que la mère poursuit résolument sa route.

Yamazaki soupire et claudique vers les abris de fortune. Il se demande brièvement ce que penseront les passants en le voyant pénétrer dans le cinquième carton sur la gauche. Arrivant tout juste à hauteur de sa poitrine, plus long que les autres, il a vaguement la forme d'un cercueil; un rabat maculé de traces de doigts fait office de porte.

Peut-être que personne ne le verra, pense-t-il. Lui-même n'a jamais vu quiconque entrer ou sortir de ces coquets taudis. On dirait que l'invisibilité de leurs occupants conditionne l'existence de telles structures dans le contexte de la station. Yamazaki est étudiant en sociologie, et de semblables tractations ont fait chez lui l'objet d'un intérêt tout particulier.

À présent il hésite, résiste à l'envie d'enlever ses chaussures pour les poser à côté de la paire de sandales en plastique jaune sale rangée à côté de l'entrée sur une feuille de papier cadeau soigneusement pliée. Non, se dit-il, songeant au risque d'une agression par un ennemi sans visage à l'intérieur du labyrinthe de carton. Mieux vaut rester chaussé.

Il lâche un nouveau soupir, se laisse choir sur les genoux, le portable serré entre ses mains. Il reste agenouillé un instant, attentif au piétinement des passants derrière lui. Puis, posant l'appareil sur le sol carrelé de la station, le pousse devant lui sous le rabat de carton ondulé et suit sur les mains et les genoux.

Il souhaite désespérément avoir trouvé le bon abri.

Il se fige soudain dans une lumière et une chaleur inattendues. Une lampe halogène emplit le minuscule réduit d'une fréquence solaire de désert. Sans aération, elle chauffe l'espace comme une cage de reptile.

« Entre, dit le vieil homme en japonais. Laisse pas ton cul traîner dehors. » Il est nu à l'exception d'une espèce de pagne torsadé fait d'un vieux t-shirt rouge. Il est assis en tailleur sur un tatami effiloché et taché de peinture. D'une main il tient une figurine vivement colorée, de l'autre une brosse fine. Yamazaki remarque que le jouet est un modèle de robot ou d'exosquelette de soldat. Il brille de bleu, de rouge et d'argent sous la lumière solaire. De petits outils jonchent le tatami : un rasoir, un cutter à métaux, des boucles de toile émeri.

Le vieil homme est très maigre, rasé de près mais il aurait besoin d'une coupe de cheveux. De longues mèches grises encadrent son visage émacié, et sa bouche semble marquée d'un pli d'éternelle amertume. Il porte des lunettes à lourde monture de plastique noir dont les verres aussi épais qu'archaïques accrochent la lumière.

Yamazaki obéit et rampe dans le carton, dont le rabat se referme sur ses semelles. En position quadrupède, il doit résister à la compulsion culturelle de la courbette nippone.

« Il t'attend, dit le vieil homme, le bout de sa brosse immobilisé au-dessus de la figurine. Là-dedans », ajoute-t-il avec un mouvement de tête.

Yamazaki observe que l'abri a été renforcé par des tubes en carton, un système qui évoque l'architecture traditionnelle japonaise, des tubes liés entre eux par du chatterton de récupération. Trop d'objets dans un si petit espace. Des serviettes, des couvertures, des ustensiles de cuisine sur des étagères. Des livres. Un petit téléviseur.

« Là-dedans ? » Yamazaki indique ce qu'il prend pour une autre porte, comme l'entrée d'une hutte, masquée par une couverture pelucheuse jaune melon crade comme on en trouve dans les hôtels capsules. Mais le bout de la brosse effleure déjà le jouet et, laissant le vieil homme à sa tâche méticuleuse, Yamazaki se meut à quatre pattes dans l'étroitesse absurde du lieu et écarte le voile. Obscurité.

« Laney-san ? »

Odeur de maladie. De ce qui ressemble à un sac de couchage monte un croassement. « Entre. »

Yamazaki respire à fond et rampe à l'intérieur toujours poussant son portable devant lui. Quand la couverture jaune melon retombe sur le seuil, la lumière luit à travers la trame duveteuse du tissu synthétique, comme un soleil tropical vu de l'intérieur d'une grotte corallienne.

« Laney ? »

Un grognement lui répond. Yamazaki distingue mal si l'Américain se tourne ou s'assoit. Quelque chose recouvre les yeux de Laney. Le clignement rouge d'une diode. Des cordons d'alimentation. La faible lueur de l'interface se réfléchit en un trait fin sur la joue luisante de sueur.

« Je suis en plein dedans maintenant, dit Laney, ponctuant d'une brève quinte de toux.

— En plein dans quoi ?

— Ils ne t'ont pas suivi ?

— Je ne pense pas.

— Je le saurais, si c'était le cas. »

Yamazaki sent des gouttes de sueur dégouliner de ses aisselles et le long de ses côtes. Il se force à respirer. Ici l'air est vicié, lourd. Il pense aux dix-sept souches connues de la tuberculose dans sa forme incurable.

Laney inspire avec peine. « Mais ils ne sont pas après moi, n'est-ce pas ?

— Non, c'est elle qu'ils recherchent.

— Ils ne la trouveront pas, dit Laney. Ni ici ni ailleurs ni maintenant.

— Pourquoi as-tu fui, Laney ?

— Le syndrome. » Laney tousse de nouveau, et Yamazaki sent le lisse et profond frisson d'un train en marche, quelque part dans les entrailles de la station, non pas une vibration mécanique mais plutôt un puissant déplacement d'air. « Il a fini par cracher. Le 5-SB. L'effet traque. » Yamazaki perçoit le martèlement des pas derrière la paroi de carton, peut-être à une longueur de bras.

« Ça provoque la toux ? Yamazaki cligne des yeux et sent flotter sur sa rétine ses nouvelles lentilles de contact.

— Non. Laney toussote dans sa main pâle levée devant sa bouche. Ça, c'est juste un virus. Tout le monde l'a chopé, ici.

— Ta disparition m'a inquiété. Ils se sont lancés à ta recherche, mais quand elle est partie…

— La merde est tombée dans le ventilateur.

— La merde ?

Laney ôte ses visiophones volumineux, démodés. Yamazaki ne distingue pas à quoi ils sont reliés mais le changement de lumière de l'écran de visualisation révèle les yeux caves de Laney. « Tout va changer, Yamazaki. Nous fonçons tout droit vers la mère des points nodaux. Je le vois bien, maintenant. Tout, vraiment tout, va changer.

— Je ne comprends pas.

— Sais-tu ce qui est le plus drôle ? En vérité ça n'a pas bougé quand ils ont cru que ça bougerait. Le millénaire a été une promenade de santé pour chrétiens. J'ai fouillé dans le passé, Yamazaki. Je sais repérer les points nodaux de l'histoire. Le dernier s'est produit en 1911.

— Que s'est-il passé en 1911 ?
— Tout a été chamboulé.
— Comment cela ?
— C'est arrivé, point. Et c'est comme ça que ça marche, je le sais.
— Laney, dit Yamazaki, quand tu m'as parlé de l'effet de traque, tu as dit que les victimes – les sujets d'expériences – développaient une obsession pour un personnage médiatique en particulier.
— Oui.
— Serais-tu obsédé par elle ?
Laney regarde Yamazaki, ses yeux animés par un remous de données.
— Non, pas par elle. Un type nommé Harwood. Cody Harwood. Mais ils sont tous deux en route, cependant. Pour San Francisco. Et il y a quelqu'un d'autre. Qui laisse une espèce de trace en négatif. Tu dois tout interpréter à partir de son absence…
— Pourquoi m'as-tu demandé de venir, Laney ? C'est un lieu de grande tristesse. Veux-tu que je t'aide à t'en échapper ? » Yamazaki pense aux lames de son couteau suisse. L'une d'elles est dentelée, il pourrait facilement tailler dans les parois de carton. Mais l'espace psychologique est puissant, très puissant, et le domine. Il se sent très loin de Shinjuku, de Tokyo, de toutes choses. Il renifle l'odeur de sueur de Laney. « Tu ne vas pas bien.
— Rydell, dit Laney, rechaussant les visiophones. Ce flic du Château. Celui que tu connais. Celui qui t'a parlé de moi, à L.A.
— Eh bien ?
— J'ai besoin d'un homme sur le terrain, à San Francisco. J'ai réussi à planquer un peu de fric. Je ne pense pas qu'ils puissent remonter la piste. J'ai baisé le secteur

bancaire de DatAmerica. Trouve Rydell et dis-lui de prendre cet argent, à titre d'acompte.

— Pour faire quoi ? »

Laney secoue la tête. Les câbles de ses visiophones ondulent dans la pénombre comme des serpents. « Qu'il soit là-bas, c'est tout. Il va se passer quelque chose. Le chambardement est en marche.

— Tu es malade, Laney. Laisse-moi t'emmener…

— Retourner dans l'île ? Il n'y a plus rien. Il n'y aura plus jamais rien, maintenant qu'elle est partie. »

Et Yamazaki sait combien c'est vrai.

« Où est Rez ? demande Laney.

— Il a monté une tournée dans les États du Kombinat, quand il a compris qu'elle avait disparu. »

Laney hoche pensivement la tête, les visiophones oscillent dans l'ombre tels des yeux de mante religieuse. « Prends contact avec Rydell, Yamazaki. Je te dirai comment il pourra récupérer l'argent.

— Mais pourquoi lui ?

— Parce qu'il en fait partie… du point nodal. »

Plus tard Yamazaki contemple les tours de Shinjuku, les murs animés de lumière, les signes et les signifiants s'élevant en spirales vers le ciel dans le rituel sans fin du commerce et du désir. De grands visages emplissent les écrans, icônes d'une beauté à la fois terrible et banale.

Quelque part en dessous de lui, Laney se terre et tousse dans son abri de carton, tout DatAmerica défilant sans cesse sous les rétines. Laney est son ami, et son ami va mal. Le talent d'exception de l'Américain dans le monde des données est le résultat d'expérimentations, dans un orphelinat en Floride, d'une substance connue sous l'appellation de 5-SB. Yamazaki a vu ce que Laney peut faire avec des bases de données, et ce qu'elles peuvent lui faire en retour.

Il espère ne plus jamais en être témoin.

Comme il détourne les yeux des murs de lumière, des visages médiatisés, il sent ses lentilles se déplacer et changer alors qu'elles enregistrent la profondeur du champ. Il en éprouve une irritation.

Non loin de la station, dans une rue adjacente brillante comme le jour, il trouve un kiosque qui vend des cartes de paiement anonymes. Il en achète une. Dans un autre édicule, il fait l'acquisition d'un téléphone jetable pour une durée d'appel de trente minutes, Tokyo-L.A.

Il demande à son portable le numéro de Rydell.

2
Lucky Dragon

« L'héroïne est l'opium du peuple », déclara Durius Walker, vigile et collègue de Rydell au Lucky Dragon dans Sunset. Durius finissait de balayer, manœuvrant prudemment la grosse pelle industrielle qu'il poussait vers le conteneur intégré de style hospitalier, estampillé du symbole à haie de barbelés des risques biologiques. C'était là qu'ils jetaient les seringues, quand ils en trouvaient.

Il fallait compter une moyenne de cinq à six aiguilles par semaine. Rydell n'avait encore jamais surpris quiconque à se shooter quoi que ce soit à l'intérieur du magasin, mais cela lui serait-il arrivé, il ne s'en serait pas étonné. Les gens n'en balançaient pas moins leurs seringues par terre, le plus souvent près du rayon d'aliments pour chats. On trouvait d'autres choses en balayant le carrelage au Lucky Dragon : des pilules, des pièces de monnaie étrangères, des cartes d'hospitalisation, des billets de banque froissés provenant de pays où le papier-monnaie avait encore cours. Mais cela ne vous donnait pas pour autant envie d'aller fouiller dans cette pelle. Quand Rydell était de balayage, il enfilait sur ses gants de latex une autre paire en kevlar, comme celle que portait présentement son collègue.

Durius avait raison, pensait-il, et cela vous donnait à réfléchir : en dépit de toutes les nouvelles substances inondant le marché, les défoncés n'avaient pas oublié celles qui avaient toujours été là. Vous interdisiez les cigarettes, par exemple, et les gens trouvaient toujours le moyen de fumer. Le Lucky Dragon n'était pas autorisé à vendre du papier à rouler, mais ils vendaient tout un tas de bigoudis mexicains en papier, qui faisaient tout autant l'affaire. La marque la plus demandée s'appelait Bouclage, et Rydell doutait qu'on l'eût jamais utilisée pour se frisotter les cheveux. D'ailleurs, comment pouvait-on bien y parvenir avec des petits rectangles de papier fin ?

« Il est moins dix, dit Durius par-dessus son épaule. Tu vas faire ton tour de trottoir ? »

À quatre heures, l'un d'eux prenait dix minutes de repos dans l'arrière-boutique. Si Rydell faisait la surveillance du trottoir, il devait alors faire sa pause le premier, puis relever Durius. Ledit tour de trottoir était une corvée que la maison mère des Lucky Dragon, sise à Singapour, avait instituée sur les conseils d'une équipe interne d'anthropologistes culturels américains. Monsieur Park, directeur du service de nuit, l'avait bien expliqué à Rydell en consultant point par point son portable. Il avait même tenu à afficher chaque paragraphe sur l'écran tout en prenant un air las qui contrastait avec son esprit tatillon. Rydell, lui, pensait que cela faisait partie du travail. « Pour bien montrer que Lucky Dragon est soucieux de la sécurité dans le quartier, le personnel patrouillera chaque nuit devant l'établissement. » Rydell avait acquiescé d'un signe de tête. « Vous ne resterez pas longtemps hors du magasin, avait ajouté monsieur Park. Disons cinq minutes. Juste avant votre pause. La vigilance du Lucky Dragon sera ostentatoire, amicale et sensible à la culture locale.

— Ce qui veut dire ?

— Si un type dort sur le trottoir, vous le virez. Amicalement, bien sûr. Une pute vient tapiner devant la boutique, vous dites bonsoir, vous racontez une blague, et vous la virez.

— J'ai un peu la frousse de ces dames, avait dit Rydell, imperturbable. À la Noël, elles s'habillent comme des lutins.

— Pas de tapineuse devant le Lucky Dragon.

— "Sensible à la culture locale" ?

— Oui, vous plaisantez un peu avec elle. Les putains aiment bien les plaisanteries. »

« Peut-être à Singapour, commenta Durius quand Rydell lui rapporta les instructions de Park.

— Il n'est pas de Singapour, mais de Corée.

— Alors, il veut qu'on se montre, qu'on dégage le trottoir de tout ce qui l'encombre et qu'on soit amical et sensible.

— Et qu'on raconte des blagues. »

Durius battit des paupières. « Tu sais qui traîne devant une épicerie dans Sunset à quatre plombes du mat ? Des mômes qui carburent au dancer et hallucinent du monstre à gogo. Et devine qui ça sera, le monstre ? Sans compter les inadaptés plus âgés, plus retors, les polypharmacodépendants…

— Les quoi ?

— Les abonnés aux cocktails pharmaceutiques, répondit Durius. Ceux qui virent latéraux.

— N'empêche, faut le faire, ordre de mister Park. »

Durius hocha la tête. « À toi l'honneur. » Il était de Compton, la seule personne que connaissait Rydell qui fût réellement née à Los Angeles.

« Tu es plus grand.
— La taille, ça veut rien dire.
— Sûr. »

Durant tout l'été Rydell et Durius avaient assuré la sécurité de nuit au Lucky Dragon, un module préfabriqué sur mesure qui avait été héliporté sur cette parcelle du Strip occupée précédemment par une agence de location de véhicules. Avant ça, Rydell avait été vigile au Château, un peu plus haut sur le boulevard, et auparavant il avait conduit un camion blindé pour IntenSecure. Plus loin encore dans le passé – une période qu'il n'aimait pas trop se rappeler – il avait été officier de police à Knoxville, Tennessee. Entre-temps, il avait bien failli décrocher la timbale par deux fois avec *Flics en peine*, un show télévisé qu'il avait bien aimé mais qu'il se gardait à jamais de regarder, aujourd'hui.

Le travail de nuit au Lucky Dragon était plus intéressant qu'il ne l'avait soupçonné. Durius disait que c'était le seul endroit à deux kilomètres à la ronde où les chalands pouvaient trouver ce dont ils avaient réellement besoin. Des soupes instantanées, des tests pour MTS, du dentifrice, l'accès au net, du chewing-gum, de l'eau en bouteille… Il y avait des Lucky Dragon à travers toute l'Amérique et dans le monde entier, et pour le prouver vous aviez à la porte une colonne vidéo interactive. On passait devant en entrant et en sortant et on pouvait voir une douzaine de succursales Lucky Dragon avec lesquelles celle de Sunset était reliée à ce moment précis : Paris, Houston, Brazzaville ou autre. Ces liaisons ne duraient pas plus de trois minutes pour empêcher les jeunes des banlieues du monde de copuler devant la caméra. À la place d'ébats frénétiques, on n'avait donc que des exhibitions de fesses et de sexes et, du plus banal encore, comme cette tête de nœud des bas quartiers de Prague qui vous faisait le doigt, juste au moment où Rydell sortait sur le trottoir.

« Moi de même », dit Rydell au Praguois en bouclant le gilet de protection rose néon qu'il était tenu de porter en service. Cela ne le dérangeait pas trop, même si le machin était taillé dans la matière même du ridicule : plastron pare-balles et bavette de kevlar autour du cou. Un client – un de ces latéraux, comme les appelait Durius – armé d'un couteau à lame céramique, avait tenté de frapper Rydell, qui tirait sa deuxième semaine au Lucky Dragon. Il nourrissait depuis une certaine sympathie pour le bustier.

Ce couteau était maintenant chez lui, dans la chambre qu'il louait au-dessus du garage de madame Siekevitz. Ils l'avaient trouvé sous le rayon du beurre de cacahuète, après que les flics du LAPD eurent emmené le forcené. Une lame noire qui ressemblait à du verre dépoli. Rydell ne l'aimait pas, le poids de la céramique faussait l'équilibre et le tranchant était tel qu'il s'était coupé deux fois avec. Il ne savait pas trop ce qu'il devait en faire.

Cette nuit, sur le trottoir devant le magasin, il y avait une Japonaise en boléro et short minimalistes et une paire de jambes interminables. Japonaise, pas si sûr ; Rydell avait du mal à situer les ethnies à L.A. Durius disait que la vigueur métis était à l'ordre du jour, un avis partagé par Rydell. Cette fille avec toutes ces jambes, elle était presque aussi grande que lui, et les Japonais la jouaient d'ordinaire humble sous la toise. Mais peut-être avait-elle grandi ici, et sa famille avant elle, et les engrais locaux avaient fait le reste. Il avait entendu parler de pareil phénomène. Mais non, se dit-il en se rapprochant, ce n'était même pas une fille en vérité. Marrant, la perception. Il n'avait pas remis une seule seconde en cause cette métamorphose en femme, jusqu'à ce qu'un message subliminal venu de l'ossature lui ouvrît les yeux.

« Salut, dit-il.

— Tu veux que je bouge ?

— Ma foi, dit Rydell, c'est mon rôle.

— Moi, mon rôle, c'est d'essayer de convaincre une clientèle fatiguée de s'offrir une pipe. Quelle est la différence ? »

Rydell réfléchit. « Tu es free-lance. Moi, je suis salarié. Tu vas te balader une demi-heure dans la rue, personne ne te virera. » Le parfum du travesti lui parvenait à travers l'odeur de pollution et cette étrange senteur orangée propre à la région. Il y avait des orangers dans le coin, enfin il devait bien y en avoir, mais il n'en avait jamais vu un seul.

Elle le regardait en plissant les yeux. « Free-lance.

— Oui. »

Elle se balança sur ses talons hauts et pêcha une boîte de Marlboro russe dans son sac à main en cuir verni rose. Des automobilistes qui passaient saluaient d'un coup de klaxon la vision de ce vigile du Lucky Dragon en conversation avec un travelo, en train de commettre délibérément un acte délictueux. Elle ouvrit la boîte rouge et blanche et l'offrit à Rydell. Il y avait à l'intérieur deux cigarettes à bout filtre fabriquées en usine, mais l'une était plus courte que l'autre et avait une collerette de rouge à lèvres bleu métallique.

« Non merci. »

Elle prit la plus courte, déjà entamée, et la plaça entre ses lèvres. « Tu sais ce que je ferais à ta place ? » Sa bouche autour du filtre couleur de liège, ressemblait à une paire de minuscules chambres à air glacées de sucre candy bleu.

« Quoi ? »

Elle sortit un briquet de son sac. Un de ceux qu'ils vendaient dans les clandés de tabac. Leur détention serait bientôt interdite, avait-il appris. Elle alluma sa cigarette, inhala profondément puis rejeta la fumée en se détournant de Rydell. « Je m'enverrais en l'air. »

Il jeta un regard à l'intérieur du magasin et vit Durius dire quelque chose à mademoiselle Praisegod Satansbane, la caissière. Elle avait le sens de l'humour, Praisegod, et il en fallait avec un nom pareil[1]. Ses parents faisaient partie d'un mouvement néopuritain particulièrement virulent de SoCal et ils avaient pris le nom de Satansbane avant que Praisegod ne vienne au monde. Elle avait expliqué à Rydell qu'à chaque fois qu'elle disait son nom de famille, elle passait pour une sataniste. Aussi utilisait-elle le plus souvent le surnom de Proby, qui avait été celui de son père avant qu'il ne tombe en religion.

Durius dit encore quelque chose à Proby et elle éclata de rire. Rydell soupira. Il aurait préféré que ce soit à Durius de surveiller le trottoir.

« Écoute, dit Rydell, je ne dis pas que tu ne peux pas rester ici. Le trottoir appartient à tout le monde. Mais je dois appliquer le règlement du magasin.

— Je finis ma cigarette, dit-elle, et je vais appeler mon avocat.

— On ne pourrait pas la jouer plus simplement ?

— Hon-hon. » Grand sourire bleu métallique gonflé au collagène.

Rydell jeta un regard par-dessus son épaule et vit Durius qui lui faisait de grands signes et désignait Praisegod, qui tenait un téléphone à la main. Il espéra qu'ils n'avaient pas appelé les flics. Il avait le sentiment que

1. Louedieu (Praisegod) Fléau de Satan (Satansbane) N.d.T.

l'hybride aux longues jambes avait réellement un avocat, et que monsieur Park n'aimerait pas ça.

Durius passa la tête dehors. « C'est pour toi, dit-il. Un appel de Tokyo. »

Rydell jeta un regard au travesti. « Tu m'excuses, dit-il, et il se dirigea vers la porte du magasin.

— Hé !

— Hé quoi ? » Il jeta un regard par-dessus son épaule.

« T'es mignon. »

3
En plein dedans

Laney entend sa pisse gargouiller dans la grande bouteille en plastique. Pas commode d'être à genoux dans le noir, et désagréable de sentir le récipient tiédir dans sa main en se remplissant. Il revisse le bouchon à tâtons et pose la bouteille dans le coin le plus éloigné de sa tête quand il dort. Demain matin, il ira la vider, dissimulée sous son manteau, dans les toilettes publiques. Le vieil homme sait Laney trop malade pour sortir à quatre pattes de son abri et aller jusqu'au bout du couloir à chaque fois qu'il éprouve le besoin d'uriner. Alors ils ont passé cet accord : Laney fait dans la bouteille.

Il ignore pourquoi le vieil homme accepte sa présence, ici. Il lui a proposé de le payer, sans obtenir de réponse : le bonhomme ne lève pas la tête de ses figurines. Il lui faut une journée pour en terminer une, et elles sont toujours parfaites. Où vont-elles une fois achevées ? Et d'où viennent les pièces prêtes à monter ?

Laney soupçonne le vieil homme d'être un sensei en maquette, un trésor national vivant, à qui les amateurs à travers le monde envoient leurs kits, attendant impatiemment que le maître cisèle leurs modèles millésimés avec cette précision qui semble étrangement naturelle, ces gestes zen, laissant peut-être sur chacune des figurines cet unique et presque imperceptible défaut qui est sa signature et sa manière de reconnaître la nature de l'univers, à savoir que rien dans l'univers n'est parfait, que rien n'est jamais fini. Rien ne se crée, rien ne se perd, tout se transforme, pense Laney, qui remonte sa fermeture éclair et s'allonge sur sa misérable litière de sacs de couchage.

Mais cette transformation est bien plus étrange qu'il ne l'aurait soupçonné, se dit-il en se faisant un oreiller d'un repli de toile matelassée contre la paroi de carton derrière laquelle il sent la dureté du mur carrelé du couloir.

Il lui faut absolument rester ici, pense-t-il encore. La seule planque dans Tokyo où la bande à Rez n'aura jamais l'idée de le chercher. Il ne se rappelle plus très bien comment il est arrivé là ; ses souvenirs se sont quelque peu estompés avec l'apparition du syndrome. Un insaisissable déplacement dans la nature de sa perception, d'étranges défaillances dans sa mémoire, un décalage quasi ontologique.

Il se demande à présent s'il a réellement conclu un accord avec le vieil homme. Peut-être a-t-il déjà payé un loyer. Peut-être est-ce pour cela que son hôte lui donne à manger, le pourvoit en bouteilles d'eau minérale, tolère l'odeur d'urine. C'est fort possible, se dit-il, mais il n'en est pas sûr.

Il fait sombre ici mais il perçoit des couleurs, de douces flammes mouvantes pointillées de scintillements. Nulle lumière ne parvient du couloir extérieur – il a calfeutré la moindre fente à l'adhésif noir – et la lampe halogène du vieil homme est éteinte. Il suppose que celui-ci dort sur place, bien qu'il ne l'ait jamais vu endormi, jamais entendu un son quelconque indiquant le passage de la vigilance créatrice au sommeil. Peut-être le maître dort-il assis bien droit sur son tapis, une figurine dans une main et la brosse dans l'autre.

De la musique lui parvient parfois des cartons voisins, mais de manière ténue, comme si leurs occupants écoutaient au casque.

Il n'a aucune idée du nombre de gens logeant là. Il semble qu'il y ait de la place pour six, mais il en a compté plus, et il se peut qu'ils se partagent les abris par roulement. Il n'a guère appris le japonais depuis huit mois qu'il est ici et, même s'il comprenait ce que ces fous se racontent, car il ne doute pas de leur folie, qu'entendrait-il sinon des histoires de fous ?

Bien entendu, quiconque le verrait maintenant, avec sa fièvre et ses sacs de couchage, ses visiophones et son port cellulaire de données et sa bouteille d'urine, penserait qu'il n'est lui aussi qu'un dément.

Il sait bien qu'il ne l'est pas, en dépit de toutes les apparences. Il a le syndrome, maintenant, cette manifestation touchant tous les cobayes passés par cet orphelinat de Gainesville, mais il n'a pas perdu la raison. Il est seulement l'hôte d'une obsession qui prend en lui sa propre forme, sa propre texture, son propre poids. Il sait la distinguer de lui-même et peut donc y revenir à chaque fois qu'il ressent le besoin de la vérifier, de l'enregistrer, de s'assurer qu'elle lui est étrangère. Elle lui rappelle une rage de dents ou bien ce qu'il ressentait jadis quand il était amoureux malgré lui. Sa langue trouvait toujours la dent cariée, l'absence de l'aimée lui était toujours un manque douloureux.

Mais le syndrome était différent. Il était séparé de lui et n'avait aucun lien avec rien ni personne qui eût jamais concerné Laney. Quand il l'avait senti se manifester pour la première fois, il y avait vu naturellement la marque de Rei Toei, parce qu'il était tellement proche d'elle, du moins aussi proche qu'on pût l'être d'un être sans existence physique. Ils s'étaient entretenus presque chaque jour, Laney et l'idoru.

Et au début, songeait-il à présent, il était probable que Rei Toei eut été la source, mais il n'avait pas tardé à suivre une autre piste à travers les flux de données, et cela sans véritable intention, comme on tire distraitement sur une maille, défaisant la trame.

Et ce qui s'était révélé à lui n'était rien d'autre que l'idée qu'il s'était faite de la marche du monde. Et derrière cela, il avait découvert Harwood, qui était célèbre et avait fait de la célébrité un but existentiel. Harwood qu'on disait avoir élu le président. Harwood le génie des public-relations, qui avait hérité Harwood Levine, la plus grosse boîte de PR au monde et avait entraîné celle-ci dans une toute autre sphère d'influence. Il avait cependant réussi à ne pas se faire prendre au piège de la célébrité, cette broyeuse – Laney en savait quelque chose – qui vous moud en poussière. Harwood qui peut-être menait la danse sans jamais mettre un pied sur la piste. Qui parvenait à la renommée sans jamais passer pour important, sans jamais apparaître au cœur des événements dont il était le maître d'œuvre. Il n'avait attiré sur lui les feux de l'actualité qu'à sa séparation de Maria Paz, et encore l'étoile de Padanie avait-elle fait les titres de chaque épisode, Cody Harwood relégué aux entrefilets et aux photos en médaillon : visage aimable de multimilliardaire volontairement effacé.

« Salut », dit Laney, ses doigts trouvant la poignée d'une lampe électrique fabriquée au Népal, un objet rudimentaire, au minuscule générateur alimenté par un mécanisme semblable à une paire de tenailles à ressorts.

Actionnant celles-ci, Laney braque le faisceau légèrement fluctuant sur le plafond de carton. Qui est tapissé de douzaines de petits autocollants rectangulaires produits par un distributeur automatique situé à l'entrée ouest de la station : chacun d'eux représentant un portrait de Harwood le solitaire.

Il ne se souvient pas d'être allé jusqu'au distributeur, d'avoir procédé à une recherche de clichés du magnat, d'avoir réglé le montant de l'opération, mais il suppose qu'il a dû le faire. Parce qu'il sait d'où viennent ces photos. Il ne se rappelle pas non plus d'avoir ôté la pellicule protégeant la face encollée avant de l'appliquer sur le plafond, mais le patchwork est là, et quelqu'un en est l'auteur. « Je te vois », dit Laney et il relâche sa main sur la lampe, laissant le faisceau brunir et s'éteindre.

4

Absences formelles de choses précieuses

Dans Market Street, l'homme sans nom qui hante la configuration nodale de Laney vient d'apercevoir cette fille.

Morte noyée voilà trois décades, elle émerge, fraîche comme une renaissance, des portes de bronze d'une officine de courtage. Et puis il se souvient qu'elle n'est plus mais que lui vit encore et que celle-ci est une autre, quelque jeune étrangère nouvellement forgée, une qu'il ne connaîtra jamais.

Et comme il la croise à travers la brume légèrement chromatique de la nuit qui descend, il incline la tête d'un subtil incrément en l'honneur de cette autre, la disparue.

Et soupire, résigné, contre le col relevé de son long manteau, tandis que la foule des employés quitte les lieux de travail et se déverse dans October Street. C'est l'heure d'un verre au bar, de dîner, de rentrer chez soi.

Mais celle qu'il ne connaîtra jamais a disparu, et il en conçoit une certaine émotion, non pas un sentiment de perte mais une conscience particulière de sa propre durée dans le monde et ses villes, et celle-ci en particulier.

Sous son bras droit, parfaitement dissimulé, pend un poignard, tête en bas, comme un vampire, à la lame aussi affilée que l'exigent les chirurgiens, quand les chirurgiens coupent avec de l'acier. La pointe biseautée, rappelant la gouge du graveur sur bois, s'incline vers la sombre artère sous l'aisselle, comme pour lui rappeler qu'il n'est qu'à trois centimètres de ce lieu où s'en est allée cette jeune noyée voilà si longtemps. Dans cette éternité. Dans cet autre monde, qui attend.

Il est par métier gardien de la porte de cet autre monde.

Tirée, la lame noire se fait clé. Quand il la tient, il serre le vent dans sa main.

La porte s'entrouvre légèrement.

Il ne la sort pas maintenant, et les gens dans la rue ne voient qu'un homme grisonnant enveloppé dans un manteau couleur vert-de-gris de certains lichens, qui cligne des yeux derrière des lunettes rondes finement cerclées d'or et hèle un taxi. Cependant, ils n'essaient pas de lui ravir la voiture qui s'arrête, alors qu'il descend sur la chaussée, les joues couturées verticalement de deux parenthèses, comme s'il avait toujours eu l'habitude de sourire. Mais ils ne le voient pas sourire.

Le Tao, se dit-il alors que le taxi louvoie dans Post Street, est plus vieux que Dieu.

Il voit un mendiant assis au pied de la devanture d'un bijoutier. Dans la vitrine, les présentoirs sont vides, absences formelles de choses précieuses, enfermées dans le coffre pour la nuit. Le mendiant a enveloppé ses jambes et ses pieds de papier adhésif marron, et l'effet est étrangement médiéval, comme si quelqu'un avait esquissé une ébauche de chevalier avec des fournitures de bureau. Les mollets sont bien pris, les chausses pointues, une élégance à laquelle il ne manque que des rubans. Au-dessus, l'homme n'est qu'un gribouillis d'infortune, son être même érodé par le béton et la misère. Il a pris la couleur du trottoir, mis sa propre race en question.

Le taxi avance par à-coups. L'homme glisse la main sous son loden pour rajuster le couteau contre ses côtes. Il est gaucher, une de ces particularités qui a toujours éveillé son intérêt.

La fille qui périt noyée il y a si longtemps est oubliée, maintenant, balayée par un tourbillon de cheveux caramel et de souvenirs moins douloureux, et il se trouve bien mieux comme ça.

Le passé est le passé, l'avenir informe.

Seul existe l'instant, et c'est là qu'il aime être.

À présent, il se penche en avant, frappe à la partition vitrée qui le sépare du chauffeur.

Il demande à être conduit au pont.

***

Le taxi s'arrête devant un chaos de fossés antichars délavés par les pluies, énormes cuves rhomboïdes sillonnées de rouille et graffitées d'initiales entremêlées d'amants oubliés.

Ce lieu tient une certaine place dans la mythologie locale des amours romanesques et a fait l'objet de nombre de ballades populaires.

« Pardonnez-moi monsieur, dit le chauffeur à travers plusieurs épaisseurs de protection plastique et de traduction digitale, mais souhaitez-vous réellement que je vous dépose ici ? Ce quartier est dangereux. Je ne pourrai pas vous attendre. » La question est convenue, exigée par le règlement en cas de litige avec le client.

« Je vous remercie. Je ne cours aucun danger. » Son anglais est aussi formel que le logiciel de traduction. Il entend une espèce de chant : l'interprétation de ses paroles dans une langue asiatique qu'il ne reconnaît pas. Le chauffeur le regarde de ses yeux marron, doux et calmes derrière les grosses lunettes protectrices et le verre de sécurité ; multiples couches réfléchissantes. Puis il libère un verrou magnétique.

L'homme ouvre la portière, descend du taxi, ajuste son manteau. Au-dessus de lui, au-delà des fossés, se dressent le jeu de constructions, le patchwork de terrasses dont le pont est enveloppé. Il sent son humeur s'alléger : c'est un fameux spectacle, une carte postale pour touristes, l'image même de cette ville.

Il referme la portière, et le taxi redémarre, laissant derrière lui l'odeur caramélisée d'un échappement de carburol.

Il lève les yeux vers le pont, vers la myriade de minuscules logements de contreplaqué. Cela lui rappelle les favelas de Rio, bien que l'échelle soit ici différente. Il y a de la féerie dans cette colonie corallienne accrochée aux tabliers et aux pylônes, contrastant avec la pure poésie de l'ouvrage jeté en travers des eaux. Les abris individuels – s'ils sont en vérité des abris – sont très petits, l'espace primant tout. Il se souvient des torches qui éclairaient l'entrée de la voie inférieure ; il semble que les résidents respectent à présent les mesures antipollution de la ville.

« Dancer ? »

Elle tend la main dans l'ombre, la petite fiole au creux de la paume, la bouche fendue d'une grimace sauvage. Cette drogue provoque une rétraction des gencives, donnant à ceux qui survivent à ses autres nocivités un horrible sourire.

Il répond d'un regard qui la transperce comme du papier. Une lueur de panique s'allume dans les yeux de la fille, qui s'empresse de disparaître.

Une chevelure caramel tourbillonne dans les profondeurs.

Il baisse les yeux sur ses chaussures, qui se dessinent noires et précises sur la mosaïque d'ordures compactées.

Il évite de marcher sur une boîte de King Cobra et s'enfonce en direction du pont entre deux fossés de béton.

La pénombre que cisaillent les jambes étroites de son pantalon étroit est ici le manteau noir des loups guettant l'agneau égaré. Il n'a pas peur des loups ni de tout autre prédateur maraudant cette nuit ou tout autre nuit dans la cité. Il se contente d'observer les mouvements furtifs flanquant sa route.

Mais voilà qu'il s'autorise à anticiper la vue qui l'attend, passé le dernier rhomboïde : la gueule béante du pont, la porte du rêve et de la mémoire, quand les vendeurs de poissons étalent leur marchandise sur des lits de glace sale. Un affairement incessant, dans lequel il voit le battement du cœur même de la ville.

Et il débouche dans une lumière inattendue, l'éclat aveuglant d'un néon rouge au-dessus d'un énorme module en plastique made in Singapour.

Viol de la mémoire.

Quelqu'un passe près de lui, trop près, en aveugle frôlant la mort, les aimants du poignard lâchant avec ce faible clic qu'il sent plus qu'il ne l'entend. Mais il ne sort pas la lame, et l'ivrogne poursuit sa marche titubante.

Il rengaine et contemple d'un air sombre ce dernier avatar : LUCKY DRAGON ondulant en grandes lettres blêmes au sommet d'une espèce de pylône carrelé de douzaines d'écrans vidéo.

5
Parasites mariachi

« Alors, elle t'a plaqué pour ce producteur de téloche », dit le chanteur de country en glissant ce qui restait de sa bouteille de vodka de 50 cl sous le ceinturon de son jean indigo, tellement neuf et serré qu'il craquait quand le bonhomme marchait. Le flacon plat et concave nichait là sous une antique boucle qui ressemblait à une plaque commémorative, quelque chose que quelqu'un avait jadis gagné dans un rodéo au lasso ou sur le dos d'un bronco. Rydell baissa un peu la vitre, histoire de dissiper les vapeurs.

« Assistant de production », rectifia Rydell, souhaitant que la vodka replonge de nouveau dans le sommeil son passager, qui répondait au nom de Buell Creedmore. Le type avait passé une bonne partie du trajet à dormir en ronflant légèrement, ce qui n'avait pas gêné Rydell. Creedmore était un ami ou, plus exactement, une connaissance de Durius Walker. Durius avait, dans une vie précédente, dealé de la came à South Central et avait été lui-même accro. Il s'en était sorti et passait depuis une grande partie de son temps libre auprès de toxicomanes, qu'il s'efforçait d'aider. Rydell supposait que

Buell Creedmore faisait partie du lot, bien que le bonhomme lui parût être plus buveur qu'autre chose.

« Elle vous en a fait baver, cette fille, hein ? » dit Creedmore, le regard voilé par l'alcool. Le bonhomme était de petite taille, légèrement bâti, mais avec des muscles noueux, de ceux qu'on ne se fait pas dans les salles de muscu mais à la pelle et la pioche sur les chantiers. La peau était blanchâtre sous le hâle artificiel, les cheveux décolorés avec des racines noires, bien plaqués en arrière avec un gel qui lui donnait l'air de sortir de la douche. Ce qui n'était pas le cas, et en plus il transpirait malgré l'air conditionné.

« C'était une opportunité pour elle.

— C'est quoi, cette merde saignante libérale ? » s'exclama Creedmore. Il sortit la bouteille de sa ceinture et examina le contenu avec une attention de maçon vérifiant un niveau. Il parut déçu et remit son bien en place derrière la plaque commémorative. « Non, mais t'es quoi comme genre de mec ? »

Rydell caressa brièvement l'idée de s'arrêter sur le bas-côté et d'assommer le dénommé Creedmore, l'abandonnant là au bord de la Cinq, et filer en paix sur San Francisco. Mais il ne le fit pas et ne dit rien non plus.

« Une attitude de trou du cul serré comme ça, c'est pas raccord avec l'Amérique d'aujourd'hui. »

Rydell songea aux diverses manières de porter un étranglement, aux points de pression sur la carotide. Peut-être que Creedmore ne se souviendrait de rien, si Rydell lui plaçait une de ces prises. Mais l'autre finirait bien par reprendre conscience, et ils lui avaient appris à Knoxville qu'on ne pouvait jamais prévoir les réactions d'un ivrogne.

« À propos, Buell, à qui elle appartient, cette caisse ? » demanda-t-il.

Creedmore se fit silencieux. Et un rien agité, observa Rydell.

Il s'était demandé dès le départ si cette voiture n'avait pas été volée. Il n'avait pas voulu y penser vraiment, parce qu'il avait besoin de monter à NoCal. Un billet d'avion aurait grevé son indemnité de licenciement du Lucky Dragon, et il devait se montrer prudent dans ses dépenses tant qu'il n'aurait pas vérifié que Yamazaki ne lui avait pas raconté d'histoire en lui disant que de l'argent l'attendait à San Francisco.

Un malin, Yamazaki, pensait Rydell. Il n'avait jamais vraiment su quelle était l'occupation du Japonais. Une espèce d'anthropologue free-lance qui étudiait les Américains, c'était tout ce qu'il savait. Peut-être l'équivalent nippon de ces Américains que le Lucky Dragon employait pour découvrir l'importance de la surveillance trottoir. Un type bien, ce Yamazaki, mais pas facile à saisir. La dernière fois qu'il avait eu affaire à lui, il avait dû lui dénicher un arpenteur du web, et Rydell lui avait envoyé un dénommé Laney, un chercheur quantitatif qui venait juste de quitter Slitscan et traînassait au Château, sa note d'hôtel en grossesse galopante. Laney avait accepté le travail, était parti à Tokyo, à la suite de quoi Rydell avait été viré sous prétexte qu'il fraternisait avec les clients. Et si Rydell s'était retrouvé vigile de nuit dans une épicerie, c'était pour avoir bien voulu aider Yamazaki.

Il conduisait maintenant ce roadster Hawker-Aichi sur la Cinq, sans avoir la moindre idée de ce qui l'attendait là-haut et se demandant s'il n'était pas en train de convoyer un véhicule volé. Et tout cela parce que Yamazaki disait que ce même Laney, là-bas à Tokyo, désirait l'employer pour un « travail de terrain », selon l'expression du Japonais.

Et cela lui avait suffi, à Rydell, après qu'il en eut discuté avec Durius.

Le Lucky Dragon avait commencé à lui peser. Il ne s'était jamais très bien entendu avec monsieur Park et, chaque matin, pendant son break après son tour de trottoir, la déprime le gagnait. Le terrain qu'occupait le Lucky Dragon avait été rogné sur le pied d'une colline dont toute la partie rendue abrupte par l'excavation avait été revêtue par mesure antisismique d'un polymère étrange, gris, caoutchouteux, semi-liquide permanent qui contenait le sol et emprisonnait comme dans du goudron chaud tout ce qu'on pouvait y jeter. Ainsi le polymère était-il constellé d'enjoliveurs, métastases du loueur de voitures qui avait précédé le Lucky Dragon. Enjoliveurs donc et aussi des bouteilles et d'innommables débris. Dans le blues qui avait commencé de lui venir dans la grisaille du petit matin, là-bas, derrière la boutique, Rydell avait pris l'habitude de balancer des caillasses dans cette foutue matière. Elles ne faisaient guère de bruit à l'impact et, à la vérité, elles s'y enfonçaient complètement. Cette saleté se refermait sur chaque pierre et redevenait lisse comme si rien ne s'était passé. À la longue, Rydell avait fini par y voir comme un symbole de sa propre existence. Il était comme ces cailloux, dans sa traversée du monde, et la vie était comme le polymère, se refermant derrière lui, sans jamais laisser la moindre trace de son passage.

Et quand Durius sortait à son tour prendre ses dix minutes de repos, il trouvait souvent Rydell en train de lancer des pierres.

« Vise donc cet enjoliveur, disait-il. Cette bouteille là-bas. »

Mais Rydell n'était jamais d'humeur à jouer.

Et quand il avait parlé à Durius de Yamazaki et de Laney et de la possibilité de se faire un peu de fric à San Francisco, Durius l'avait bien écouté, lui avait posé quelques questions puis l'avait encouragé à partir.

« Et mon boulot de vigile ? avait demandé Rydell.

— Ce boulot de merde ? T'es dingue ou quoi ?

— Il y a des bénéfices.

— T'as déjà essayé d'utiliser la couverture médicale qu'ils nous ont accordée ? Faut aller à Tiajuana pour ça.

— J'aime pas abandonner un emploi.

— C'est parce que tu t'es toujours fait virer, lui avait répliqué Durius. J'ai jeté un coup d'œil sur ton CV. »

Alors Rydell avait donné par écrit sa démission à monsieur Park, et monsieur Park s'était empressé de le renvoyer, relevant cinq infractions au règlement du Lucky Dragon dont se serait rendu coupable Rydell, notamment en offrant assistance à une victime d'un accident de la circulation dans Sunset, une initiative qui, selon monsieur Park, aurait pu entraîner le Lucky Dragon dans un coûteux litige avec la compagnie d'assurances de la victime.

« Mais elle est entrée ici toute seule, avait protesté Rydell. Je n'ai rien fait d'autre que lui offrir un thé glacé et appeler la police de la route.

— Son avocat prétend que le thé a provoqué chez elle un choc organique.

— Choc mon cul. »

Mais monsieur Park savait bien qu'un licenciement lui coûterait moins cher qu'une démission.

Praisegod, que les départs bouleversaient toujours, avait pleuré et l'avait longuement serré contre elle et, juste avant qu'il s'en aille, lui avait glissé une paire de lunettes brésiliennes GPS avec téléphone incorporé et radio AM-FM, probablement l'article le plus cher de la boutique. Rydell n'avait pas voulu les prendre, parce qu'il savait que leur disparition n'échapperait pas au prochain inventaire.

« On baise l'inventaire », avait dit Praisegod.

De retour dans sa chambre au-dessus du garage de madame Siekevitz, à six blocs plus loin dans Sunset, Rydell s'était allongé sur son lit et avait essayé la radio sur les besicles. Tout ce qu'il avait obtenu, c'était un crachotement de parasites assaisonné de musique mariachi.

Il avait fait un peu mieux avec le GPS, qui avait un clavier basculant sur la branche droite de la monture. Le récepteur de quinze canaux semblait avoir un bon capteur, mais le transcripteur devait avoir des défaillances du côté de la traduction, parce qu'il n'obtint jamais qu'un zoom d'un plan de la ville de Rio et non de L.A. Mais, se dit-il en ôtant les lunettes, il finirait bien par apprendre à s'en servir. Sur ce, le téléphone dans la branche gauche avait sonné et il les avait rechaussées.

« Ouais ?

— Salut, Rydell.

— Salut, Durius.

— Tu veux une place dans une jolie petite voiture toute neuve pour monter à San Francisco, demain ?

— Une place à côté de qui ?

— Un certain Creedmore. Il connaît un type de ma section. »

Rydell avait un oncle qui était franc-maçon, et cela lui rappelait cette « section » à laquelle Durius appartenait.

« Ouais ? Mais, dis-moi, il est bien, ce mec ?

— Probable que non, avait dit Durius en riant. Il a besoin d'un chauffeur. Cette trottinette électrique de trois semaines doit être convoyée là-haut, et il prétend que c'est le pied à conduire comme engin. T'as été chauffeur, pas vrai ?

— Ouais.
— Alors, à toi de jouer. Creedmore paiera les frais de route. »

Et ce fut ainsi que Rydell se retrouva au volant d'une deux places Hawker-Aichi, une de ces barquettes basses sur roues composées de matériaux ne pesant guère plus, en dehors de leur cargaison humaine, qu'une paire de petites motos. Il ne semblait pas y avoir une seule pièce métallique dans cette carrosserie aérodynamique en polyuréthane renforcé de fibre de carbone. Le moteur était à l'arrière, et les cellules génératrices étaient incorporées à travers tout le corps du véhicule. Rydell ne voulait pas trop savoir ce qui se produisait quand on heurtait un obstacle avec un traîneau pareil.

Toutefois, c'était silencieux, merveilleusement maniable et ça filait comme une flèche quand on mettait le jus. Il y avait dans cette Hawker-Aichi quelque chose qui rappelait à Rydell la bicyclette à position couchée qu'il avait essayée une fois, sauf qu'ici on n'avait pas besoin de pédaler.

« Tu m'as toujours pas dit à qui appartenait cette caisse, rappela Rydell à Creedmore qui venait juste de finir les deux derniers doigts de sa vodka.

— À un pote, dit Creedmore en abaissant sa vitre pour balancer la bouteille vide.

— Hé ! c'est dix mille dollars d'amende, s'ils te prennent à faire ça.

— Ils peuvent aller se faire foutre, dit Creedmore. Ces fils de pute », ajouta-t-il, puis il ferma les yeux et s'endormit.

Rydell se surprit à penser de nouveau à Chevette. Regrettant d'avoir laissé ce chanteur entrer en scène. Il savait pourtant que ce n'était pas le genre de souvenir à ressasser.

Conduis, et basta, se dit-il.

Sur un flanc de colline brunie, à sa droite, les éoliennes blanches d'une ferme brassaient l'air chaud. Le soleil déclinait.

Conduis.

6
Silencio

Silencio doit se tenir. Il est le plus petit, a presque l'air d'un gamin. Il ne se drogue pas et, si les flics le prennent, il ne peut pas parler. En tout cas à propos de la came.

Ça fait quelque temps maintenant que Silencio suit Raton et Playboy, les observe consommer et chercher l'argent pour continuer de consommer. Raton est mauvais quand il est en manque et, dans ces cas-là, Silencio a appris à se mettre hors de portée de ses pieds et de ses poings.

Raton a le crâne long et étroit et il porte des verres de contact avec l'iris vertical comme celui des serpents. Silencio se demande si Raton veut ressembler à un rat qui aurait mangé un serpent pour s'en approprier les yeux. Playboy dit que Raton est un pinche Chupacabra de Watsonville et qu'ils sont tous comme ça là-bas.

Playboy est grand et fort, toujours enveloppé d'un long pardessus mité sur un jean et de vieux brodequins. Il porte une moustache à la Pancho Villa, des lunettes d'aviateur jaunes et un feutre noir. Il est plus gentil avec

Silencio, lui paye des burritos, de l'eau, des cornets de pop-corn, et même une fois une grande boisson faite avec des fruits.

Silencio se demande si Playboy est son père. Il ne sait pas de qui il est le fils. Sa mère est folle, là-bas dans les projectos. Il ne pense pas toutefois que Playboy soit son père parce qu'il se souvient de leur rencontre au marché dans Bryant Street, et que c'était un hasard, mais à chaque fois que Playboy lui achète quelque chose à manger, il se pose la question.

Silencio regarde Raton et Playboy se droguer, là derrière l'étal vide qui sent les pommes. Raton a sa petite lampe électrique serrée entre ses dents de façon à voir ce qu'il fait. C'est de la noire cette nuit, et Raton est en train de couper le petit tube de plastique avec le couteau spécial, dont le manche est plus long que la lame courbe. Ils sont assis tous les trois sur des cageots en plastique.

Si Raton et Playboy consomment de la noire dans la journée, alors ils doivent prendre aussi trois fois de la blanche. Celle-ci est plus chère, mais trop de noire et ils se mettent à parler très vite et voir des gens qui ne sont pas là. « On parle avec Jésus », il appelle ça, Playboy, mais pour la blanche il dit qu'il « marche avec le roi ». Pourtant il ne marche pas ; la blanche apporte le calme, le silence, le sommeil. Silencio préfère les nuits blanches aux noires.

Silencio sait qu'ils achètent la blanche à un homme noir, mais la noire à un homme blanc, et il en déduit que c'est la clé du mystère de la médaille que porte Raton autour du cou : deux larmes, l'une blanche, l'autre noire entremêlées pour former un cercle ; dans la larme blanche il y a un petit rond noir et dans la noire un petit rond blanc.

Pour avoir de l'argent ils parlent aux gens, toujours dans des coins sombres, et les gens ont peur. Des fois, Raton leur montre un couteau, différent de celui pour la drogue, pendant que Playboy les tient par-derrière pour les empêcher de bouger. L'argent se trouve dans des petites plaques en plastique imprimées de dessins mouvants. Silencio aimerait bien les garder après que les autres les ont transformées en billets, mais ce n'est pas permis. Playboy les jette après les avoir bien essuyées. Dans une bouche d'égout le long du trottoir, une fois bien effacées les marques de ses doigts. Des fois Raton fait du mal aux gens, pour qu'ils leur disent les charmes qui permettent de tirer l'argent des cartes en plastique. Ces charmes, ce sont des noms, des lettres, des chiffres. Silencio connaît tous les charmes que Playboy et Raton ont appris, mais eux ne le savent pas ; s'il leur disait, ils se mettraient en colère.

Ils dorment tous les trois dans une chambre, à la Mission. Playboy tire le matelas du lit et le pose par terre. C'est là qu'il dort. Raton, lui, prend l'autre partie du lit. Silencio se couche à même le sol.

Raton a coupé le tube en deux et il en pose la moitié sur le doigt de Playboy. Playboy s'est léché le doigt, pour que la noire reste collée dessus. Il se met le doigt dans la bouche et frotte la noire contre ses gencives. Silencio se demande quel goût ça peut bien avoir, mais il n'a pas envie de parler avec Jésus. Raton aussi s'astique la bouche, la lampe électrique oubliée dans son autre main. Ils ont l'air idiot, Raton et Playboy, en faisant ça, mais Silencio ne rit pas. Ils auront envie d'en reprendre dans un moment, et la noire leur donne l'énergie de trouver l'argent qu'il leur faut. Silencio sait qu'ils n'en ont plus, de l'argent, parce qu'ils n'ont rien mangé depuis hier.

D'habitude ils chassent au pied de Bryant Street, dans les coins sombres entre les grandes masses de pierre, mais Raton pense que la police surveille les lieux, maintenant. Il a dit aussi à Silencio que les flics peuvent voir dans le noir. Silencio a regardé les yeux des policiers qui passent en voiture, et il s'est demandé comment cela était possible.

Ce soir, Raton les a emmenés sur le pont où habitent plein de gens. Il dit qu'ils trouveront de l'argent, là. Playboy, lui, n'aime pas le coin ; il dit que les gens du pont sont pinche, qu'ils détestent qu'on vienne rôder sur leur territoire. Raton répond qu'il se sent en veine, cette nuit.

Il jette la fiole vide dans l'obscurité, et Silencio l'entend atterrir quelque part avec un petit bruit sec.

Les yeux de serpent de Raton sont dilatés par la noire. Il passe une main dans ses cheveux et fait un signe. Playboy et Silencio le suivent.

***

Silencio passe devant la bodega pour la deuxième fois, observant l'homme au long manteau qui, assis à une petite table blanche, sirote un café.

Raton dit que c'est un beau manteau. Vise les lunettes du type, il dit encore : elles sont en or. Silencio pense que celles de Playboy sont elles aussi en or, mais les verres sont jaunes. L'homme a des cheveux gris coupés très courts et des rides profondes sur les joues. Il est seul ; il regarde la plus petite tasse à café que Silencio ait jamais vue. Une tasse de poupée.

Ils ont suivi le vieil homme. Il est allé dans la direction de Treasure Island. Cette partie du pont est pour les touristes, dit Plaboy. Il y a des bodegas, des boutiques avec des vitrines, beaucoup de passants.

Maintenant ils attendent de voir où ira l'homme quand il aura bu son café. S'il revient en arrière, vers Bryant, ce sera difficile. S'il s'enfonce vers Treasure, Raton et Playboy seront contents.

C'est le travail de Silencio de les avertir du départ de l'homme.

En passant devant la bodega, Silencio a l'impression que l'homme le regarde, mais celui-ci surveille seulement la foule des passants.

***

Silencio observe Raton et Playboy suivre l'homme, qui poursuit maintenant vers Treasure Island.

Ils sont au niveau le plus bas du pont, et Silencio lève sans cesse les yeux vers le tablier au-dessus de lui. La peinture s'écaille par larges plaques et lui rappelle un mur là-bas, dans les projectos. Il y a très peu de gens qui logent dans cette partie du pont. Leur proie marche sans hâte. Silencio a le sentiment que cet homme n'a pas de but précis, qu'il n'a besoin de rien, qu'il ne cherche pas d'argent, pour manger ou pour autre chose. Probablement parce qu'il a déjà tout l'argent dont il a besoin pour tout, et c'est à cause de ça que Raton et Playboy l'ont choisi, parce qu'ils savent qu'il possède ce dont ils ont besoin.

Raton et Playboy suivent l'homme. Ils ne marchent pas l'un à côté de l'autre. Playboy a les mains dans les poches de son grand manteau. Il a enlevé ses lunettes et ses yeux ont cette lumière sombre de ceux qui ont pris de la noire. Il a toujours l'air triste quand il chasse l'argent. Il a aussi l'air de faire très attention à tout.

Silencio ferme la marche et se retourne souvent, parce que c'est son travail de dire si quelqu'un arrive par-derrière.

L'homme s'arrête devant la vitrine d'une boutique. Silencio se cache derrière une charrette remplie de rouleaux de plastique, et il voit Raton et Playboy se dissimuler aussi derrière d'autres choses, au cas où l'homme se retournerait. Mais celui-ci ne bouge pas, et Silencio se demande s'il n'est pas en train de surveiller la rue dans la vitre. Silencio a souvent fait ça lui-même.

L'homme est immobile ; les mains dans les poches, il regarde la vitrine…

Silencio ouvre sa braguette et pisse tranquillement contre la charrette, veillant à ne pas faire de bruit. Il se reboutonne et voit l'homme s'écarter de la vitrine et reprendre son chemin vers Treasure, où Playboy dit que les gens vivent comme des animaux. Silencio, qui ne connaît que les chiens, les pigeons et les mouettes, a dans sa tête une image d'hommes avec des crocs comme les chiens et des ailes dans le dos. Quand Silencio a une image dans la tête, elle ne s'en va plus.

Sortant de derrière la charrette, il voit que Raton et Playboy se sont remis en marche, et il voit aussi que l'homme oblique soudain vers la droite et disparaît. Il cligne les yeux, se frotte les paupières, regarde de nouveau. Où est l'homme ? Raton et Playboy marchent plus vite, maintenant. Ils ne se cachent plus. Silencio trottine derrière eux, pour ne pas les perdre de vue, et arrive là où il a vu l'homme tourner et où Raton et Playboy viennent de s'engouffrer.

Silencio ralentit le pas. Il a le cœur qui bat. Il risque un regard. C'est un espace où il devrait y avoir une boutique, mais il n'y en a pas. Des bâches pendent à des poutres. Le sol est encombré de pièces de bois et de rouleaux de plastique. Il aperçoit l'homme.

Il se tient dans le fond et son regard, derrière les petites lunettes rondes, va de Playboy à Raton puis à Silencio. Il est immobile, et cette immobilité frappe Silencio.

Playboy s'approche maintenant de l'homme. Il ne dit rien. Il a gardé les mains dans les poches. Raton ne bouge pas mais il est prêt ; il sort le couteau de sa poche et l'ouvre avec ce mouvement de poignet qu'il a appris, pour bien montrer la lame longue et effilée.

L'homme la voit mais son visage ne change pas, et Silencio se souvient d'autres visages et comment ils changent en voyant la lame de Raton.

Playboy descend d'une dernière pile de planches et ses mains jaillissent de son manteau pour se saisir de l'homme et l'immobiliser. C'est toujours comme ça qu'il fait.

Silencio voit le mouvement de l'homme mais cela va si vite qu'en réalité tout semble s'arrêter.

Il sait pourtant qu'il a vu la main gauche de l'homme se glisser sous le manteau, qui était boutonné une seconde avant et ne l'est plus maintenant. Mais il n'a pas vu la main revenir et pourtant l'homme la tient pressée contre la poitrine de Playboy, juste au milieu. Et Playboy ne bouge pas. Ses mains se sont arrêtées dans l'air, les doigts tendus, touchant presque l'homme.

Et puis, ces doigts, Silencio les voit se refermer sur le vide et se rouvrir. Et la main droite de l'homme pousse Playboy en arrière, et la chose noire et fine ressort de la poitrine de Playboy, et Silencio se demande combien de temps elle a pu rester cachée là, et Playboy tombe en arrière parmi les pièces de bois et les rouleaux de plastique.

Il entend quelqu'un dire pinche madre et reconnaît la voix de Raton. Quand Raton a pris de la noire et qu'il se bat, il est très rapide et vous ne savez pas ce qu'il va faire ; il fait du mal à des gens et puis tremble, rit et aspire de l'air en entrouvrant la bouche. Maintenant il court par-dessus les planches et les rouleaux comme s'il volait, le couteau scintillant dans sa main, et Silencio voit l'image d'un homme avec des crocs de chien et des ailes, et les dents de Raton sont comme ça, ses yeux de serpent dilatés.

Et la chose noire, comme un long doigt humide, traverse le cou de Raton. Et tout s'arrête de nouveau.

Raton essaye de dire quelque chose, et du sang coule de sa bouche. Il tente de frapper l'homme de sa lame mais celle-ci ne tranche que l'air et échappe à la main de Raton.

L'homme retire la chose noire de la gorge de Raton. Qui vacille sur ses jambes, et ça rappelle à Silencio les fois où Raton prend trop de la blanche et essaye de marcher. Il le regarde porter ses deux mains à son cou, remuer les lèvres sans qu'aucun son ne sorte. L'une des lentilles serpent tombe. L'œil derrière est rond et marron.

Raton choit sur les genoux en se tenant toujours la gorge. Son œil serpent et l'autre regardent l'homme, et Silencio sent qu'ils voient à des distances différentes et pas les mêmes choses.

Puis Raton émet un petit gargouillement et tombe à la renverse, toujours à genoux, de telle manière qu'il gît sur le dos, les jambes repliées en arrière, et Silencio regarde le pantalon gris de Raton se tacher de sombre entre les cuisses.

Silencio regarde l'homme. Qui le regarde.

Silencio regarde le couteau noir, comment celui-ci repose dans la main de l'homme. Il a l'impression que c'est plutôt le couteau qui tient l'homme. Que c'est le couteau qui décide.

Puis l'homme déplace sa lame dont l'extrémité est presque carrée, comme si la pointe s'était cassée. Et cette pointe bouge. Silencio comprend ce que lui ordonne ce mouvement.

Il s'écarte sur le côté, de manière à ce que l'homme puisse mieux le voir.

La pointe bouge encore. Silencio traduit.

Plus près.

7
Maison communautaire

Laisse une maison vide à Malibu, dit Tessa à Chevette, et tu as les gens des collines qui descendent et font un barbecue de chien dans ta cheminée.

Et pour t'en débarrasser, bonjour ! Et tous les verrous du monde ne les empêcheraient pas d'entrer. C'est pourquoi les gens qui vivaient ici, avant la catastrophe, les louent volontiers à des étudiants.

Tessa était australienne, élève en sciences médiatiques à USC, et Chevette, qui n'avait plus ni travail ni argent depuis qu'elle avait rompu d'avec Carson, était venue se réfugier auprès de son amie.

Tessa disait que Carson ne valait pas un clou.

En tout cas, voilà où ça l'avait menée, pensait Chevette, grimpant en danseuse la route de montagne que lui projetait le simulateur et essayant d'ignorer la puanteur d'une lessive pourrissant dans la machine à laver de l'autre côté de la cloison de placoplâtre. Quelqu'un avait dû l'oublier, probablement mardi dernier, avant l'incendie.

C'était dommage parce que ça l'empêchait de s'adonner totalement à son exercice. Le simulateur pouvait configurer une douzaine de bécanes différentes et autant de terrains, et Chevette aimait cet antique vélo de course à dix vitesses à cadre en acier que vous pouviez emmener sur cette route flanquée de pentes verdoyantes. Il y en avait un autre qui lui plaisait bien : un à pneus ballons avec lequel on pouvait randonner sur une plage, ce qui était parfait à Malibu, dont le rivage était désormais impraticable, à moins d'avoir envie d'escalader des barbelés rouillés et d'ignorer les pancartes signalant tous les trente mètres DANGER BIOLOGIQUE.

Mais cette odeur tenace de linge sale en décomposition n'avait rien de la fraîcheur alpine et lui rappelait qu'elle était dans la dèche la plus totale et réduite à loger dans cette baraque communautaire.

La maison était située en première zone sur la plage, et les barbelés n'étaient pas à plus de dix mètres de la terrasse. Personne ne connaissait la nature exacte de la pollution, et le gouvernement se gardait bien d'en faire état. Certains parlaient d'une cargaison tombée d'un porte-conteneurs, d'autres d'un gros-porteur écrasé en mer lors d'une tempête. Tout ce qu'on savait, c'est que les autorités employaient des nanobots pour le nettoyage, et c'était déjà une raison pour rester à l'écart de la zone contaminée.

Chevette avait découvert le simulateur le lendemain de son arrivée, et elle en faisait deux à trois fois dans la journée ou, comme maintenant, tard le soir. Il n'y avait apparemment pas d'autre amateur dans la maison, et personne ne venait non plus dans cette petite pièce contiguë à la buanderie, juste à côté du garage, et elle s'en réjouissait. Elle avait vécu sur le pont, où la promiscuité était grande mais où chacun était toujours absorbé par une tâche quelconque. Ici, il n'y avait que des étudiants en sciences médiatiques, et ils lui tapaient sur les nerfs. Ils passaient leurs journées à visionner et à parler de ce qu'ils visionnaient, et la maison marchait toute seule.

Elle sentit la sueur goutter entre le bandeau de la visière interface et son front puis sur l'aile de son nez. Elle était bien échauffée maintenant et pouvait apprécier le travail de certains muscles dorsaux d'ordinaire peu sollicités.

Elle n'était pas plus satisfaite d'être ici qu'elle ne l'était de sa propre vie en général. Elle en avait parlé avec Tessa après dîner. Plus exactement s'en était expliquée avec son amie.

Tessa voulait faire ce documentaire. Chevette savait ce qu'était un documentaire, parce que Carson avait travaillé pour Real One, une chaîne spécialisée dans le genre, et Chevette avait dû en visionner des milliers. En conséquence, pensait-elle, elle savait tout un tas de choses qui ne lui serviraient jamais à rien et ne savait rien de ce qui pourrait vraiment l'aider. Comme, par exemple, que faire, maintenant que son parcours l'avait amenée ici ?

Tessa voulait la ramener à San Francisco, une perspective qui n'enthousiasmait pas Chevette. Le documentaire projeté par Tessa visait les communautés interstitielles, et Tessa disait que Chevette avait justement vécu dans l'une d'elles, à NoCal. « Interstitiel » désignait ce qui est situé entre les interstices, et Chevette comprenait que le terme convînt au pont. Et le pont et sa communauté lui manquaient, mais elle n'aimait pas y penser. À cause de ce qu'elle avait vécu depuis qu'elle était descendue ici et aussi parce qu'elle n'avait pas gardé le contact avec ceux de là-haut.

Pompe, pompe, s'exhorta-t-elle, avalant l'illusion d'une côte. Change de vitesse, pousse plus fort. La surface de la route commençait à se vitrifier par endroits sous l'effet de la vitesse qu'elle imprimait au simulateur.

« Zoom ». C'était la voix de Tessa, en miniature.

« Merde », dit Chevette. Elle releva la visière.

La caméra plate-forme – une espèce de coussin de polyester argenté gonflé à l'hélium – se tenait dans l'entrée à un mètre soixante du sol. Un jouet en vérité, avec de petites hélices encagées, contrôlé depuis la chambre de Tessa. Un anneau de lumière se réfléchit dans l'objectif qui zoomait.

Les hélices se firent halo gris, propulsant la chose à travers l'entrée, s'arrêtèrent, repartirent en marche arrière. Le ballon tangua un peu, jusqu'à ce que le ballast le stabilise de nouveau. Tessa appelait son ballon argent « Divin Joujou ». Un œil désincarné. Elle l'envoyait en lentes reconnaissances à travers la maison, quêtant des images. Ici, tous les résidents se filmaient les uns les autres, tous sauf un, Iain, qui portait une combinaison captant le mouvement, qu'il ne quittait même pas pour dormir, et enregistrait le moindre de ses gestes.

Le simulateur, machine évoluée, sentit la perte de concentration de Chevette et ralentit de sa propre volonté, ses complexes mécanismes hydrauliques enclenchant la déprogrammation. La selle étroite entre ses cuisses s'élargit jusqu'à se faire aussi confortable qu'une selle de moto. Le guidon se déplia vers le haut, entraînant les mains de Chevette. Elle continua de pédaler, mais le plateau réagissait en freinant.

« Désolée », dit la voix de Tessa dans le minuscule haut-parleur.

Tu parles, pensa Chevette. « Moi aussi », dit-elle, tandis que les pédales se bloquaient après une dernière rotation. Elle descendit et repoussa de la main la plate-forme, gâchant la prise de vue de Tessa.

«Il y a un petit problème, dit Tessa. Te concernant, je pense.

— Quoi ?

— Va à la cuisine et je te montrerai. » Tessa mit en marche arrière l'une des hélices et fit tourner la caméra ballon sur son axe. Puis les deux propulseurs l'emportèrent en direction du garage. Chevette suivit, décrochant au passage une serviette accrochée à un clou. Elle referma la porte derrière elle, regrettant de ne pas l'avoir fait avant sa séance. Divin Joujou ne savait pas ouvrir les portes.

La serviette avait besoin d'être lavée. Elle était un peu rêche mais ne puait pas. Elle s'essuya les aisselles et la poitrine. Elle rattrapa la plate-forme, passa dessous et déboucha dans la cuisine.

Des cafards avertis s'égaillèrent. Toute surface plane, hormis le sol, était couverte d'assiettes et de verres sales, sans parler d'un bric-à-brac de matériel d'enregistrement. Ils avaient fait la fête, la veille de l'incendie, et personne n'avait encore nettoyé.

Pas de lumière ici, si ce n'est deux écrans vidéo et le clignotement têtu du système de sécurité passant d'une caméra à vision nocturne à une autre. On pouvait lire l'heure dans le coin de l'écran : 04:32. Ils fermaient la moitié du dispositif de surveillance parce ce que les gens allaient et venaient à toute heure, et puis il y avait toujours quelqu'un dans la maison.

Bruissement de la plate-forme, que Tessa venait de positionner derrière Chevette.

«Alors, c'est quoi ? demanda Chevette.

— Regarde dans l'allée», répondit la voix de Tessa dans le haut-parleur.

Chevette se rapprocha de l'écran.

La terrasse qui avance au-dessus du sable…

L'espace entre leur maison et celle des voisins…

L'allée, et la voiture de Carson.

« Merde », dit Chevette, tandis que succède à l'image de la Lexus un autre plan entre les maisons, mais de l'autre côté cette fois, puis une vue prise par la caméra sous la terrasse.

« La caisse est là depuis 3 h 24. »

La terrasse…

« Comment il a pu me trouver ? »

Entre les maisons…

« Sur le net, probablement. Quelqu'un a téléchargé des photos de la fête. On te voit sur plusieurs d'entre elles. »

La Lexus est dans l'allée. Personne à l'intérieur.

« Où est-il ? »

Entre les maisons…

Sous le pont…

« Aucune idée, dit Tessa.

— Et toi, tu es où ? »

La terrasse de nouveau. À regarder comme ça, pensa-t-elle, on commence à voir des choses qui ne sont pas là. Parmi le foutoir sur le comptoir, il y avait un gros couteau à viande gisant dans les restes d'un gâteau au chocolat, sa large lame maculée d'obscurité.

« En haut, dit Tessa. Tu ferais mieux de monter. »

Chevette eut soudain froid dans son collant de cycliste et son t-shirt. Elle frissonna. Quitta la cuisine pour le salon. Gris précédant l'aube de l'autre côté de la baie vitrée. Iain l'Anglais ronflant légèrement, étendu sur le long canapé de cuir, une diode rouge électroluminescente clignotant sur sa combinaison capteur de mouvement au niveau du sternum. La bouche d'Iain avait laissé Chevette perplexe : dents de taille et de couleurs différentes, une dentition d'excentrique. De dingue, disait Tessa. Et il ne quittait jamais cette combinaison, même pour dormir.

Il marmonnait dans son sommeil, et se tourna sur le côté quand elle passa.

Elle s'approcha de la vitre, sentit le froid qui s'en dégageait. Rien sur la terrasse si ce n'est une fantomatique chaise blanche, des boîtes de bière vides. Où était-il ?

L'escalier menant à l'étage dessinait une spirale, les épaisses marches de bois pivotant autour d'un pylône de fer. Elle grimpa, les clips pour pédales en fibre de carbone incrustés dans les semelles de ses chaussures cliquetant sèchement à chaque pas.

Tessa l'attendait en haut, mince silhouette blonde dans un manteau duveteux que Chevette savait de couleur orange brûlée à la lumière du jour. « Le van est garé à côté, dit-elle. Allons-y.

— Où çà ?

— Dans le nord. Ma bourse est arrivée. J'étais au téléphone avec ma mère et je lui annonçais la nouvelle quand ton petit ami est arrivé.

— Il est peut-être venu pour discuter », dit Chevette. Elle avait raconté à Tessa qu'il l'avait battue. Maintenant, elle regrettait autant sa remarque que ses aveux.

« Je ne pense pas que tu aies envie de courir ce risque. On se tire, d'accord ? Tu vois, je suis prête. » Et de flanquer un coup de hanche au gros fourre-tout accroché à son épaule.

« Pas moi, dit Chevette.

— Tu n'as pas encore défait ta valise, tu ne te souviens pas ? » Ce qui était vrai. « On sort par la terrasse, on fait le tour de chez Barbara, on monte dans le van, et c'est parti.

— Non, dit Chevette, réveillons tout le monde, allumons les lumières dehors. Qu'est-ce qu'il peut faire ?

— Je ne sais pas ce qu'il peut faire. Mais il peut toujours revenir. Il sait que tu es ici, maintenant. Tu ne peux pas rester.

— Je ne sais pas s'il me ferait du mal, Tessa.

— Tu veux repartir avec lui ?

— Non.

— Tu l'as invité à venir ici ?

— Non.

— Tu as envie de le voir ? »

Hésitation. « Non.

— Alors, va chercher ton sac. » Tessa passa devant elle. « Tout de suite », ajouta-t-elle en commençant à descendre.

Chevette ouvrit la bouche pour dire quelque chose, se ravisa et prit le couloir menant à sa chambre. Un placard, en vérité, mais qui était plus grand à l'intérieur que certaines maisons sur le pont. Un dôme en verre dépoli s'allumait quand on ouvrait la porte. Quelqu'un avait découpé un matelas de mousse qui recouvrait le sol de cet espace étroit et sans fenêtre entre un porte-chaussures fait d'un bois tropical de couleur blonde et une plinthe de la même matière. Chevette n'avait jamais vu de pièce de bois aussi bien exécutée. Sans la crasse des locataires actuels, la maison entière aurait révélé le même souci de perfection, et Chevette s'était demandée qui avait vécu ici et ce qu'ils avaient dû éprouver en partant. En tout cas, à en juger par la taille du râtelier, ils possédaient plus de paires de chaussures que Chevette n'en aurait jamais dans toute sa vie.

Son sac à dos était posé sur le matelas de mousse. Même pas débouclé, comme Tessa l'avait dit. Juste ouvert, sa trousse de toilette et de maquillage à côté. Le vieux blouson de motard de Skinner accroché à une patère, ses épaules larges et rassurantes sur le cintre en bois. Jadis noir, sa peau de cheval avait viré au gris avec l'usage et le temps. Plus vieux qu'elle ne l'était, il avait dit. Sur la barre du cintre, un jean noir, neuf. Elle se déchaussa et enfila le jean par-dessus sa culotte de cycliste. Elle tira un t-shirt noir du sac. Il sentait le propre quand elle le passa par-dessus sa tête. Elle avait lavé toutes ses affaires chez Carson, quand elle avait décidé de partir. Elle s'accroupit sur le matelas pour lacer ses bottines, sans chaussettes. Elle se releva, décrocha le blouson de Skinner. Il était lourd, comme imprégné du poids de la bête dans la peau de laquelle il avait été taillé. Elle se sentait en sécurité dedans. Se souvenait qu'elle avait toujours roulé avec lui dans les rues de San Francisco, pesant sur ses épaules comme une armure.

« Allez », appela doucement Tessa depuis le salon.

Tessa était passée chez Carson en compagnie d'une autre fille, une Sud-Africaine, pour l'interviewer sur son travail à Real One. Le courant était passé entre Chevette et cette blonde maigre aux traits un peu trop forts, mais qui était quand même superbe et tellement intelligente.

Trop intelligente, pensait Chevette en fourrant sa trousse de toilettes dans le sac, parce qu'elle s'en allait maintenant avec elle à San Francisco, sans être sûre que ce fût une bonne idée.

« Allez, arrive. »

Elle se pencha, boucla son sac à dos, le passa à son épaule, et vit ses chaussures de bike. Pas le temps. Elle sortit et referma sans bruit la porte du placard.

Elle descendit dans le salon, où Tessa s'assurait que l'alarme des portes vitrées était désactivée.

Iain grognait et s'agitait dans son sommeil.

Tessa ouvrit l'une des portes, juste assez pour qu'elle passe, la lourde vitre grinçant sur son rail corrodé.

Chevette sentit la fraîcheur océane. Tessa sortit, se pencha à l'intérieur pour prendre son fourre-tout.

Chevette suivit, son sac à dos frottant contre l'encadrement. Quelque chose lui frôla les cheveux. Divin Joujou. Tessa s'en empara et le confia à Chevette, qui le prit par l'une des cages de propulsion ; l'appareil était aussi léger qu'étrange et d'une apparence tellement fragile. Puis elle aida Tessa à refermer la porte en veillant à ce qu'elle ne grince pas sur le rail.

Elle se redressa, se retourna et porta son regard vers le léger trait de gris qui était tout ce qu'elle pouvait voir de l'océan, au-delà des rouleaux de barbelés, et éprouva comme un vertige, prise un bref instant du sentiment qu'elle se trouvait tout au bord du monde. Elle avait déjà ressenti cela, sur le pont, au-dessus de l'abri de Skinner, sur ce toit étroit d'où l'on dominait toutes choses, se tenant là dans le brouillard qui ouatait la baie et où les bruits du monde vous revenaient jaillis de sources inattendues.

Tessa descendit les quatre marches menant à la plage, et Chevette perçut son pas crissant dans le sable. Tout était calme et silencieux. Elle frissonna. Tessa s'accroupit, fouillant du regard l'espace sombre sous la terrasse. Où était-il ?

Elle ne le virent jamais, ni là ni cette nuit, alors qu'elles longeaient la terrasse de Barbara, dont les grandes fenêtres étaient toutes voilées de tissu métallique et de carton décoloré par le soleil. Barbara avait toujours habité là. Elle se montrait rarement. Tessa avait essayé de lier connaissance, elle désirait l'inclure dans son documentaire, communauté interstitielle d'une seule personne, ermite dans sa propre maison, enterrée au milieu de demeures transformées en appartements communautaires. Chevette se demanda si Barbara les observait faire le tour de sa propriété pour gagner le van de Tessa, véhicule presque cubique, ses peintures décapées par le sable et le vent.

Tout cela devenait à chaque pas la texture d'un rêve pour Chevette, et maintenant Tessa déverrouillait la portière, après avoir braqué sa lampe électrique à travers la vitre pour s'assurer qu'il ne les attendait pas à l'intérieur, et ce ne fut qu'en montant du côté passager sur le siège grinçant recouvert d'une couverture qu'elle sut qu'elle s'en allait. Quelque part.

Et elle trouvait ça plutôt bien.

8
Le trou

Dérive.

Laney est à la dérive.

Dans ces cas, il a une politique : laisser filer. Il accepte l'errance.

Le danger d'accepter l'errance, c'est qu'elle risque de déboucher sur le trou.

Et c'est autour du trou que l'être même de Laney est construit. Le trou est l'absence d'un noyau fondamental. C'est dans le trou qu'il a toujours fourré drogues, carrière, femmes, information.

Surtout – et plus tard – l'information.

L'information. Ce flux. Cette… corrosion.

Dérive.

Une fois, avant qu'il ne parte à Tokyo, Laney se réveilla dans la chambre de sa suite au Château.

Il faisait nuit, et on n'entendait que des chuintements de pneus dans Sunset ; le grondement étouffé d'un hélicoptère, chassant dans les collines, derrière.

Et le trou était là, à côté de lui, dans la solitude de son grand lit.

Le trou, si proche et personnel.

9
L'aiguille des secondes

Brillantes pyramides de fruits sous un néon bourdonnant.

Il regarde le garçon vider un deuxième litre de boisson fruitée. Avalant d'une seule traite sans effort apparent le contenu du grand gobelet de plastique.

« Tu ne devrais pas boire des boissons froides aussi vite. »

Le garçon lève les yeux vers lui. Il n'y a rien entre son regard et son être : pas de masque. Pas de personnalité. Apparemment, il n'est pas sourd, parce qu'il a compris l'invitation à se rafraîchir. Mais rien ne prouve, du moins pas encore, qu'il a l'usage de la parole.

« Parles-tu espagnol ? » La question est formulée dans la langue de Madrid, une dont il n'a pas usé depuis des années.

Le garçon place le gobelet vide à côté du premier et regarde l'homme. Il n'y a pas de peur en lui.

« Les garçons qui m'ont attaqué, ils étaient tes amis ? » Question posée en haussant un sourcil.

Pas de réponse.

« Quel âge as-tu ? »

Il est certainement plus vieux que son âge affectif. Des

ombres de duvet rasé sur la lèvre supérieure. Yeux marron clair et sereins.

Le garçon regarde les deux gobelets vides sur le comptoir d'inox usé. Il lève de nouveau les yeux vers l'homme.

« Un autre ? Tu en veux un autre ? »

Le garçon hoche la tête.

L'homme fait signe à l'Italien derrière le comptoir. Il se tourne vers le garçon.

« Tu as un nom ? »

Rien. Rien ne bouge dans les yeux marron. Le garçon le regarde aussi calmement que le ferait un chien repu.

La machine à broyer la chair des fruits s'ébranle. Des glaçons crissent sous les lames. L'Italien verse le jus épais dans le gobelet de plastique et pose celui-ci devant le garçon, qui regarde la chose.

L'homme se déplace légèrement sur son tabouret en métal, son long manteau drapé sur lui comme deux ailes pliées. Sous le bras, soigneusement nettoyé, le poignard repose dans sa gaine magnétique.

Le garçon prend le gobelet, ouvre la bouche et boit l'épaisse mixture de glace et de fruit.

Probablement débile, pense l'homme. Les effets de la tragique matrice de la ville. La vie pervertie par les pollutions chimiques, la malnutrition, les coups du sort. Pourtant, comme tout le monde, comme l'homme lui-même, il est exactement là en heure et place où il doit être. C'est le Tao : l'obscurité à l'intérieur de l'obscurité.

Le garçon repose le gobelet vide à côté des deux autres.

L'homme se lève en reboutonnant son manteau.

Le garçon tend la main. Deux doigts touchent la montre que l'homme porte au poignet gauche. Il ouvre la bouche comme s'il allait parler.

« L'heure ? »

Un mouvement se fait dans les profondeurs brunes des yeux du garçon.

C'est une montre très ancienne, achetée chez un marchand spécialisé dans une arcade fortifiée de Singapour. C'est un trophée de guerre. Elle rappelle à l'homme des batailles menées en une autre époque. Elle lui dit que chaque combat sera un jour obscur et presque oublié, que seul le moment compte, compte absolument.

Le guerrier éclairé part au feu comme aux funérailles de la bien-aimée, et comment pourrait-il en être autrement ?

Le garçon se penche en avant, maintenant, la chose derrière ses yeux voyant seulement la montre.

L'homme pense aux deux qu'il laisse derrière lui cette nuit sur le pont. Des chasseurs si l'on peut dire, qui ne chasseront plus. Et celui-ci, qui les suivait. Pour ramasser les miettes.

« Elle te plaît ? »

Rien ne brise la concentration, le lien qui s'est établi entre le regard du garçon et l'austère face noire de la montre.

Le Tao se meut.

L'homme dégrafe la boucle d'acier qui maintient le bracelet et tend la montre au garçon. Il fait cela sans penser. Il le fait avec la même assurance inconsciente qu'il a manifestée une demi-heure plus tôt en tuant. Il le fait parce que cela lui convient, parce que sa vie est alignée sur le Tao.

Il n'y a nul besoin de dire au revoir.

Il laisse le garçon perdu dans la contemplation des aiguilles trottant sur le cadran noir.

Il s'en va. L'instant en parfait équilibre.

10

Acropole américaine

En arrivant, Rydell finit par obtenir un plan de San Francisco sur ses lunettes brésiliennes, mais il avait encore besoin de Creedmore pour lui dire comment se rendre au garage où ils devaient déposer la Hawker-Aichi. Il réveilla donc son passager pour lui poser la question. Creedmore parut un instant avoir oublié qui était Rydell, mais il fit tout de même un effort louable pour s'en souvenir. Il savait en effet, dit-il après avoir examiné une carte de visite froissée dans la poche gousset de son jean, où ils devaient aller.

C'était un vieux garage à étages, dans le genre de quartier où les constructions de ce type étaient d'ordinaire reconverties en résidences, mais la présence notable de barbelés suggérait que ce n'était pas encore une zone anoblie. L'entrée était gardée par deux vigiles d'Universal, une agence spécialisée dans la petite surveillance industrielle. À l'abri dans leur poste près de la grille, ils regardaient Real One sur un écran plat posé sur une grande table de bureau en acier qui semblait avoir été martelé à la masse et était encombrée de gobelets et autres conteneurs de repas à emporter. Rydell trouva qu'ils étaient bien installés ; nul doute qu'ils ne tarderaient pas à être relevés, car il était sept heures du matin. Pas un méchant boulot, apparemment.

« On délivre une voiture », leur dit Rydell.

Il y avait un daim à l'écran. Derrière lui, les silhouettes familières des gratte-ciel de Détroit. Le logo de Real One dans le coin lui donna l'explication : documentaire animalier.

Vérification faite, l'emplacement de parking mentionné sur le papier que lui avait remis Creedmore était bien réservé et réglé. Ils lui demandèrent une signature, lui dirent de se garer au numéro vingt-trois, niveau six. Il remonta en voiture, grimpa la première rampe, les pneus mouillés hurlant sur le béton.

Creedmore menait une opération toilette dans le miroir éclairé derrière la visière du passager. Cela consistait à passer et repasser ses doigts dans sa tignasse, essuyer ceux-ci sur son jean et se frotter les yeux. Il considéra d'un air satisfait le résultat. « Il est temps de boire un coup, dit-il au reflet de ses yeux injectés de sang.

— Il est sept heures et demie, grommela Rydell.

— C'est bien ce que je disais. »

Rydell trouva le numéro vingt-trois peint sur le mur, entre deux véhicules recouverts de bâches blanches. Il gara soigneusement la Hawker et entreprit d'arrêter le moteur et toutes les autres fonctions. Il y parvint sans avoir à consulter l'aide sur l'ordinateur de bord.

Creedmore sortit et s'en fut pisser contre le pneu de quelqu'un d'autre.

Rydell vérifia l'intérieur pour voir s'ils n'avaient rien oublié, défit sa ceinture et se pencha pour fermer la portière côté passager, ouvrit le coffre, vérifia qu'il avait les clés, sortit et referma la portière.

« Dis-moi, Buell, ton ami va venir récupérer sa caisse, non ? » Rydell retira son manteau du coffre étrangement étroit, qui faisait penser à un cercueil d'enfant. Il n'y avait rien d'autre dedans, aussi se dit-il que Creedmore était un voyageur sans bagages.

« Non, répondit Creedmore, il la laissera là jusqu'à ce qu'elle disparaisse sous la poussière. » Il reboutonna sa braguette.

« Alors, je laisse les clés aux vigiles en bas ?

— Non, non, tu me les files.

— J'ai signé, dit Rydell.

— Donne-les moi.

— Buell, ce véhicule est sous ma responsabilité, maintenant. Ils ont ma signature. » Il referma le coffre et actionna le système de sécurité.

« Reculez, s'il vous plaît, dit la Hawker-Aichi. Respectez mes frontières et je respecterai les vôtres. » Elle avait une très belle voix asexuée, douce mais ferme.

Rydell recula d'un pas.

« C'est la voiture de mon pote et les clés sont à lui, et c'est moi qui dois les lui donner. » Creedmore avait la main posée sur sa grosse boucle de ceinturon comme si celui-ci était la barre de son navire amiral, mais il avait l'assurance affalée, et probablement la gueule de bois.

« T'auras qu'à lui dire que les clés sont ici. C'est la meilleure façon de faire. Comme ça tout le monde est sûr de récupérer ses billes. » Rydell passa son sac à l'épaule et commença à redescendre par la rampe, heureux de pouvoir se dégourdir les jambes. Il jeta un regard à Creedmore. « À un de ces quatre, Buell.

— Fils de pute », dit Creedmore, mais Rydell préféra penser que cela s'adressait à l'univers qui l'avait créé plutôt qu'à sa propre personne. Creedmore avait décidément l'air perdu et débranché du réel, clignant des yeux sous la lueur verdâtre des néons du parking.

Rydell continua de descendre la spirale de béton jusqu'à ce qu'il arrive au poste à l'entrée. Les vigiles d'Universal buvaient du café en regardant la fin du documentaire. Le daim avançait dans la neige, que poussait un fort vent, blanchissant les hautes parois du cœur mort et monumental de Détroit, hautes tours de brique s'élevant pour disparaître dans un ciel laiteux.

Ils filmaient beaucoup de documentaires sur la nature dans cette ancienne mégapole.

Il sortit dans la rue, cherchant un taxi ou un endroit qui servît des petits-déjeuners. Sentant combien San Francisco était différent de Los Angeles, et se disant que cela lui convenait parfaitement. Il trouverait quelque chose à manger et utiliserait les lunettes brésiliennes pour appeler Tokyo.

Et en savoir plus à propos de cet argent.

11
L'autre type

Chevette n'avait jamais conduit de voiture, et il revint donc à Tessa de les amener à San Francisco. Cela ne semblait pas inquiéter celle-ci. Elle avait l'esprit tout occupé de son documentaire, et elle pouvait y réfléchir au volant et parler à Chevette des diverses communautés qu'elle désirait filmer et du montage qu'elle envisageait. Chevette se contenta d'écouter ou de faire semblant jusqu'à ce que le sommeil la gagne. Elle s'endormit au moment où Tessa lui parlait d'une certaine Cité fortifiée, qui avait réellement existé, près de Hong Kong, et qui avait été rasée avant que la ville redevienne possession chinoise. Et puis il y avait eu cette bande de cinglés du net qui en avaient édifié une copie, une espèce de grand site communautaire dans lequel ils s'étaient enfermés. Chevette opina sans comprendre mais cette histoire provoqua en elle des images qui la laissèrent rêveuse.

« Et cet autre type ? »

La voix de Tessa sortit Chevette de sa rêverie. Elle cligna des yeux et regarda la route, dont la ligne blanche semblait se dévider sous la voiture. « Quel autre type ?

— Le flic. Celui avec qui tu es partie à Los Angeles.

— Rydell.

— Pourquoi ça n'a pas marché ? » demanda Tessa.

Chevette n'avait pas vraiment de réponse à cette question. « Je ne sais pas, ça n'a pas collé, c'est tout.

— Alors il a fallu que tu te mettes avec Carson ?

— Non, je n'y étais pas obligée. » C'était quoi, toutes ces grandes hélices blanches dans un champ, là-bas ? Des éoliennes. Elles fournissaient de l'électricité. « Il était là, et je me suis dit pourquoi pas lui.

— Ouais, j'ai connu ça, moi aussi », dit Tessa.

12
El primero

Fontaine découvre pour la première fois le gosse alors qu'il expose sa marchandise dans la vitrine étroite de sa boutique : des cheveux en bataille au-dessus d'un front pressé contre le verre blindé.

Fontaine ne laisse rien de valeur dans la vitrine la nuit, mais il déteste l'idée d'une devanture entièrement vide.

Il n'aime pas qu'on puisse passer devant chez lui et découvrir cette nudité. Cela le fait penser à la mort. Aussi chaque soir garde-t-il exposés quelques articles sans valeur, se contentant de signaler quel type d'objets il achète et vend, mais c'est plutôt chez lui un rite propitiatoire.

Ce matin, il y a dans la vitrine trois montres suisses mécaniques de qualité inférieure, leurs cadrans piquetés par le temps, un canif au manche de corne en très bon état, et un téléphone de campagne de l'armée est-allemande qui a l'air d'avoir été conçu pour résister à une explosion nucléaire.

Fontaine, qui vient de boire son premier café matinal, observe à travers la vitre cette touffe de cheveux hirsutes. Il pense d'abord à un cadavre – il en a déjà découvert plus d'un – mais celui-ci est agenouillé, comme en prière. Et il est en vie, car son souffle embue le verre d'un halo.

Dans la main gauche de Fontaine il y a une Cortebert 1947 à remontoir; le boîtier est en or et la montre est dans une condition si parfaite qu'elle paraît neuve. Dans la droite, il tient un gobelet de plastique rouge rempli de café cubain, dont l'arôme brûlé et un peu âcre envahit la boutique.

La condensation pulse lentement sur la vitrine : des auréoles grises délimitent les narines de l'agenouillé.

Fontaine replace la Cortebert sur le présentoir avec le reste de ses plus belles possessions, étroites divisions de velours passé contenant une douzaine de montres, et il pose le tout sur le comptoir derrière lequel il officie. Puis, passant le gobelet dans sa main gauche, il s'assure de la dextre que son Smith & Wesson 32-22 est bien dans la poche droite de son pardessus élimé qui lui sert de peignoir.

Le petit revolver est bien là, plus vieux que certaines de ses meilleures montres, sa crosse au bois de noyer usé, familière et rassurante. Probablement destiné à la panoplie d'un pêcheur, pour se prémunir contre les serpents d'eau ou faire des cartons sur des bouteilles vides, le Smith est un choix bien pesé de Fontaine : une arme de poing trapue, avec un barillet à six coups. Il ne veut tuer personne, Fontaine, bien qu'à la vérité cela lui soit déjà arrivé et pourrait se reproduire. Il n'aime pas qu'une arme de poing ait un fort recul et une puissante détonation et il se méfie des automatiques. C'est un anachronique, un historien : il sait que son Smith & Wesson à cartouches à amorce centrale fut l'arme de poche la plus répandue en Amérique jusqu'au milieu du vingtième siècle. Un revolver simple et fiable, ainsi qu'une rareté, comme la plupart de ses marchandises.

Il finit son café et pose le gobelet sur le comptoir à côté du présentoir de montres.

C'est un bon tireur, Fontaine. À douze pas, dans la position archaïque du duelliste le pistolet dans une seule main, il a la réputation de mettre toujours dans le mille.

Il hésite avant de déverrouiller la porte du magasin. Peut-être l'agenouillé n'est-il pas seul. Fontaine a peu d'ennemis sur le pont lui-même, mais qui saurait dire ce qui peut arriver de chaque bout, de San Francisco ou d'Oakland ? Et les sauvages de Treasure Island ont d'ordinaire un aspect autrement plus inquiétant.

Mais tout de même.

Il ouvre le dernier verrou et tire son revolver.

Le soleil filtre comme une bénédiction à travers l'agglomérat d'abris qui enrobe le pont. Fontaine hume l'air iodé, source de corrosion.

« Eh, mister ! » dit-il en tenant le revolver sous les plis de son pardessus.

Sous ce pardessus sans ceinture, Fontaine porte un pantalon de pyjama à carreaux et une longue chemise blanche légèrement jaunie par les caprices de la lessive et, aux pieds, de vieilles chaussures noires sans lacets ni chaussettes.

Deux yeux marron se lèvent vers lui.

« Qu'est-ce que tu fais là ? »

Le garçon penche la tête de côté, comme s'il écoutait quelque chose que Fontaine ne peut pas entendre.

« Va-t'en de ma vitrine ! »

Avec une absence de grâce si totale qu'aux yeux de Fontaine elle confine à la grâce, le garçon se relève. Les yeux marron regardent l'homme sans donner l'impression de le voir ou même, peut-être, de le reconnaître en tant qu'être humain.

Fontaine dévoile le Smith & Wesson, le doigt crocheté sur la détente, mais sans le pointer sur le gosse. Il ne pointe jamais un revolver sur quelqu'un s'il n'a pas l'intention de tirer, une leçon apprise il y a bien longtemps de son père.

Cet agenouillé qui embue sa vitrine n'est pas du pont. Fontaine ne saurait expliquer pourquoi, mais il en a la certitude. C'est d'avoir vécu ici depuis des lunes. Il ne connaît pas tout le monde sur le pont, et il n'en a jamais eu le désir, mais il n'en distingue pas moins les résidents des autres, et cela sans jamais se tromper.

Il lui manque, toutefois, quelque chose à celui-ci. Il y a un défaut dans cette manière de ne pas être, et ce n'est pas la drogue qui en est la cause. La population du pont compte pas mal de déséquilibrés, mais ils font d'une certaine manière partie du décor et ne troublent pas, comme celui-ci, le rituel mercantile.

Quelque part dans les hauteurs, une bâche plastique bat furieusement sous le vent de la baie, telle l'aile folle d'un grand oiseau blessé.

Fontaine, plongeant son regard dans ces yeux qui refusent de se fixer (qui sont incapables de le faire, pense-t-il maintenant), regrette d'avoir ouvert sa porte. L'air chargé de sel ronge le métal brillant des mécanismes horlogers. Il fait un geste de sa main armée : fous le camp.

Le garçon tend la main. Dans sa paume, une montre.

« Quoi ? Tu veux la vendre ? »

Le regard ne semble pas enregistrer la question.

Fontaine, mû par un mouvement qu'il sait de pure compulsion, fait un pas en avant, son doigt crocheté bien ferme sur la queue de détente du Smith. Le chien n'est pas armé, pour plus de sûreté, mais il suffit de le ramener complètement en arrière d'un rapide mouvement du pouce.

Apparemment acier inoxydable. Cadran noir.

Fontaine embrasse d'un regard le jean noir de crasse, les tennis râpées, le t-shirt rouge passé remonté sur un ventre proéminent de sous-alimenté.

« Tu veux me la montrer ? »

Le garçon regarde la montre dans sa main puis désigne les trois dans la vitrine.

« Bien sûr, dit Fontaine, nous avons des montres. De toutes sortes. Tu veux les voir ? »

Le gosse, le doigt toujours pointé sur la devanture, le regarde.

« Entre, dit Fontaine, il fait froid, ici. » Le revolver toujours à la main mais le doigt plus relâché, il recule dans sa boutique. « Tu viens ? »

Une hésitation, et puis le môme se décide, tenant la montre au cadran noir comme si c'était un petit animal.

Ce ne doit pas être grand-chose, pense Fontaine. Une Waltham de l'armée toute rouillée à l'intérieur. De la merde. Et quel con il fait d'avoir laissé entrer ce monstre.

Le garçon s'est arrêté au milieu de la petite boutique. Fontaine referme la porte, donne un seul tour de verrou, et bat en retraite derrière son comptoir. Tout cela sans jamais abaisser son arme ni lâcher des yeux son visiteur.

Les yeux du garçon s'écarquillent en découvrant le présentoir. « Commençons par le commencement », dit Fontaine, écartant l'écrin de sa main libre. « Voyons voir. » Il désigne la montre au cadran noir. « Donne. » Fontaine tapote le sous-main de similicuir vert sombre frappé de la marque Rolex.

Le gosse semble avoir compris, cette fois. D'une main aux ongles cassés cernés de crasse noire, détail qui n'échappe pas à l'œil de Fontaine, il dépose la montre sur le petit tapis. Pour la première fois, Fontaine peut voir le cadran. « Merde, murmure-t-il, son regard s'animant. Recule un peu, tu veux bien », dit-il gentiment au garçon en explicitant sa demande d'un mouvement du canon de son Smith & Wesson. Le gosse fait un pas en arrière.

Ne perdant pas de vue le gamin, Fontaine sort sa loupe de la poche gauche de son pardessus et la porte à son œil gauche. « Ne bouge pas, hein ? Tu ne voudrais pas que ce revolver parte... »

Fontaine ramasse la montre, l'examine brièvement, siffle malgré lui. « Jaeger LeCoultre. » Il cligne des yeux, vérifie que le garçon n'a pas bougé, reprend son examen, du boîtier cette fois et de l'inscription gravée au dos. « Royal Australian Air Force, 1953, dit-il. Où est-ce que tu as volé ça ? »

Rien.

« Elle est comme neuve. » Fontaine est soudain empli d'une grande perplexité. « C'est une contrefaçon ? »

Pas de réponse.

Fontaine regarde de nouveau à travers la loupe. « Authentique, alors ? »

Fontaine veut cette montre.

Il la pose sur le sous-main, au-dessus de l'emblème défraîchi d'une couronne dorée, et remarque que le bracelet en veau noir est cousu main autour des deux barrettes fixées entre les pattes. Ce travail du cuir, qu'il pense être italien ou australien, peut avoir coûté plus cher que certaines de ses plus belles montres. Le garçon reprend son bien.

Fontaine pousse le présentoir vers lui. « Regarde. Tu veux échanger ? Il y a une Gruen Curvex, là. Une Tudor "London", 1948. Une Vulcain Cricket, ici, à lunette en or, en très bon état. »

Mais il sait déjà que sa conscience s'opposera à ce qu'il dépouille cette âme perdue de cette montre, et cela le navre. Fontaine a essayé toute sa vie de cultiver la malhonnêteté, ce que son père appelait les « procédés déloyaux », mais il n'y est jamais parvenu.

Le garçon oublie Fontaine et se penche au-dessus de l'écrin.

« Tiens », dit Fontaine en écartant le présentoir pour le remplacer par son portable cabossé. Qu'il allume et ouvre aux pages où il fait ses achats de montres. « Tu appuies ici et puis ici, pour savoir ce que tu regardes. » Il en fait la démonstration. Une Jaeger à boîtier en argent s'affiche sur l'écran.

Fontaine presse l'autre touche. « Chronomètre Jaeger, 1945, acier inoxydable, cadran d'origine, gravure au dos du boîtier », dit la rubrique.

« Dos, dit pour la première fois le garçon. Boîtier.

— Là. » Fontaine montre au garçon le dos en acier inoxydable d'une Tissot plaquée or. Il y a une inscription gravée : « Avec les félicitations de Joe Blow, pour ces vingt-cinq années chez Blowcorp ».

Le garçon est sans expression. Appuie sur la touche. Une autre montre apparaît à l'écran. L'autre touche. « Vulcain 1960, à remontage automatique, cadran en très bon état. »

« "En très bon état" mon œil, fait observer Fontaine. Tu vois ces petites taches, là ? » Il pointe du doigt certaines mouchetures sur le boîtier. « Disons, bon état.

— Bon état », répète le garçon en levant les yeux vers Fontaine. Et il presse la touche qui produit l'image d'une autre montre.

« Laisse-moi voir ta montre, tu veux ? demande Fontaine en désignant la main du môme. Ne crains rien, je te la rendrai. »

Le garçon regarde Fontaine. Qui range son revolver dans sa poche et montre ses mains vides.

« C'est juste pour la regarder. »
Le garçon tend la montre. Fontaine la prend.
« Tu veux bien me dire où tu l'as eue ? »
Silence.
« Tu veux une tasse de café ? »
Fontaine fait un geste en direction de la cafetière sur la plaque chauffante. Il en émane une odeur âcre de café bouillant.
Le garçon a compris.
Il secoue la tête.
Fontaine rechausse la loupe et contemple ce bijou.
Bon Dieu, ce qu'il aimerait l'avoir, cette montre.

Plus tard dans la journée, quand le commis d'une des gargotes du pont lui apporte son déjeuner, Fontaine a la Jaeger LeCoultre dans la poche de son pantalon de tweed gris à la ceinture très haute et plissée, mais il sait que la montre ne lui appartient pas. Le garçon est maintenant dans l'arrière-boutique, dans ce petit espace encombré qui sépare le commerce de Fontaine de son appartement, et l'odeur de vieille sueur et de vêtements sales que dégage son visiteur se mêle à l'arôme du café.

Alors que le commis s'éloigne sur sa bicyclette de livraison, Fontaine ouvre le petit conteneur de plastique. Des tempura, aujourd'hui. Ce n'est pas ce qu'il préfère, mais il a faim. De la vapeur s'échappe du bol de miso, quand il en ouvre le couvercle. Il s'immobilise.

« Hé ! appelle-t-il. Tu veux un peu de miso ? Pas de réponse. De la soupe, tu entends ? »

Fontaine soupire, descend de son tabouret et emporte le bol fumant dans le réduit.

Le garçon est assis sur le sol, les jambes croisées, le portable ouvert sur ses genoux. Fontaine voit l'image d'un gros chronomètre flotter sur l'écran. Un truc des années quatre-vingt, d'après l'aspect.

« Tu veux du miso ?

— Zenith, dit le garçon. El Primero. Boîtier acier inoxydable, trente-et-un rubis, mouvement 3019PHC. Bracelet acier, fermeture à rabat. Platine et mouvements signés. »

Fontaine le regarde en ouvrant de grands yeux.

13
Lumière du jour d'occasion

Yamazaki revient avec des antibiotiques, de quoi manger, du café dans un conteneur autochauffant. Il est vêtu d'un blouson d'aviateur en nylon et porte ses provisions en même temps que son portable dans un filet bleu.

Il descend dans la station à une heure de faible affluence, bien avant le rush de la soirée. Il a eu le sommeil agité la nuit précédente, ses rêves hantés par le visage parfait de Rei Toei qui est en quelque sorte son employeur et qui, par ailleurs, n'existe pas.

Elle est une voix, un visage, familier à la multitude. Elle est un océan de chiffres, l'ultime expression du software de divertissement. Son public sait qu'elle ne marche pas parmi les hommes; il sait qu'elle n'est qu'un pur média. Et c'est ce qui fait une grande partie de son charme.

Sans Rei Toei, songe Yamazaki, Laney n'en serait pas là. C'est sa tentative de la comprendre, de percer ses motivations, qui ont d'abord amené Laney à Tokyo, où il s'est mis au service de Rez et de son équipe, après que le chanteur eut annoncé son intention d'épouser Rei Toei. Et comment serait-ce possible? avaient-ils demandé.

Comment un humain, aussi médiatisé fût-il, pouvait-il convoler en justes noces avec une configuration de progiciels, un rêve ?

Et Rez, le chanteur sino-irlandais, la pop star, avait essayé. Yamazaki sait cela. Il le sait plus que tout autre, y compris Rez, parce que Rei Toei lui en a parlé. Il comprend que Rez existe dans le royaume du digital autant qu'il est possible à un humain de le faire. Si l'homme Rez venait à mourir Rez l'icône continuerait d'exister. Mais le désir de Rez était d'aller là-bas, où demeure Rei Toei. Demeurait, car elle a en vérité disparu.

Le chanteur avait cherché à la rejoindre dans quelque dimension du digital ou sur quelque frontière pas encore imaginée entre les deux mondes. Et il avait échoué.

Mais elle, y était-elle parvenue ? Et pourquoi Laney avait-il fui lui aussi ?

Rez est aujourd'hui en tournée dans les États du Kombinat. Persiste à voyager par le rail. De gare en gare, avec Moscou pour but, laissant des rumeurs de folie dans le sillage de son groupe.

Étrange voie obscure que celle prise par Laney, pense Yamazaki en descendant l'escalier menant au petit hameau de carton. Que sont ces points nodaux dans l'histoire, ce nouveau dessin émergeant dans la texture des choses, ce changement total annoncé ?

Laney est une variété anormale, un mutant, le produit accidentel d'expériences secrètes sur une substance produisant chez certains des cobayes une capacité analogue à des pouvoirs métapsychiques. Mais Laney n'est pas un psychique au sens métaphysique du terme ; il est en fait capable à travers les désordres organiques provoqués il y a longtemps par le 5-SB de déceler tout changement survenant dans les immenses flux de données.

Aussi Yamazaki soupçonne-t-il Laney de savoir pourquoi et comment et où Rei Toei a disparu. C'est la raison pour laquelle il est retourné à Tokyo et a retrouvé Laney. Il s'est montré très prudent, brouillant les pistes et veillant à ne pas être pris en filature, tout en sachant que tout cela ne le mènerait peut-être à rien.

L'odeur du métro de Tokyo lui est aussi familière que celle de l'appartement de sa mère ; elle le rassure. C'est une odeur à la fois très caractéristique et impossible à décrire. C'est l'odeur de l'humanité japonaise, dont il fait intimement partie, et c'est dans cet environnement singulier, ce monde labyrinthique de couloirs carrelés de blanc et de trains feutrés qu'elle se manifeste le plus.

Il trouve la galerie entre les deux escalators et redoute de ne plus y trouver les abris.

Mais ils sont toujours là, et quand il met un masque blanc microporeux et entre dans l'abri fortement éclairé du maître maquettiste, rien n'a changé si ce n'est que le vieil homme concentre maintenant ses efforts sur un dinosaure à plusieurs têtes, bleu et argent, avec des pattes arrières articulées. Le pinceau dessine un œil reptilien. L'artiste est tout à sa tâche.

« Laney ? »

Nulle réponse derrière le carré de couverture jaune melon.

Yamazaki salue le vieil homme de la tête et passe devant lui sur les mains et les genoux, poussant son sac à provisions devant lui.

« Laney ?

— Chut, répond Laney de son antre sombre et fétide. Il est en train de parler.

— Qui est en train de parler ? » Il franchit la partition laineuse dont le contact sur sa joue lui rappelle le jardin d'enfants.

Alors que Yamazaki se glisse sous l'abri, Laney déclenche un projecteur dans ses lourds visiophones : les images qu'il visionne éclaboussent Yamazaki d'une lumière si violente qu'elle l'oblige à se détourner. Laney voit des silhouettes découpées dans une lumière du jour de seconde main. Perçoit un dialogue. « J'imagine qu'il fait ça de manière régulière ? » L'image se stabilise digitalement. « Suivrait-il les phases lunaires ? »

Zoom sur l'une des silhouettes, minces et masculines. Bouche obscurcie par une écharpe. Cheveux raides et noirs au-dessus d'un haut front blanc. « Non, nous n'en avons pas la preuve. Un opportuniste, plutôt. Il attend qu'ils viennent à lui. Alors, il les tue. Ceux-là… » La caméra pivote lentement pour cadrer le visage et la poitrine nue d'un cadavre d'homme, les yeux grands ouverts. « … sont des braqueurs. Celui-ci avait du dancer dans sa poche. » Il y a une sombre virgule sur le torse du mort, juste en dessous du sternum. « L'autre a été frappé à la gorge, sans que les artères soient touchées.

— Intentionnel, dit la voix de l'homme qu'on ne voit pas.

— Nous avons établi un portrait, dit l'homme à l'écharpe, hors caméra, tandis que le visage du cadavre est projeté contre le mur en carton de l'abri et sur la couverture jaune. Nous avons aussi un relevé anthropométrique complet. Mais vous continuez de les ignorer.

— Naturellement.

— Vous niez l'évidence. » Deux paires de mains, gantées de latex, retournent le mort. Il y a une seconde blessure, plus petite, sous une omoplate. « Il constitue un véritable danger, pour vous aussi bien que pour les autres.

— Mais il est intéressant, n'est-ce pas ? »

La blessure, en plan rapproché, dessine une petite bouche, dénuée de sourire. Le sang autour est noir. « Ce n'est pas mon avis.

— Mais n'êtes-vous pas vous-même… intéressant ?

— Non. » La caméra remonte, et la lumière éclaire une pommette osseuse au-dessus de l'écharpe noire. « Et vous n'avez pas envie que je le sois, n'est-ce pas ? »

Il se produit un faible bruit de carillon, tandis que la transmission s'achève. Laney rejette la tête en arrière, le visage de l'homme à l'écharpe figé dans un arrêt sur image en travers du plafond de carton, et c'est alors que Yamazaki remarque tous les autocollants qui tapissent celui-ci de douzaines de clichés différents d'un homme au visage terne et cependant familier. Yamazaki cligne les yeux, provoquant malgré lui un déplacement de ses verres de contact, et il regrette de ne pas avoir ses lunettes. Il se sent incomplet sans elles. « Qui était cet homme, Laney ?

— L'aide.

— L'*aide* ?

— Oui, difficile aujourd'hui de trouver de l'aide. » Laney éteint le projecteur et ôte les gros visiophones. Dans la pénombre soudaine, son visage est réduit à un dessin d'enfant, deux taches noires pour les yeux sur un gribouillis gris pâle. « L'homme qui recevait cet appel…

— Celui qui trouvait ce tueur intéressant ? demande Yamazaki.

— Oui. Cet homme possède le monde, pour autant que cela soit possible. »

Yamazaki plisse le front d'un air perplexe. « Je t'ai apporté des médicaments…

— Cela venait du pont, Yama.

— San Francisco ?

— Ils ont suivi mon autre homme là-bas. La nuit

dernière, mais ils l'ont perdu. Comme toujours. Ce matin, ils ont trouvé ces deux corps.

— Mais qui ont-ils suivi ?

— L'homme qui n'est pas dans le tableau. Celui que je dois définir par son absence. »

Yamazaki vient de reconnaître le visage sur les autocollants. « Ce sont des photos de Harwood ? Du consortium Harwood Levine ?

— L'homme à l'écharpe et ses hommes travaillent pour lui. Les meilleurs qu'on puisse s'offrir, mais ils n'arrivent jamais à coincer l'autre… celui qui n'est qu'une ombre.

— Celui qui n'est qu'une ombre ? répète Yamazaki, que le rébus agace malgré lui.

— Je pense que c'est quelqu'un que Harwood a découvert. Harwood collectionne les gens. Les gens intéressants. Cet homme a certainement travaillé pour lui. Il ne laisse jamais la moindre trace derrière lui. Quiconque croise son chemin est effacé. Puis il disparaît lui-même. »

Yamazaki cherche les antibiotiques dans son sac. « Prendras-tu ces médicaments, Laney ? Ta toux…

— Où est Rydell, Yamazaki ? Il devrait être là-haut, maintenant. Cela approche, cela approche.

— Quoi ?

— Je ne sais pas. » Laney se penche pour fouiller dans le sac. Il trouve le conteneur de café et l'active, le passant d'une main dans l'autre, tandis qu'il chauffe. Yamazaki perçoit le sifflement de l'emballage sous vide que Laney vient d'ouvrir. Un arôme moka se répand. Laney sirote son jus fumant.

« Il est en train de se passer quelque chose », reprend-il avant de tousser dans sa main, répandant du café chaud sur le poignet de Yamazaki. Qui grimace. « Tout est en évolution. Mais pas comme je l'ai d'abord pressenti. Quelque chose d'autre s'est mis en route. Quelque chose de gros, d'énorme. Cela surviendra vite, et sera suivi d'effets en cascade…

— Que va-t-il se passer ?

— Je l'ignore encore. » Un nouvel accès de toux l'oblige à poser son café. Yamazaki a ouvert la boîte d'antibiotiques et la lui tend. Laney les repousse. « Es-tu retourné dans l'île ? Est-ce qu'ils ont une idée de l'endroit où elle pourrait être ? »

Yamazaki bat des paupières. « Non. Elle n'est plus là-bas ni ailleurs. »

Laney sourit, faible éclat de dents sur fond de bouche noire. « C'est bien. Elle aussi en fait partie, Yamazaki. » Il tend la main vers son café. « Elle aussi. »

14
Petit déjeuner

Rydell trouva ce qu'il cherchait dans une de ces constructions qui avaient abrité une banque, au temps où les banques avaient besoin de murs, et de murs épais. Quelqu'un en avait fait un brunch à toute heure, et cela convenait parfaitement à Rydell. Il semblait qu'un magasin discount eût précédemment occupé les lieux, et allez savoir quoi encore avant cela, mais il flottait dans l'air une odeur d'œufs frits, et Rydell avait faim.

Deux ouvriers du bâtiment aux salopettes blanchies de poussière de plâtre attendaient à une table, mais Rydell préféra s'installer au comptoir, qui était vide. La serveuse était une femme distraite d'origine incertaine, les joues grêlées de traces d'acné, qui lui servit du café et prit sa commande sans clairement indiquer qu'elle comprenait l'anglais. Après tout, la tâche était bêtement phonétique, pensa-t-il, et il suffisait à la fille d'apprendre le son de « deux œufs au plat » et le reste. L'entendre donc, le traduire dans la langue qu'elle écrivait et le transmettre au type en cuisine.

Rydell enfila ses lunettes brésiliennes et appela Yamazaki au numéro que celui-ci lui avait communiqué.

Quelqu'un décrocha à la troisième sonnerie, mais les lunettes ne lui transmirent pas la localisation du correspondant.

La ligne était silencieuse, mais elle avait une texture.

« Yamazaki ? dit Rydell.

— Rydell ? Ici, Laney... » Suivit une quinte de toux puis un silence plus épais, comme si le son du téléphone avait été coupé.

Ce fut d'une voix étranglée que Laney reprit la communication. « Désolé. Où es-tu ?

— San Francisco.

— Je le sais, ça.

— Dans un restaurant, rue... » Rydell essaya de faire accoucher ses lunettes d'un plan de la ville et se retrouva une fois de plus avec une carte de Rio.

« Laisse tomber », dit Laney d'une voix qui trahissait une grande fatigue. Quelle heure devait-il être à Tokyo ? Cela aussi, il pourrait le trouver dans le menu du téléphone, si seulement il pouvait le dénicher. « Ce qui compte, c'est que tu sois là-bas.

— Yamazaki m'a dit que tu avais un travail pour moi, ici.

— Oui », dit Laney. Ce « oui » en rappelait un autre à Rydell, celui du mariage de sa cousine Clarence, qui lui avait paru tellement heureuse en le prononçant.

« Tu peux me dire de quoi il s'agit ?

— Non, répondit Laney, mais je tiens à te verser un acompte. Il y aura de l'argent pour toi pendant tout le temps que tu resteras là-haut.

— C'est légal, Laney, ce que tu attends de moi ? »

Il y eut un silence. « Je ne sais pas, dit enfin Laney. Je crois que personne n'a encore jamais fait ça, alors c'est difficile à dire.

— Écoute, j'ai besoin d'en savoir un peu plus que ça

avant de pouvoir accepter, dit Rydell, se demandant comment il regagnerait Los Angeles si ça tournait mal ici.

— Disons qu'il s'agit de retrouver une personne disparue, dit Laney après un nouveau silence.

— Son nom ?

— Elle n'en a pas. Du moins en a-t-elle un millier. Tu aimes le travail de flic, hein ?

— Ça veut dire quoi ?

— Ne le prends pas mal. Tu m'en as raconté pas mal, d'histoires de flics, quand on s'est rencontrés, tu te souviens ? Alors, disons que cette personne est vraiment douée pour ne pas laisser de trace derrière elle. On n'a rien décelé, en tout cas dans les analyses quantitatives les plus pointues. » Laney entendait par là la recherche sur le net, qui était son domaine. « En somme, ce type n'est qu'une présence physique.

— Comment sais-tu qu'il a un corps s'il ne laisse jamais de trace ?

— Parce que les gens meurent… »

Soudain deux personnes vinrent s'asseoir de chaque côté de lui et un relent de vodka lui fit pincer les narines…

« Je te rappelle tout à l'heure », dit Rydell, coupant la communication et ôtant ses lunettes.

À sa gauche, il y avait Creedmore, souriant bêtement. « Ça boume ? Tiens, j'te présente Marjane.

— Maryalice. » À la droite de Rydell, une vieille blondasse avec la moitié supérieure de son corps boudinée dans une étoffe noire et brillante, la partie ouverte formant un décolleté dans lequel Creedmore aurait pu caser deux bouteilles au moins. Rydell surprit dans les yeux fatigués de la femme un mélange de peur, de résignation et une espèce d'espoir compulsif : elle passait une méchante matinée, à moins que ce ne fût l'année et, plus vraisemblablement la vie, mais elle avait désespérément envie de plaire à Rydell. Et cela empêcha celui-ci de se lever, prendre son sac et s'en aller, ce qu'il aurait dû faire sur-le-champ, il le savait bien.

« Alors, tu dis pas bonjour ? » L'haleine de Creedmore était toxique.

« Bonjour, Maryalice. Je m'appelle Rydell. Enchanté de faire votre connaissance. »

Maryalice sourit, effaçant le temps d'une seconde dix années de son visage. « Buell m'a dit que vous êtes de Los Angeles, monsieur Rydell.

— Ah oui ? Rydell jeta un regard à Creedmore.

— Êtes-vous dans les médias, là-bas, monsieur Rydell ? demanda-t-elle.

— Non, dit Rydell en considérant Creedmore d'un air de dégoût. Commerce de détail.

— Je suis moi-même dans la musique, dit Maryalice. Mon ex et moi tenions l'une des salles de country les plus connues à Tokyo. Mais j'ai ressenti le besoin de revenir à mes racines. Au pays de Dieu, monsieur Rydell.

— Tu causes trop, dit Creedmore en se penchant devant Rydell, alors que la serveuse apportait à celui-ci ses œufs au plat.

— Buell, dit Rydell d'un ton qui se voulait conciliant, ferme ta putain de gueule. Rydell commença à couper du bord de sa fourchette le contour durci de ses œufs.

— Ma bière, dit Buell.

— Oh, Buell » soupira Maryalice. Elle souleva une grande poche plastique qu'elle avait posée par terre et fouilla à l'intérieur. En sortit une canette suintante de buée de 50 cl qu'elle passa à Creedmore sous le comptoir. Creedmore la décapsula et, la portant à son oreille, parut apprécier le grésillement carbonique.

« Le bruit du petit dèj' », dit-il avant de s'envoyer une lampée.

Rydell continua de mastiquer ses œufs.

***

« Donc tu vas où je t'ai dit, disait Laney, tu leur donnes mon nom, Colin, trait d'union, Laney, majuscules aux C et L, puis les quatre premiers chiffres de ce numéro de téléphone et puis Berry. C'est bien ton surnom, n'est-ce pas ?

— En réalité, c'est mon nom, dit Rydell. Le nom de famille de ma mère. » Il était assis dans une spacieuse mais pas très propre cabine téléphonique située dans les anciennes toilettes de la banque. Il était venu là pour échapper à Creedmore et compagnie et téléphoner en paix à Laney. « Bon, je leur donne tout ça, et eux, ils me donnent quoi ? » Rydell jeta un coup d'œil à son sac qu'il avait accroché à la poignée de la porte de la cabine. Il n'avait pas voulu le laisser dans la salle de restaurant.

« Ils te donneront un autre code, avec lequel tu pourras aller au premier distributeur sur ton chemin, tu montreras ta photo d'identité, composeras le code, et tu pourras retirer une plaquette de crédit. Ça devrait te permettre de tenir quelques jours, mais si ce n'est pas le cas, appelle-moi. »

La cabine rappelait à Rydell ces vieux films de guerre dont l'action se passe dans un sous-marin, quand l'équipage a coupé les moteurs et que tout le monde attend dans l'angoisse l'explosion des grenades sous-marines. Il y avait dans cette cage de verre le même silence, et le seul son était un bruit d'eau venant des WC, ce qui ajoutait à l'illusion.

« D'accord, dit Rydell, en admettant que j'aie de quoi tenir ici, qui tu recherches et c'est quoi, ces morts dont tu parlais ?

— Je recherche un homme, européen, entre cinquante-cinq et soixante ans, probablement un ancien officier de l'armée.

— Il doit y avoir un million d'individus dans ce cas, rien qu'ici, à NoCal.

— C'est lui qui te trouvera, Rydell. Je te dirai où aller et quelles questions poser, et tu finiras par attirer son attention.

— Ça me semble trop fastoche.

— Ce ne sera pas difficile d'éveiller sa curiosité. Mais après ça, rester en vie le sera beaucoup plus. »

Rydell laissa passer un silence. « Et qu'est-ce que je dois faire pour toi, une fois que je l'aurai en face de moi ?

— Lui poser une question.

— Laquelle ?

— Je ne sais pas encore, répondit Laney. J'y travaille.

— Laney, c'est quoi, cette histoire ?

— Si je le savais, dit-il d'une voix soudain très lasse, je ne serais pas obligé de rester dans ce trou. » Il y eut un silence, suivi d'un cliquetis.

« Laney ? »

Rydell écouta la fuite d'eau dans les toilettes. Finalement, il raccrocha, se leva, prit son sac et ressortit de la cabine. Il se lava les mains au lavabo en faux marbre noir et reprit le long couloir rendu étroit par des cartons qui vraisemblablement devaient contenir des produits d'entretien.

Il espérait que Creedmore et l'ex-tenancière de bastringue country seraient partis.

Mais non. La femme mangeait des œufs, tandis que Creedmore, sa bière coincée entre les cuisses, regardait d'un œil torve les deux ouvriers du bâtiment qui se restauraient.

« Hé ! dit Creedmore, alors que Rydell passait derrière eux, son sac à l'épaule.

— Hé ! Buell, dit Rydell, poursuivant son chemin.

— Hé ! où tu vas ?

— Travailler. »

Il entendit Creedmore qui disait « travailler » puis « merde », mais la porte se referma derrière lui, et il fut dans la rue.

15
Retour

Appuyée contre le van, Chevette observait Tessa lâcher Divin Joujou. Tel un gros muffin de mylar, la caméra accrocha la lumière pâle du jour en s'élevant, penchant un instant puis se redressant, pour enfin se balancer doucement à quatre ou cinq mètres de haut.

Chevette était troublée de se trouver là, devant les fossés antichars et, plus loin, l'impossible silhouette du pont. Où elle avait vécu, bien que cela tînt du rêve aujourd'hui, ou appartînt à la vie de quelqu'un d'autre, tout en haut de la tour la plus proche. Dans un cube de contreplaqué, dormant pendant que les grandes mains du vent poussaient et secouaient et agriffaient, et qu'elle entendait les tendons de la structure gémir en secret, un son transmis par les torons torsadés et qu'elle était seule à entendre, l'oreille pressée contre le gracieux dos de dauphin du câble qui s'élevait à travers le trou ovale que Skinner avait scié dans le plancher de bois.

Skinner était mort, maintenant, elle le savait. Il avait tiré sa révérence pendant qu'elle était à Los Angeles, s'efforçant de devenir celle qu'elle avait cru avoir envie d'être. Elle n'était pas remontée à San Francisco pour l'enterrement. Les gens du pont n'étaient pas amateurs de funérailles, et la propriété, ici, obéissait à d'autres lois. Elle n'était pas la fille de Skinner, et même si elle l'avait été et avait voulu conserver l'abri aérien, elle n'aurait pu en revendiquer la possession qu'en l'occupant. Elle n'avait pas voulu de cela.

Mais, à Los Angeles, elle n'avait pas pu pleurer Skinner, et c'était maintenant que tout remontait, que lui revenait le temps passé avec lui. Comment il l'avait découverte, trop malade pour marcher, et emmenée chez lui, la nourrissant de soupes qu'il achetait aux vendeurs coréens, jusqu'à ce qu'elle se rétablisse. Il l'avait alors laissée libre de faire ce que bon lui semblait, ne demandant rien, l'acceptant comme on accepte un oiseau sur le rebord de la fenêtre, jusqu'à ce qu'elle apprenne à monter en bicyclette et devenir coursière. Et puis les rôles s'étaient inversés : le vieil homme déclinait, avait besoin d'aide, et c'était elle qui allait chercher la soupe, apportait l'eau, préparait le café. Et c'est ainsi que le temps avait passé, jusqu'à ce qu'elle s'attire des ennuis, qui lui avaient valu de rencontrer Rydell.

« Le vent risque de l'emporter, dit-elle à Tessa qui avait mis les lunettes lui permettant de visionner ce que filmait la caméra.

— J'en ai trois autres dans la voiture, dit Tessa en enfilant un gant de contrôle miteux sur sa main droite, qu'elle essaya sur les pavés tactiles, ordonnant une marche arrière aux hélices et faisant décrire à la plateforme un cercle de six mètres de rayon.

— Il faut qu'on engage quelqu'un pour garder le van, dit Chevette. Si tu veux le revoir.

— Mais engager qui ? »

Chevette désigna un gosse noir avec une grappe de nattes qui lui descendait jusqu'à la ceinture. « Toi. Comment tu t'appelles ?

— C'est à quel sujet ?

— Le van. Tu le surveilles et, quand on revient, on te file cinquante. Ça te va ? »

Le garçon la regarda d'un air crâne. « J'm'appelle Boomzilla, dit-il.

— Boomzilla, dit Chevette, tu veux bien garder cette caisse ?

— OK.

— OK, dit Chevette à Tessa.

— M'dame, dit Boomzilla à Tessa en pointant du doigt Divin Joujou, j'veux ça.

— Reste dans le coin, lui dit Tessa. On aura besoin d'un machino. »

Tessa en claqua cinq avec le môme. La plate-forme exécuta un deuxième tour puis glissa hors de vue au-dessus des fossés. Tessa sourit, voyant ce que la caméra voyait. « Viens, dit-elle à Chevette et elle s'en fut droit devant.

— Non, pas par là », dit Chevette. Il y avait un sentier à prendre si l'on désirait seulement traverser la zone des fossés. Prendre une autre route indiquait soit l'ignorance soit l'intention de dealer.

Elle montra le chemin à Tessa. Ça puait l'urine entre les plaques de ciment. Chevette accéléra le pas, Tessa derrière elle.

Elles émergèrent de nouveau dans la lumière pâle et mouillée. Hélas, on ne tombait plus sur les étals des vendeurs de souvenirs mais devant la façade rouge et blanche d'un module d'épicerie, foutu en plein milieu de l'entrée des deux niveaux du pont avec la beuglante lumière de son enseigne LUCKY DRAGON et le frissonnement de ses images vidéo constellant une tour d'écrans.

« Putain, dit Tessa, c'est pas interstitiel, ça. »

La stupeur clouait Chevette. « Comment ont-ils pu faire ça ?

— C'est dans leur politique, dit Tessa. Rafler les bons sites.

— Mais… mais c'est pire que Nissan County.

— C'est ce qu'on appelle un péage à attraction. La communauté attire du monde, non ?

— Il y a plein de gens qui ne vont pas là où il n'y a pas de police.

— Les zones autonomes ont leur charme, dit Tessa. Et celle-ci est ici depuis assez longtemps pour être devenue la carte postale la plus vendue de la ville.

— Mais c'est une verrue, ce truc. Ça… ça casse tout…

— Et à qui Lucky Dragon paye-t-il son loyer, à ton avis ? demanda Tessa, ramenant la plate-forme pour cadrer la criarde devanture.

— Aucune idée. Cette saleté est en plein milieu de ce qui était la rue principale.

— Laisse tomber, dit Tessa en avançant pour se mêler aux piétons. On arrive juste à temps. On va filmer la vie avant qu'elle soit définitivement enfermée dans un parc à thème. »

Chevette suivit, ne sachant pas trop ce qu'elle ressentait.

Elles déjeunèrent mexicain chez Perro de Dios.

Chevette ne s'en souvenait pas, mais les commerces changeaient souvent de nom sur le pont. Ils changeaient aussi de taille et de forme. On tombait sur de bizarres associations, un coiffeur et un bar à huîtres décidant de partager un grand espace où on se ferait couper les cheveux et vendrait des coquillages. Des fois ça réussissait : l'un des endroits les plus courus côté San Francisco était un salon de tatouage vieux style qui servait des petits déjeuners. Vous pouviez vous asseoir là devant des œufs au bacon et regarder quelqu'un se faire tatouer aux aiguilles.

Mais Perro de Dios ne servait qu'à manger sur fond de musique japonaise, une formule sans exotisme. Tessa prit des œufs rancheros et Chevette une quesadilla au poulet, arrosés pour chacune d'une Corona. Tessa gara Divin Joujou sous la bâche plastique qui faisait office de plafond. Apparemment, personne n'y prêta attention, et Tessa put continuer de filmer tout en mangeant.

Tessa mangeait beaucoup. Elle mettait ça sur le compte de son métabolisme : une de ces favorisées qui engloutissent sans jamais prendre un gramme. Elle en avait besoin, disait-elle, pour garder son énergie. Elle avait déjà fini ses œufs, alors que Chevette n'en était pas à la moitié de sa quesadilla. Elle vida sa Corona et commença à jouer avec sa rondelle de citron et l'introduire dans le goulot étroit de la bouteille.

« Tu t'inquiètes au sujet de Carson ? demanda-t-elle.

— Pourquoi je m'inquiéterais ?

— Parce qu'il est du genre salopard. C'était bien sa voiture dans l'allée, à Malibu ?

— Je le pense.

— Tu le penses ? Tu n'en es pas sûre ?

— Écoute, dit Chevette, il était trois ou quatre heures du matin, et je ne savais plus très bien où j'en étais. Ce n'était pas mon intention de venir ici, tu le sais. C'était la tienne. Tu voulais faire ton film. »

La rondelle tomba dans la bouteille vide, et Tessa eut l'air d'avoir perdu un pari secret. « Sais-tu ce que j'aime chez toi ? Je veux dire, l'une des choses que j'aime chez toi ?

— C'est quoi ? dit Chevette.

— Tu n'es pas une petite bourgeoise. Tu te mets en ménage avec ce type, il te bat, et qu'est-ce que tu fais ?

— Je m'en vais.

— Voilà, tu t'en vas. Tu ne prends pas rendez-vous avec ton avocat.

— Je n'ai pas d'avocat.

— Je sais, et c'est bien ce que je veux dire.

— Je n'aime pas les avocats, ajouta Chevette.

— Bien sûr que non. Et tu n'as pas non plus le réflexe procédurier.

— Le quoi ?

— Il te cogne. Il possède un loft chic de trois cents mètres carrés, touche un gros salaire. Il te cogne, je répète, et tu ne cours pas aussitôt faire constater les marques de coups par un médecin. Tu n'es pas une petite bourgeoise.

— Tout ce que je veux, c'est qu'il disparaisse de ma vie.

— C'est bien ce que j'entendais. Tu es de l'Oregon, n'est-ce pas ?

— Plus ou moins.

— Tu n'as jamais pensé à faire comédienne ? » Tessa retourna la bouteille, et la rondelle tomba dans le col de verre. Quelques gouttes de bière s'étalèrent sur la nappe de plastique noir. Tessa inséra son petit doigt dans le goulot et essaya de tirer à elle la rondelle de citron.

« Non.

— La caméra t'aime. Tu as un corps à faire bouffer la moquette aux hommes.

— Ça va, dit Chevette.

— À ton avis, pourquoi ils balançaient sur le web toutes ces photos qu'ils avaient prises de toi, je parle des mecs à Malibu ?

— Parce qu'ils étaient bourrés, dit Chevette. Parce qu'ils n'avaient rien de mieux à faire. Parce que leur truc, c'est les médias. »

Tessa parvint à sortir de la bouteille ce qui restait de la rondelle. « Tu as raison, mais c'est surtout pour ton look qu'ils kifaient. »

Derrière Tessa, sur l'un des écrans recyclés de Perro de Dios, venait d'apparaître une Japonaise d'une grande beauté. « Tiens, ça, c'est du look », dit Chevette.

Tessa jeta un regard par-dessus son épaule. « C'est Rei Toei, dit-elle.

— En tout cas, elle, on peut dire qu'elle est belle.

— Chevette, Rei Toei n'existe pas. Elle n'est pas faite de chair. Elle n'est qu'un logiciel.

— Pas possible.

— Quoi, tu ne le savais pas ?

— Mais elle a bien été conçue à partir de quelqu'un, non ? Une photo, un moulage, que sais-je.

— Non, personne, dit Tessa. Et c'est là tout son attrait… elle est cent pour cent irréelle.

— Eh bien, voilà ce que les gens désirent, dit Chevette en regardant Rei Toei traverser un night-club rétro quelque part en Asie. Certainement pas une ancienne coursière cycliste de San Francisco.

— Non, dit Tessa, tu te trompes. Les gens ne savent pas ce dont ils ont envie, pas avant de le découvrir. Tout objet de désir est un objet trouvé. En principe, en tout cas. »

Chevette regarda Tessa. « Où veux-tu en venir ?

— Au docu. C'est toi qui dois en être le sujet.

— Oublie.

— Non, j'ai la très forte intuition que ça va exploser cette fois-ci. J'ai besoin de toi comme centre d'attraction, comme fil conducteur. Il me faut Chevette Washington. »

Chevette commençait en vérité à avoir un peu peur. Ça la mettait en colère. « T'as bien une bourse, non, pour réaliser ce projet sur tes communautés… intestinales ?

— Écoute, dit Tessa, si c'est un problème, et je ne dis pas que c'en est un, c'est mon problème à moi. Et si ça n'en est pas un, alors c'est une formidable occasion. Un fameux coup à tenter. Mon coup.

— Tessa, tu ne me feras jamais jouer dans ton film. Jamais, tu comprends ?

— Je ne te demande pas de jouer, Chevette. Mais d'être toi-même. Et par la même occasion, découvrir qui tu es vraiment. Je vais faire un film sur toi en train de te révéler à toi-même.

— Non, dit Chevette en se levant et se cognant de la tête contre Divin Joujou, qui devait être descendu à leur niveau pendant qu'elles parlaient. Arrête ça ! » cria-t-elle en tapant sur la caméra.

Les quatre autres clients du Perro de Dios les regardaient.

16
Routines

Laney commence à se demander si ce trou au cœur de sa personne, cette omission parallèle à sa vie, ne serait pas plutôt une absence dans son être au monde qu'une déficience du moi.

Il lui est arrivé quelque chose depuis sa descente dans la cité de carton. Il a découvert insensiblement ce qu'il soupçonnait depuis longtemps : aussi incroyable que cela pût être, il ne possédait pas de moi.

Mais qu'y avait-il donc à la place ?

Des routines : des comportements de survie inadaptés concourant en vain à lui procurer le sentiment d'exister.

Et il n'a jamais été conscient de cela, bien qu'il ait toujours eu l'intuition d'un terrible et profond ratage.

Quelque chose le lui dit, et il semblerait que cela vienne du cœur et de la totalité de DatAmerica. Comment est-ce possible ? se demande-t-il.

À présent il repose sur l'empilement de sacs de couchage, dans l'obscurité, comme au centre de la Terre, et au-delà des parois de carton il y a des murs de béton carrelés de céramique, et encore au-delà l'étendue d'un pays, le Japon, sillonné de ses trains qui en passant font trembler le sol, rappelant d'autres tremblements, ceux-là dus à la tectonique des plaques.

Quelque part en Laney, quelque chose d'autre se déplace. Il décèle très précisément ce mouvement, qui semble en annoncer un autre plus grand, et il se demande pourquoi il n'a plus peur.

Et tout cela est en un sens un bénéfice de sa maladie. Non pas de la toux et de la fièvre, mais de ce mal interne dans lequel il voit l'effet secondaire du 5-SB pris il y a si longtemps à l'orphelinat de Gainesville.

Nous sommes tous des volontaires, pense-t-il, alors qu'il étreint les visiophones et poursuit son observation par-dessus le bord d'une falaise de données, plongeant le long de la paroi d'une mesa de codes configurée en champs d'informations fractales qu'il soupçonne depuis peu de dissimuler un pouvoir ou une intelligence qui dépassent sa compréhension.

Quelque chose qui serait à la fois le nom et le verbe.

Et tandis que Laney remonte, yeux grands ouverts, le puissant courant de données, il prend conscience qu'il n'est qu'un adjectif : une tache couleur Laney, dénuée de sens et sans contexte. Un rouage microscopique dans un plan phénoménal. Mais placé au centre, semble-t-il.

De manière cruciale.

Et c'est pour cette raison qu'il n'est plus question de dormir.

17
Zodiaque

C'est dans une pièce aux parois de bois humides qu'ils emmènent un Silencio nu comme un ver, l'homme noir au long visage et le gros type blanc à la barbe rousse. Et le laissent là. Sous la pluie chaude qui tombe des trous des conduits de plastique noir au-dessus. Qui tombe plus fort et pique.

Ils lui ont pris ses vêtements et ses chaussures, les ont fourrés dans une poche plastique. Et maintenant le gros revient, lui donne du savon. Silencio connaît le savon. Il se souvient de l'eau chaude qui coulait d'un robinet, là-bas, dans les projectos, mais c'est beaucoup mieux ici, et il est seul dans la pièce en bois.

Silencio, le ventre plein, se savonne énergiquement, parce que c'est ce qu'ils attendent de lui. Il se passe même le savon dans les cheveux.

Il ferme fortement les yeux car la mousse pique, et il revoit les montres exposées sous le verre rayé, tels des poissons pris dans la glace d'un lac gelé. Scintillements d'acier et d'or.

Il a été conquis et asservi par une force insondable : l'éventail inouï de ces puissants objets, leurs dissemblances et particularités infinies. Cette merveilleuse variation née des cadrans, des aiguilles, des chiffres, des guichets… Il aime cette pluie chaude mais il a désespérément besoin de retourner là-bas, de voir plus encore, d'entendre les mots.

Il est devenu les mots, et ce qu'ils signifient.

Aiguille trotteuse, montre datographe, chronomètre, certificat d'origine, signature.

La pluie tombe de moins en moins fort et puis s'arrête. Le gros, chaussé de sandales en plastique, apporte à Silencio un carré de tissu doux et épais.

Il regarde le gamin. « Tu dis qu'il aime les montres ? » demande-t-il à l'homme noir. « Ouais, répond celui-ci, ç'a l'air de lui plaire. »

Le barbu passe la serviette autour des épaules de Silencio. « Est-ce qu'il sait lire l'heure ?

— Je sais pas, dit l'autre.

— En tout cas, reprend le gros, il a pas appris à se servir d'une serviette. »

Silencio est décontenancé, honteux. Il baisse les yeux.

« Laisse-le faire, Andy, dit l'homme noir. Passe-moi les affaires que j'ai apportées. »

Le nom de l'homme noir : Fontaine. Un mot dans la langue des projectos, qui signifie eau. Comme la pluie chaude dans la pièce en bois.

Maintenant Fontaine le conduit sur le deuxième niveau du pont, où des vendeurs de fruits hèlent le chaland. Ils passent devant les bric-à-brac des brocanteurs posés par terre sur de vieilles couvertures, et s'arrêtent devant un homme noir très maigre debout derrière une caisse en plastique. La caisse est retournée, le fond matelassé d'un carré de mousse maintenu par un adhésif en lambeaux couleur argent, et l'homme porte un vêtement rayé avec des poches sur le devant et, dans ces poches, il y a des ciseaux et ces choses que Raton aimait se passer sans fin dans les cheveux quand il avait trouvé le parfait équilibre entre la noire et la blanche.

Silencio porte les vêtements que lui a donné Fontaine : ils sont grands et larges, c'est pas les siens mais ils sentent bon. Fontaine l'a également chaussé de chaussures blanches. Trop blanches. Elles lui font mal aux yeux.

Le savon et la pluie chaude ont eu un drôle d'effet sur les cheveux de Silencio, et maintenant Fontaine lui dit de s'asseoir sur le cageot, cet homme va lui couper les tifs.

Silencio prend place en tremblant, tandis que l'homme lui tire la tignasse avec un de ces trucs qu'aimait Raton.

Silencio lève les yeux vers Fontaine.

« T'inquiète pas, dit Fontaine en sortant d'un petit sachet une fine tige de bois pointue et l'insérant dans le coin de sa bouche, ça fait pas mal. »

Silencio se demande si le bâtonnet de bois est comme la noire ou la blanche, mais Fontaine reste le même. Il se tient là, avec ce machin à la commissure des lèvres, et regarde l'homme noir et maigre tailler la tignasse de Silencio dans un cliquetis de ciseaux. Silencio observe Fontaine, écoute le chant métallique autour de ses oreilles et le nouveau langage qui prend voix dans sa tête.

Zodiac Sea Wolf, boîtier impeccable, mécanisme d'origine.

« Zodiac Sea Wolf, dit Silencio à Fontaine.

— Mec, dit l'homme aux ciseaux, t'es quelque chose, toi. »

18
Selwyn Tong

Rydell avait une théorie sur les études de notaires virtuelles. Plus le siège réel était modeste, plus son site internet était gros et moche. Partant de là, Selwyn F.X. Tong, notaire, de Kowlon, devait probablement officier depuis une boîte à chaussures.

Rydell ne réussit pas à éviter la phase d'accès, qui était monolithique, vaguement égyptienne, et lui rappelait ce que son pote Sublett, un fou de cinéma, appelait les « couloirs métaphysiques ». Et ce couloir-là était long à n'en plus finir et, aurait-il été matériel, on aurait pu y rouler en camion tant il était large. Il y avait des appliques baroques aux murs, une moquette virtuelle rouge, et un étrange mappage qui se voulait du marbre doré.

Où Laney avait-il dégotté ce gus ?

Rydell parvint enfin à tuer la musique, un truc vaguement classique et emphatique, mais il eut l'impression de mettre trois minutes à atteindre la porte de Selwyn F.X. Tong. Une porte à deux battants, bien sûr, et monumentale, et mappée pour ressembler à quelque idée générique de bois tropical.

« Teck de mes deux », grommela Rydell.

« Bienvenue à l'office notarial de Selwyn F.X. Tong ! » annonça une voix très féminine et très essoufflée.

La porte s'ouvrit, et Rydell se dit que s'il n'avait pas arrêté la musique, celle-ci serait en train de lui percer les tympans.

Virtuellement, ledit office était grand comme une piscine olympique. Rydell se servit du pavé tactile de ses lunettes pour sélectionner le bureau, qui avait la taille d'une table de ping-pong et imitait le même bois qu'à l'entrée. Il y avait sur l'immense plateau deux ou trois objets à l'aspect aussi métallique qu'indescriptible, et quelques documents et dossiers virtuels.

« Que veut dire le "F.X." ? demanda Rydell.

— Francis Xavier », répondit Tong, présenté sous les traits glacés d'un petit mandarin en chemise blanche, costume et cravate noire. Ses cheveux de jais rendus dans la même texture que les vêtements produisaient un étrange effet que Rydell attribua au hasard.

« J'ai pensé que vous travailliez peut-être dans la vidéo, dit Rydell. Les films "FX", plus précisément.

— Je suis catholique, dit Tong d'un ton neutre.

— Je ne voulais pas vous froisser.

— Ce n'est rien », dit Tong, son visage de plastique aussi brillant que ses yeux de verroterie.

Tu oublies toujours, pensa Rydell, que rien n'est plus moche qu'un procédé virtuel mal réalisé.

« Que puis-je faire pour vous, monsieur Rydell ?

— Laney ne vous a rien dit ?

— Laney ?

— Colin, dit Rydell. Espace. Laney.

— Et… ?

— Six, zéro, quatre, deux. »

Tong étrécit les yeux.

« Berry. »

Tong pinça les lèvres. Derrière lui, à un taux différent de résolution, Rydell pouvait voir les toits de Hong Kong.

« Berry, répéta Rydell.

— Merci, monsieur Rydell, dit le notaire. Mon client m'a autorisé à vous remettre ce numéro d'identification à sept chiffres. » Un stylo en or apparut dans la main droite de Tong, comme une erreur de raccord dans une séquence de cinéma. C'était un très gros stylo, mappé de dragons entremêlés, leurs écailles d'une résolution plus vive que tout autre objet dans le site entier. Probablement un présent, pensa Rydell. Tong nota les sept chiffres sur une feuille de papier virtuel, puis fit pivoter celle-ci de manière à ce que Rydell puisse la lire. Le stylo avait disparu aussi abruptement qu'il était apparu. « S'il vous plaît, ne répétez pas à haute voix ces chiffres, dit Tong.

— Pour quelle raison ?

— Question d'encodage, dit Tong, laconique. Vous pouvez prendre votre temps pour mémoriser le numéro. »

Rydell considéra les sept chiffres et chercha une formule mnémotechnique. Il en trouva une basée sur la date de son anniversaire, le nombre d'États à sa naissance, l'âge qu'avait son père à sa mort, et l'image mentale de deux boîtes de 7-Up. Quand il fut certain de pouvoir se rappeler le numéro, il reporta son regard sur Tong. « Où dois-je prendre la plaquette de crédit ?

— Dans n'importe quel distributeur. Vous avez une photo d'identité ?

— Oui.

— Alors, nous en avons terminé.

— Une chose.

— Oui, laquelle ?

— Dites-moi comment je peux ressortir d'ici sans avoir à repasser par votre couloir. L'issue de secours m'irait très bien. »

Tong lui jeta un regard sans expression. « Cliquez sur mon visage. »

Ce que Rydell fit, utilisant le pavé tactile pour diriger le curseur dessiné comme une main de dessin animé. « Merci », dit-il en quittant le cabinet de monsieur Tong.

Et il se retrouva dans le même couloir, face au chemin qu'il avait pris en entrant.

« Merde. »

La musique commença. Il réactiva le pavé, essayant de se rappeler comment il avait fermé cette saleté. Désireux de savoir par GPS où se trouvait le plus proche distributeur automatique, il ne débrancha pas les lunettes.

Il cliqua sur la fin du couloir.

Le clic parut déclencher une éruption métastatique de distorsion des signaux, chaque texture de carte se configurant de la manière la plus aléatoire : la moquette rouge devint gris-vert et prit du poil comme une fourrure, tandis que les murs passaient de ce marbre doré digne d'une maison de passe à la pâleur moite d'un ventre de poisson, les appliques gothiques prenant la forme de cadavres de noyés, tandis que la musique classique déjantait wagnérien, d'étranges notes basses grondant juste au-dessus du seuil subsonique.

Cela ne dura pas plus d'une seconde, et il en fallut une autre à Rydell pour comprendre que quelqu'un désirait peut-être qu'il lui prête attention.

« Rydell. » C'était une de ces voix qu'ils façonnent en la doublant de sons préenregistrés, comme le hurlement du vent dans les canyons urbains, le craquement de la glace dans les Grands Lacs, le chant des grenouilles dans la nuit tropicale. Rydell connaissait. Elles tapaient sur les nerfs – et c'était peut-être intentionnel – mais déformaient commodément la voix de l'informateur. En supposant que ce fut sa voix.

« Hé, dit Rydell, j'essayais seulement de cliquer pour sortir. »

Un écran virtuel apparut devant lui, un rectangle aux angles adoucis dont les dimensions rappelaient le modèle culturel des écrans vidéo du vingtième siècle. Diffusant l'image monochrome d'un vaste espace sombre, faiblement éclairé dans sa partie supérieure. Rien dans cet espace. Impression de grand âge, de délabrement.

« J'ai une importante information pour vous. » La voyelle dans le « vous » suggérait le son d'une sirène dans une brume épaisse.

« Ma foi, dit Rydell, si c'est pour m'indiquer la sortie, je vous remercie d'avance. »

Il y eut un silence, et Rydell regarda la non-image sur l'écran, attendant une apparition quelconque, alors que le but était sans doute qu'il ne se passe rien.

« Vous feriez mieux de prendre ce renseignement au sérieux, monsieur Rydell.

— Je suis aussi sérieux qu'un cancer de la prostate, dit Rydell. Je vous écoute.

— Utilisez le distributeur du Lucky Dragon, situé près de l'entrée du pont. Puis présentez-vous au bureau de GlobEx toujours dans ce même magasin.

— Pourquoi ?

— Parce qu'ils ont un colis pour vous.

— Tong, c'est vous qui me parlez ? »

Mais il n'y eut pas de réponse. L'écran disparut et, avec lui, le couloir.

Rydell leva la main et débrancha le câble des lunettes brésiliennes.

Il cligna les yeux.

Un coffee shop près de Union Square, le genre avec des plantes en pots et un espace cyber. Une foule d'employés de bureau faisait la queue pour des sandwiches.

Il se leva, replia les lunettes, les glissa dans la poche de son blouson et ramassa son sac.

19
Interstitiel

Chevette passe devant la flamme pâle du feu de charbon de bois d'un vendeur de marrons grillant sur un chaudron découpé dans le nez arrondi d'un capot de voiture ancienne.

Un autre feu danse dans sa mémoire : du coke rougeoyant dans la forge, qu'active le tuyau d'un aspirateur. À côté d'elle le vieil homme tient une chaîne de moto, repliée sur elle-même en une masse compacte maintenue par un bout de fil de fer rouillé. Pour être prise entre les tenailles du forgeron et mise au feu. Pour être ensuite battue incandescente en une billette à l'aspect moiré du damas, les fantômes des maillons émergeant tandis que la lame est forgée, pressée, façonnée et affilée à la meule.

Où est passé ce couteau ? se demande-t-elle.

Elle avait observé l'artisan travailler un manche de cuivre, river entre elles des feuilles de plaquettes laminées et les modeler à l'aléseuse. Ces feuilles – couches de microcircuits inclus dans une résine phénolique de couleur verte –, on en trouvait partout sur le pont. Quand les pilleurs de poubelles les rapportaient des décharges où elles abondaient, elles étaient constellées de leurs composants, dont on se défaisait facilement au feu, en fondant la soude grise. Il ne restait que ces planches nues et vertes avec leurs inclusions évoquant des plans de cités imaginaires, résidus de la seconde ère de l'électronique. Et Skinner lui disait que ces plaques étaient immortelles, inertes comme de la pierre, résistantes à la moisissure et aux ultraviolets et à toute forme de pourrissement; qu'elles étaient destinées à joncher la planète, et qu'en conséquence il était bon de les réutiliser, de les réinsérer quand cela était possible dans la structure du monde.

Chevette sait qu'elle a besoin d'être seule, maintenant, et elle a laissé Tessa sur le niveau inférieur, occupée à rassembler son matériau visuel avec Divin Joujou. Chevette ne veut plus rien entendre du projet de son amie de faire d'elle, Chevette, le noyau du film, et Tessa, incapable de la boucler, fait la sourde oreille quand on lui répond non. Chevette se souvient de Bunny Malatesta, son dispatcher quand elle coursait, et cette façon qu'il avait de vous demander : « Et c'est quoi exactement, dans "non", que tu comprends pas ? » Mais Bunny pouvait vous lâcher des répliques de ce genre comme si elles étaient imparables par essence et que lui-même était une force de la nature, mais Chevette sait qu'elle n'en est pas capable, qu'elle ne fait pas le poids d'un Bunny.

Alors elle a pris un ascenseur, un dont elle n'a pas le souvenir, qui l'a menée au niveau supérieur, et elle marche maintenant, sans réellement y penser, jusqu'au pied de leur tour, la lumière pâle et humide s'étant transformée en pluie fine, que pousse le vent. Les gens rentrent la lessive qu'ils avaient mise à sécher, et il y a partout cette agitation qui précède les orages, et retombera, elle le sait, au premier changement de temps.

Jusqu'ici elle n'a pas croisé un seul visage d'avant, et personne ne l'a saluée, et elle se demande si toute la population du pont n'a pas été remplacée pendant son absence. Non, il y a toujours la femme aux livres, celle avec la baguette d'ivoire plantée dans son chignon noir, et elle reconnaît le jeune Coréen qui boite poussant le chariot de soupe de son père.

La tour dans laquelle elle a grimpé chaque jour jusqu'à l'abri de contreplaqué de Skinner bourgeonne de constructions annexes, son pied s'enfonçant dans le cœur d'un complexe organique d'espaces destinés à des activités spécifiques. Derrière des bâches de plastique laiteux frissonnant sous le vent, la lumière surnaturelle d'une culture hydroponique projette des ombres feuillues. Une scie électrique vrombit dans l'atelier de l'ébéniste, tandis que son assistant enduit de cire un banc en planches de chêne récupérées dans quelque ruine et mouchetées de peinture. Un autre confectionne de la confiture dans une grande bassine de cuivre chauffée par un butane.

C'est parfait pour Tessa, pense-t-elle : les gens du pont maintiennent leurs interstices. Poursuivant leurs petites affaires. Mais Chevette les a vus ivres. A vu les camés et les fous courir vers la faux implacable de leur dernière heure. A vu une mère hébétée marcher dans l'aube grise, son enfant étranglé dans ses bras. Le pont n'est pas un rêve pour touristes. Le pont est réel, et y vivre a son prix.

C'est un monde à l'intérieur d'un monde et, s'il existe de tels lieux, comblant les vides dans la texture de la réalité, alors le pont engendre aussi ses propres vides, à leur tour remplis d'autres entités. Et Tessa ne le sait pas, ça, et ce n'est pas à Chevette de le lui dire.

Elle se baisse pour passer un pan de plastique, pénétrant dans la chaleur humide et le spectre des lampes de croissance. Ce sont des plantes médicinales qui poussent ici, pense-t-elle, pas des drogues. Celles-ci sont cultivées plus près d'Oakland, dans un secteur désigné, et par temps chaud le puissant arôme des résines imprègne l'air, jusqu'à provoquer une légère altération de la perception et de la volonté.

« Ohé ! Il y a quelqu'un ? »

Seul le gargouillement des conduits translucides lui répond. Une paire de cuissardes usées, maculées de vase, pend à un clou mais aucune trace de celui qui les a accrochées là. Elle se déplace plus vite, emboîtant le pas à sa mémoire, vers les barreaux rouillés saillant des joints de résine époxy gros comme son poing.

La boule d'acier accrochée au curseur de la fermeture éclair du vieux blouson de Skinner fait tinter le fer alors qu'elle grimpe. Cette échelle, située derrière le pylône, est une issue de secours.

Dépassant la lumière vert cancer d'un halogène au déflecteur croûté de rouille, elle se hisse jusqu'au dernier barreau et enfile une étroite ouverture rectangulaire.

Il fait sombre ici, entre des parois de composite gonflé par les pluies. Sombre, alors qu'elle se souvient d'une lumière, et elle remarque que l'ampoule au plafond a disparu. C'est la partie inférieure du « funiculaire » de Skinner, le petit ascenseur déglingué, qu'a construit pour lui un dénommé Fontaine, et c'était ici qu'elle garait sa bicyclette, à l'époque où elle était messagère municipale.

Elle examine la rampe dentelée du funiculaire, où la graisse est mate de poussière. La nacelle, une poubelle jaune de recyclage, assez profonde pour s'y tenir debout et en saisir le rebord, est à sa place. Mais sa présence signifie que le locataire actuel de la tour n'est pas là, lui.

À moins que l'ascenseur n'ait été descendu dans l'attente d'un visiteur, ce dont Chevette doute. Il est préférable d'avoir la nacelle en haut, avec soi. Elle connaît ce sentiment.

Elle grimpe maintenant les barreaux de bois d'une échelle plus grossière jusqu'à ce qu'elle émerge à l'air libre et grimace au vent et à la lumière argentée. Elle voit une mouette presque immobile dans le ciel, à moins de dix mètres d'elle, avec les tours de la ville en toile de fond.

La brise rabat ses cheveux, qui sont plus longs qu'au temps où elle vivait ici, et elle est envahie d'un sentiment qu'elle ne peut nommer mais qui ne la surprend pas, comme si elle l'avait toujours su, et elle n'a plus envie de grimper jusque là-haut, parce qu'elle sait que le foyer qu'elle a connu n'existe plus. Il n'en reste que la coquille vide, sifflant dans le vent, à l'intérieur de laquelle elle se couchait jadis enveloppée dans des couvertures, dans l'odeur de graisse de machine, de café et de bois fraîchement coupé.

Là où, réalise-t-elle, elle était parfois heureuse, au sens où elle se sentait pleine et entière et prête à tout ce que pouvait lui apporter une nouvelle journée.

Elle sait maintenant qu'elle n'est plus cela et qu'au temps où elle l'était, elle en avait à peine conscience.

Elle rentre le cou dans les épaules, dans le blouson-carapace de Skinner, imagine qu'elle pleure tout en sachant que le temps des pleurs est passé et puis redescend l'échelle.

20
Boomzilla

Boomzilla zone sur le trottoir, à côté du camion que ces deux salopes lui ont demandé de surveiller pour cinquante sacs. Elles reviennent pas, il va chercher ses potes, et ils vont te la dépouiller cette caisse. Il veut ce ballon robot avec lequel fait joujou la poufiasse blonde. Le kif de faire voler cette merde, parole…

L'autre a l'air d'une cycleuse, avec son zonblou de peau qu'elle a dû ramasser dans une poube, mais elle a l'air d'une dure, sûr qu'elle doit cogner.

Où qu'elles sont ? Il a les crocs, avec ce putain de vent plus la pluie dans la gueule.

« T'aurais pas vu cette fille ? » Le type est blanc, l'air d'un acteur de cinéma avec sa gueule zébron comme là-bas sur la côte dans le sud. Faut voir comment ils se sapent quand ils ont le temps de penser à venir faire un tour ici, rien que de l'usé sur mesure qu'ils mettent. Celui-là, avec son bomber d'aviateur en cuir rapé véritable, il a l'air d'avoir posé son vieux coucou à hélice au coin de la rue. Jean bleu délavé, avec trous de confection et t-shirt noir oblige.

Boomzilla il en gerberait si on le déguisait dans cette

panope de merde. Boomzilla il sait comment il lookera, quand il sera sorti du trou.

Boomzilla jette un œil sur la photo que le type lui fourre sous le nez. C'est la cycleuse, mais mieux fringuée.

Boomzilla regarde le visage du type. Voit les yeux bleu pâle se détacher sur la peau brunie. Ils sont froids ; ils disent : déconne pas avec moi.

Boomzilla pense : il sait pas si c'est leur camion qu'est garé là.

« Cette fille a disparu », dit le mec.

Poil à ta morue, pense Boomzilla. « Jamais vue dans le coin », dit-il.

Les yeux bleus se rapprochent un peu. « Elle a disparu, tu comprends. Je voudrais l'aider. Une enfant perdue, quoi. »

Boomzilla pense : enfant mon cul, elle a l'âge de ma mère.

Boomzilla secoue la tête. Comme il sait le faire, en douceur, un petit coup à droite, un à gauche, l'air sérieux. Signifie : non.

Les yeux bleus s'écartent, font un tour d'horizon, cherchant quelqu'un d'autre à qui montrer la photo, passent devant le camion sans cliquer.

Le type s'en va, sa photo à la main, vers le petit groupe devant l'étal du vendeur de café.

Boomzilla le suit des yeux.

Enfant perdu lui-même, il a fermement l'intention de le rester.

21
Modèle asiatique

San Francisco et Los Angeles semblaient être davantage des planètes que des villes différentes. Ce n'était pas une question de latitude entre NoCal et SoCal, mais quelque chose qui tenait des racines. Rydell se souvenait d'avoir assisté des années plus tôt, assis devant une bière, aux cérémonies de la partition sur CNN, et cela ne l'avait guère impressionné. Mais la différence, ça, c'était quelque chose.

Une rafale de vent le gifla de gouttes de pluie, alors qu'il descendait Stockton en direction de Market. Les employées de bureau maintenaient leurs jupes baissées en riant, et Rydell se sentait d'humeur à rire lui aussi, du moins avant qu'il ne traverse Market et prenne la 4e rue.

C'était là qu'il avait rencontré Chevette, là qu'elle avait habité.

Là qu'une même aventure les avait fait se connaître et puis les avait conduits tous deux jusqu'à Los Angeles.

Elle n'avait pas aimé L.A. se disait-il toujours, mais il savait que ce n'était pas la ville, la responsable de ce qui avait pu se passer ensuite.

Ils étaient allés dans le sud tous les deux, alors que Rydell cherchait à médiatiser les épreuves qu'ils avaient traversées ensemble. *Flics en peine* était intéressé, et *Flics en peine* s'était déjà intéressé à Rydell, du temps où il résidait à Knoxville.

Frais émoulu de l'école de police, il avait – en tentant de le neutraliser – blessé à mort un homme qui s'apprêtait à tuer les enfants de sa maîtresse. À la suite de quoi, celle-ci avait poursuivi en justice la police, la ville, et Rydell, ce qui avait amené *Flics en peine* à voir en lui un sujet d'émission. Ils l'avaient fait venir à SoCal, où ils étaient basés, lui avaient fourni un agent et tout, mais l'affaire ne s'était pas faite. Il avait alors trouvé à s'employer comme chauffeur de camion blindé pour IntenSecure. Après s'être fait virer de ce dernier job, il était remonté à NoCal, pour y travailler comme intérimaire non déclaré pour l'antenne locale d'IntenSecure. Et c'était dans le cadre de ce travail qu'il avait eu quelques ennuis qui avaient mis Chevette Washington sur sa route.

Aussi quand Rydell était redescendu à L.A. avec une histoire à raconter, les oreilles s'étaient dressées à *Flics en peine*. Justement, ils remaniaient leur émission, comptant sur une série de portraits pour toucher certains créneaux, et ceux du profil démographique appréciaient beaucoup que Rydell fût un homme, pas trop jeune, pas trop cultivé, et originaire du Sud. Ils appréciaient aussi le fait qu'il ne fût pas raciste et appréciaient encore plus qu'il fût avec cette petite merveille sculpturale qui avait l'air de pouvoir casser des noix entre ses cuisses.

Flics en peine les avait installés dans un petit hôtel discret en dessous de Sunset, et ils avaient été tellement heureux pendant ces quelques semaines que Rydell ne s'en souvenait jamais sans douleur.

À chaque fois qu'ils allaient au lit, il leur semblait qu'ils faisaient davantage l'histoire que l'amour. Leur suite était un véritable petit appartement, avec sa kitchenette et une cuisinière à gaz, et, la nuit, ils étendaient une couverture par terre devant le feu dans la cheminée, ouvraient les fenêtres et éteignaient les lumières, les hélicos d'intervention de la police de Los Angeles bourdonnant dans le ciel au-dessus d'eux, et à chaque fois qu'il la prenait dans ses bras ou qu'elle approchait son visage du sien, il savait que c'était une bonne histoire qui s'écrivait là, la meilleure, et que tout irait bien désormais.

Ça n'avait pas été le cas.

Rydell n'avait jamais beaucoup attaché d'importance à sa gueule. Il avait l'air pas trop moche, pensait-il. Il semblait plaire aux femmes, il ne pouvait le nier, et on lui avait fait remarquer qu'il ressemblait à Tommy Lee Jones, une vedette de cinéma du siècle précédent. Et comme on lui avait dit ça, il avait visionné quelques films du bonhomme ; il avait bien aimé ceux-là, mais la prétendue ressemblance avec leur héros l'avait laissé perplexe.

Il situait le commencement de la fin quand *Flics en peine* lui avaient foutu dans les pattes une certaine Tara-May Allenby, qui était blonde et maigre et avait mission de l'accompagner dans ses déplacements et de faire des bouts d'essai avec une steadicam.

Tara-May mastiquait de la gomme comme une vache, ne cessait de tripoter ses filtres et elle avait fini par lui taper prodigieusement sur les nerfs. Il savait qu'elle envoyait les rushes à *Flics en peine*, et il semblait que ceux-ci n'étaient pas vraiment satisfaits de ce qu'ils voyaient. Tara-May n'avait pas facilité les choses, expliquant à Rydell que la caméra ajoutait dix kilos à n'importe qui, mais que, personnellement, elle aimait Rydell tel qu'il était, tout en muscles et solide, tout en suggérant qu'il devrait aller suer dans une salle de gym et, tiens, pourquoi pas en compagnie de sa petite amie qui était si canon qu'on en avait mal rien qu'en la regardant ?

Mais Chevette n'avait jamais mis les pieds dans une salle ; son corps, elle le devait à ses gènes et à quelques années à grimper et descendre les toboggans de San Francisco sur un V.T.T. de compétition au cadre fait de papier de construction japonais enrobé d'époxy.

Rydell poussa un soupir en arrivant au coin de la 4e et de Bryant et, là, il prit la direction du pont. Le sac sur son épaule, allégeance aux lois de la pesanteur, commençait de lui peser. Rydell s'arrêta, soupira encore, rajusta son barda. Chassa ses souvenirs.

Marche.

Pas de problème pour trouver ce Lucky Dragon.

On ne pouvait vraiment pas le manquer, planté qu'il était en plein milieu de Bryant, juste devant l'entrée du pont. Il n'avait pu le voir en descendant Bryant, parce qu'il était caché par le chaos des fossés antichars, mais une fois qu'on les avait passés, on tombait littéralement dessus.

Il pouvait remarquer en s'en approchant qu'il s'agissait d'un modèle plus récent que celui dans lequel il avait travaillé sur Sunset. Il présentait moins d'angles et était de ce fait moins exposé aux dégradations. Il pensa que concevoir un module Lucky Dragon consistait à bâtir une chose capable de supporter le passage de millions de mains indifférentes et même hostiles. À la fin, se dit-il, on se retrouvait avec une structure en forme de coquillage, lisse et dure.

Le magasin de Sunset avait été enduit d'un vernis qui absorbait les graffitis. Les gangs de mômes arrivaient et taguaient ; vingt minutes plus tard, ces taches qui avaient vaguement la forme de crabes et une couleur d'un bleu sombre surgissaient en glissant le long de la façade. Rydell n'avait jamais compris comment cela fonctionnait, et Durius prétendait que le procédé avait été inventé à Singapour. La chose paraissait incluse à quelques millimètres de la surface – recouverte d'un enduit mat – et cependant capable de se déplacer dessous. Matériau intelligent, c'était ainsi qu'ils l'appelaient. Et les taches se dirigeaient vers le tag, quel que fût le gribouillis artistiquement abstrait qui avait été apposé là pour affirmer sa fidélité ou marquer son territoire ou jurer vengeance (Durius était capable de les traduire et d'en bâtir un récit), et elles commençaient à le dévorer. Vous ne pouviez pas voir bouger les pattes de crabe. Elles s'insinuaient dans le dessin et peu à peu l'effaçaient, ses molécules de peinture aspirées dans le bleu outremer des mangeurs de graffitis du Lucky Dragon.

Et puis un soir quelqu'un était arrivé avec un tag intelligent, une espèce de décalcomanie qu'ils avaient réussi à coller sur le mur, sans que Rydell ni Durius n'aient été capables de s'imaginer comment ils avaient pu agir sans se faire voir. Peut-être, disait Durius, l'avaient-ils projeté de loin, allez savoir. C'était le tag d'un gang appelé les Chupacabras, un machin impressionnant hérissé de pointes, tout en noir et rouge, insectoïde et menaçant et, pensa Rydell, plutôt beau et irradiant d'énergie. Il l'avait déjà vu porté en tatouage, dans le magasin. Les gosses qui l'arboraient aimaient aussi ces verres de contact qui vous faisaient des pupilles de serpent. Or, quand le « matériau intelligent » se pointa, le tag s'était déplacé.

Pas de doute, il les avait senti venir, les voraces, et il ne les avait pas attendus. On ne pouvait pas le voir bouger, mais force était de constater qu'il n'était plus à la même place. La première nuit, Durius et Rydell l'observèrent progresser jusqu'à l'arrière du magasin. Il commençait à revenir sur le devant à l'heure où ils terminaient leur nuit.

La nuit suivante, il était toujours là, en compagnie de quelques tags standard. Quant aux mangeurs de graffitis, concentrés sur la décalco intelligente, ils ne s'occupaient pas du reste. Durius le montra à monsieur Park, qui n'apprécia pas du tout qu'on ne l'ait pas averti plus tôt, et Rydell s'empressa de lui montrer le livre de bord sur lequel ils avaient mentionné le fait, avant de quitter leur service, ce qui ne fit qu'agacer encore plus le gérant.

Une heure plus tard, deux hommes en blanches combinaisons de chez TYVEK débarquaient d'un van tout aussi immaculé et se mettaient au travail. Rydell aurait bien aimé les voir s'attaquer au tag intelligent, mais il y avait du monde cette nuit-là à la boutique et il ne put assister au nettoyage. Il apprit qu'ils n'avaient utilisé ni ponceuse ni solvant, mais un portable et deux ou trois sondes adhésives. Il en conclut qu'ils durent reprogrammer le tag et dérégler son code car, après leur départ, les bouffeurs de graffitis étaient de retour, suçant ce qui restait de l'iconographie des Chupacabras.

Le Lucky Dragon près du pont était lisse et blanc comme une assiette de porcelaine, remarqua Rydell en s'approchant. Il avait l'air d'un morceau de rêve étranger, déposé là par le hasard des vents. Il se dégageait de l'entrée du pont une atmosphère dramatique contrastant avec ce module imbécile, et Rydell se demanda combien de réunions ils avaient tenues à Singapour avant d'implanter cette unité dans un tel environnement. Lucky Dragon pouvait s'enorgueillir de quelques emplacements prestigieux, et Rydell savait pour avoir regardé la colonne vidéo interactive de L.A. qu'il y en avait un sur la Place Rouge, un autre sur les Champs-Élysées et encore un à Piccadilly, mais celui qu'il avait devant les yeux relevait de l'audace ou d'un plan étrangement délibéré.

Le pont était un lieu trouble, voire dangereux.

Il attirait bien sûr tout un contingent de touristes, essentiellement de ce côté de la ville, mais des touristes non accompagnés. Pas de visites guidées, ici ; on y venait à ses risques et périls. Chevette lui avait raconté comment ils chassaient périodiquement les évangélistes et l'Armée du Salut et tout autre organisation portant le masque humanitaire. Rydell se disait que c'était cela qui faisait le charme du lieu... son indépendance globale.

Zone autonome, disait Durius. Il avait dit à Rydell que Sunset avait commencé comme ça, un lien entre deux juridictions policières, et c'était pourquoi on voyait encore des putes tapiner, déguisées comme des diablesses à la Noël.

Mais peut-être Lucky Dragon savait-il des choses que les gens ignoraient, pensait-il. Tout changeait. Son père, par exemple, jurait que Times Square avait été un coin rudement méchant.

Rydell, se frayant un chemin à travers le flot de badauds qui se traînaient vers le pont ou en revenaient, passa devant la colonne vidéo interactive, imaginant qu'en levant la tête il verrait le Lucky de Sunset et Praisegod qui lui sourirait comme un soleil.

À la place, il hérita d'un petit branleur de Séoul qui s'empoignait la grappe devant la caméra.

Il entra, aussitôt arrêté par un balèze au front pâle et aux sourcils presque invisibles. « Votre sac », dit le vigile, qui portait le même gilet de protection que Rydell à L.A., gilet qu'il avait emporté avec lui et se trouvait justement dans le sac marin que le type lui demandait.

« S'il vous plaît », dit Rydell en lui tendant le fourre-tout. La formule de politesse était exigée au Lucky Dragon. Le « s'il vous plaît » était un devoir, c'était écrit dans le portable de monsieur Park et, de toute façon, demander à un client de vous remettre son sac c'était présumer qu'il pouvait vous voler, alors la moindre des choses était de se montrer courtois envers lui.

Le vigile plissa les yeux. Il rangea le sac dans l'un des casiers numérotés derrière lui et tendit à Rydell un jeton rond et aussi gros qu'une assiette portant au dos le numéro cinq. Le bidule avait cette taille, Rydell le savait bien, pour qu'il ne puisse entrer dans une poche et ainsi empêcher les gens de l'oublier et de s'en aller avec. Une telle précaution réduisait, entre autres, les frais d'entreposage. Tout au Lucky Dragon était pensé et calculé de cette manière. On aurait presque été tenté de les admirer.

« Merci infiniment », dit Rydell. Il gagna le fond du magasin, où se trouvait un distributeur automatique de la Lucky Dragon International Bank. Il savait que la machine l'observait, alors qu'il s'approchait, tirant son portefeuille de la poche arrière de son pantalon.

« Je voudrais une plaquette de crédit, dit-il.

— Identité, je vous prie. » Les ATM[2] du Lucky Dragon avaient tous cette étrange voix haute et vibrante de cas-

2. Billetterie automatique permettant aussi le dépôt et le transfert d'argent. (N.d.T.)

trat, et il s'étonna d'un tel choix. Mais sans doute cela aussi avait été étudié, vraisemblablement pour décourager quiconque de s'amuser avec l'appareil. Rydell savait que tout usage intempestif d'un distributeur était puni d'un jet de gaz aveuglant. À cet effet, une mise en garde était placardée, bien en évidence, mais Rydell doutait que les crétins en aient jamais pris connaissance. Ce que l'avis et le Lucky Dragon ne disaient pas, c'est que la machine, au cas où vous auriez l'intention de la fracturer avec une barre à mine, par exemple, s'arrosait et vous arrosait d'eau et puis s'électrifiait au 220 V.

« Berry Rydell », dit-il, sortant son permis de conduire de son portefeuille et l'insérant dans le lecteur.

« Contact de la paume. »

Rydell pressa sa dextre sur le dessin représentant le contour d'une main. Il détestait la sensation. Et rien de plus microbien que ces scanners.

Il retira sa main de la plaque et la frotta vigoureusement contre la jambe de son pantalon.

« S'il vous plaît, composez votre code personnel. »

Ce que fit Rydell, remontant son mnémotechnique jusqu'aux deux boîtes de 7-Up.

« Nous traitons votre demande », dit la chose d'une voix flûtée, comme si elle venait de se prendre les testicules dans un rouage.

Rydell jeta un regard à la ronde et vit qu'il était le seul client de la boutique à part une femme aux cheveux gris et au pantalon de cuir noir en train de donner des suées à la caissière dans la langue de Goethe.

« Transaction terminée », dit l'ATM. Rydell vit une plaquette de crédit Lucky Dragon émerger de la fente. Il la repoussa de moitié à l'intérieur pour en lire le montant sur l'écran. Pas mal. Pas mal du tout. Il empocha la plaque, rangea son portefeuille et se tourna vers l'antenne de GlobEx, qui servait également d'agence à l'US Postal. C'était encore une machine, semblable aux ATM, intégrée dans la paroi de plastique. Ils n'en avaient pas de semblable à Sunset, et Praisegod devait servir les clients de GlobEx et de USPO, non sans réticence en ce qui concerne cette dernière, car ses parents voyaient dans tout ce qui était fédéral la main de Satan.

Celui qui hésite, lui avait appris son père, ne court aucun danger, et Rydell avait durement essayé au cours de sa vie de pratiquer l'indécision. Et il savait très bien que l'oubli de cette règle lui avait souvent valu de se retrouver dans la merde. Hélas, c'était dans sa nature de foncer sans réfléchir et, toujours au pire moment.

Regarde avant de sauter. Pèse les conséquences. Réfléchis.

Il réfléchit donc. Quelqu'un avait profité de son bref et involontaire séjour dans le couloir virtuel de Selwyn Tong pour l'informer de retirer sa plaquette de crédit au distributeur du Lucky Dragon puis de se présenter au guichet automatique de GlobEx. Cette communication pouvait être l'œuvre du notaire lui-même ou, en vérité, de n'importe qui d'autre, piratant un site dont l'étanchéité, à son avis, devait tenir de la passoire. Et puis l'aspect même de l'altération, qui avait permis le message, puait son pirate à cent lieues. Rydell savait par expérience que les hackers ne résistaient pas à l'intention d'en rajouter, histoire de montrer combien ils étaient bons. Il savait aussi qu'ils s'y entendaient pour vous foutre dans la panade.

Il gagna le guichet de GlobEx.

Il lui fallut moins de temps qu'à l'ATM pour montrer son permis et voir la porte du casier coulisser. C'était un colis plus gros qu'il ne s'y attendait, et il était lourd pour sa taille. Vraiment lourd. Coûteuse enveloppe de mousse parfaitement saucissonnée par un adhésif gris et couverte de timbres hologrammes Maximum Express et de tampons des douanes. Il examina le récépissé. Le colis venait apparemment de Tokyo, mais le libellé était au nom de Paragon-Asia Dataflow, dont le siège était à Melbourne, Australie. Rydell ne connaissait personne en Australie, mais il savait qu'il était en principe impossible, en tout cas absolument illégal, d'expédier quelque marchandise que ce fût dans l'un de ces guichets GlobEx. Il fallait impérativement une adresse, privée ou commerciale. Ces guichets-là étaient uniquement réservés aux envois locaux.

Et la chose pesait son poids pour ses trente centimètres de long sur une vingtaine en largeur et en épaisseur. Il la coinça sous son bras et s'en fut récupérer son sac.

Qu'il découvrait maintenant ouvert sur le petit comptoir, tandis que le vigile aux yeux pâles en sortait le gilet de protection du Lucky Dragon.

« Non, mais qu'est-ce que vous faites ? »

Le garde leva les yeux. « Ceci est propriété du Lucky Dragon.

— Vous n'êtes pas autorisé à ouvrir les sacs des clients, dit Rydell. C'est bien spécifié dans le règlement.

— Je dois traiter ça comme un vol. Vous détenez un bien appartenant au Lucky Dragon. »

Rydell se souvint que, ne sachant que faire du couteau en céramique, il avait glissé celui-ci dans le gilet. Il essaya de se rappeler si la possession d'une arme blanche était illégale ici. Ça l'était à SoCal, mais pas dans l'Orégon, par exemple.

« Ceci m'appartient, dit-il, et vous allez me le rendre tout de suite.

— Désolé, dit l'homme sans se démonter.

— Ohé! Rydell», appela une voix familière, tandis que la porte était poussée avec une telle force que Rydell entendit quelque chose claquer dans le mécanisme de fermeture. «Fils de pute, qu'est-ce tu branles?»

Rydell fut aussitôt enveloppé par un brouillard de vodka et de testostérone en liberté. Il se retourna et vit Creedmore qui souriait sauvagement, apparemment libéré de toute condition humaine. Derrière lui oscillait un grand type, blême et charnu, aux yeux noirs très rapprochés.

«Vous êtes soûl, aboya le vigile. Sortez.

— Soûl?» Creedmore grimaça de manière grotesque, feignant d'être mortellement atteint dans sa dignité. «Y dit qu'j'suis soûl...» Creedmore se tourna vers l'homme derrière lui. «Randy, ce bâtard dit que j'suis soûl.»

La bouche du gros type, qui était petite et étrangement délicate sur un visage aussi lourd et noirci d'une barbe de trois jours, s'affaissa aux commissures comme s'il était sincèrement consterné d'apprendre qu'un être humain puisse traiter un autre humain de façon aussi cruelle. «Ben, t'as qu'à lui botter le cul, à c'pédé», suggéra-t-il doucement, comme si ce projet portait en lui la promesse d'une réparation à la hauteur de l'insulte subie.

«Soûl?» Creedmore faisait de nouveau face au vigile. Il se pencha en travers du comptoir, son menton au niveau du haut du sac de Rydell. «Et c'est quoi, ces histoires de merde que tu lui cherches, à mon pote ici présent?»

Creedmore irradiait une menace de reptile gavé aux amphètes, sa colère surgie tout droit de l'ordre animal. Rydell remarqua un petit muscle pulser sur la joue de Creedmore, régulier et involontaire comme un minuscule cœur annexe. Voyant que Creedmore retenait toute l'attention du type, Rydell empoigna son sac d'une main et, de l'autre, le gilet.

Le vigile tenta de les saisir. Ce fut une erreur, car sa tentative lui mobilisa les deux bras.

« Suce ma bite ! » hurla Creedmore en frappant avec plus de vitesse et de force que Rydell ne l'en eût cru capable, et il enfonça littéralement son poing dans le ventre de l'autre, juste sous le sternum. Cueilli par surprise, le garde se plia en deux. Rydell empêcha Creedmore de doubler d'une frappe au visage en réussissant à lui emmêler les poignets dans les sangles du gilet de protection.

« Viens, Buell », dit-il en poussant Creedmore en direction de la porte. Il savait que quelqu'un allait d'une seconde à l'autre actionner une sonnerie d'alarme.

« Cet enculé dit qu'j'suis soûl, protesta Creedmore.

— Tu l'es, Buell, tu l'es », dit le gros homme en leur emboîtant le pas.

Creedmore pouffa de rire.

« Allez, mettons les bouts », dit Rydell en prenant la direction du pont. Tout en marchant, il essayait de rentrer le gilet dans le fourre-tout sans laisser tomber son colis de GlobEx. Un coup de vent lui souffla de la poussière dans les yeux et, baissant la tête et clignant les paupières pour éclaircir sa vision, il remarqua pour la première fois que ce n'était pas à lui que le paquet était adressé mais à Colin Laney.

Colin Laney. Alors, pourquoi l'avaient-ils autorisé, lui, à le retirer ?

Ils étaient maintenant dans la foule des badauds, sur la rampe menant au premier niveau du pont.

« C'est quoi, cette flaque ? demanda Creedmore en regardant à sa droite.

— La baie de San Francisco, répondit Rydell.

— Merde, dit Creedmore, ça pue comme trente-six raies.

— J'ai besoin d'un verre, dit doucement le gros type à la bouche délicate.

— Moi aussi », approuva Rydell.

22
Vexé

Fontaine a deux épouses.

Une condition peu enviable, vous dira-t-il.

Elles vivent, ces deux épouses, en entente difficile dans la même maison, du côté d'Oakland. Fontaine dort depuis quelque temps, ici, dans son magasin.

La plus jeune des deux, qui a quarante-huit ans, soit cinq de moins que l'autre, est jamaïcaine, originaire de Brixton, grande, la peau claire, et Fontaine en est arrivé à la considérer comme son châtiment pour ses anciens péchés.

Elle s'appelle Clarisse. Quand elle est en colère, elle revient au dialecte de son enfance. « Ti gagner gros lot, Fontaine. »

Et aujourd'hui, elle est en colère. Elle se tient devant lui avec un sac à provisions rempli de ce qui ressemble fort à des bébés japonais catatoniques.

Ce sont en vérité des poupées grandeur nature, fabriquées à la fin du siècle précédent pour le réconfort de grands-parents lointains, chacune d'elle faite d'après les photos de la véritable petite-fille. Diffusées par une société appelée La Doublure, située à Meguro, elles attirent de plus en plus les collectionneurs, chacune d'elles étant dans une certaine mesure unique.

« Je n'en veux pas, dit Fontaine.

— Écoute, lui dit Clarisse, oubliant son dialecte, c'est pas possible que tu les prennes pas. Tu les prends, tu les fais bouger, tu encaisses bons dollars, que tu donnes à moi. Parce que sinon, je reste plus où tu m'as laissée, avec cette sale dingue que tu as mariée. »

Avec qui j'étais déjà marié quand tu m'as épousé, pense Fontaine. La personne à qui il est fait référence est Tourmaline Fontaine, la première épouse donc, que ce qualificatif de « sale dingue » décrit fort bien, pense Fontaine. Tourmaline est une véritable terreur ; seules sa corpulence et son éternelle torpeur l'empêchent de venir jusqu'ici.

« Clarisse, dit-il, si encore elles étaient neuves et dans l'emballage d'origine...

— Elles ont jamais été neuves dans la boîte, crétin ! On a joué avec !

— Alors, vends-les, toi qui connaît mieux le marché que moi.

— Tu veux qu'on parle de pension alimentaire ? »

Fontaine regarde les poupées japonaises. « Merde, elles sont moches. Elles ont l'air mortes.

— Faut les allumer. » Clarisse pose le sac par terre et en sort un bébé nu de sexe masculin. Elle enfonce un ongle long vert émeraude dans le cou du pantin, impatiente de prouver combien cette chose est unique, que des sons infantiles ont été enregistrés digitalement, peut-être une dizaine de mots, mais ce qu'ils entendent à la place est un halètement tout ce qu'il y a de plus obscène et une petite voix qui dit « Va te faire mettre, va te faire mettre ». Clarisse fronce les sourcils. « Quelqu'un a déconné avec. »

Fontaine soupire. « Je verrai ce que j'peux faire. Laisse-les là. Mais je te promets rien.

— Un peu que je les laisse là », dit Clarisse en balançant le bébé tête la première dans le sac.

Fontaine jette un coup d'œil dans l'arrière-boutique, où le garçon est assis les jambes croisées, nu-pieds, les cheveux coupés courts, le portable ouvert sur ses genoux, toute son attention rivée à l'écran.

« C'est quoi, ça ? » demande Clarisse, remarquant le gosse pour la première fois tandis qu'elle se rapproche du comptoir.

Fontaine est soudainement désarçonné. « Il aime les montres. » C'est tout ce qu'il trouve à dire.

« Ouais, il aime les montres, répète Clarisse avec mépris. Et pourquoi c'est pas tes enfants à toi qui sont là ? » Elle plisse les yeux, accentuant le petit éventail de rides à chaque coin, rides que Fontaine a le désir soudain d'embrasser. « Comment ça se fait qu'à la place t'aies ce morceau de lard de Chicano ?

— Clarisse…

— Clarisse mon cul. » Elle ouvre grand ses yeux d'un vert pâle, héritage génétique d'un soldat anglais, s'est souvent dit Fontaine, souvenir d'une nuit chaude à Kingston, il y a de ça plusieurs générations. « Tu fais marcher ces poupées sinon ça va barder, compris ? »

Elle tourne non sans élégance les talons, chose pas facile dans ces galoches noires qu'elle porte et sort de la boutique, fière et droite, dans son long manteau d'homme, un beau tweed, que Fontaine se rappelle avoir acheté quinze ans plus tôt à Chicago.

Fontaine soupire. Un poids pèse sur lui maintenant, à l'approche de la nuit. « C'est légal, ici, d'avoir deux épouses, dit-il dans le vide qui sent le café. Putain, c'est dingue mais légal. » Il gagne la porte en traînant les pieds dans ses chaussures sans lacets et referme à clé derrière sa femme. « Tu crois toujours que je suis bigame ou je ne sais quoi, bébé, mais ici on est dans l'État de Californie du Nord. »

Il revient et regarde le garçon, qui semble avoir découvert le catalogue de Christie.

Le môme lève les yeux. « Patek Philippe, Genève, boîtier platine, remontage automatique, numéro 187145.

— Non, dit Fontaine, c'est pas dans nos prix.

— Une montre à savonnette, or dix-huit carats…

— Oublie ça aussi.

— … avec automate érotique dissimulé sous le couvercle…

— On peut pas se payer ça non plus, dit Fontaine. Tu sais, ce portable, c'est pas terrible pour consulter les offres. Je vais te montrer un moyen plus rapide.

— Moyen. Plus rapide. »

Fontaine s'en va fouiller dans les tiroirs d'une armoire en fer à la peinture écaillée, jusqu'à ce qu'il trouve ce qu'il cherche : une vieille paire de visiophones militaires. Le boudin de caoutchouc autour de l'écran vidéo binoculaire est craquelé et pelé par endroits. Il faut cinq autres minutes pour dénicher la pile et vérifier si elle est encore chargée. Le garçon ne lui prête pas attention, plongé qu'il est dans les images du catalogue de Christie. Fontaine branche les lunettes sur le boîtier de la batterie et retourne près de son protégé. « Tiens, tu vas voir. Mets ça sur ta tête… »

23
Montagne russe

L'appartement est grand et ne contient rien qui ne soit d'une stricte utilité.

Ainsi le plancher en noyer est-il nu et méticuleusement balayé.

Assis dans une luxueuse, semi-intelligente chaise de travail de fabrication suédoise, il aiguise le poignard.

C'est une tâche (il considère cela comme une fonction) qui exige le vide.

Face à lui, la reproduction d'une table de réfectoire du dix-neuvième siècle. À vingt centimètres de son bord le plus proche, deux mortaises triangulaires ont été pratiquées au laser dans le bois selon des angles précis. À l'intérieur de ces deux cavités, il a encastré deux pièces de trente centimètres de long en céramique gris plomb dont la section, triangulaire, forme un angle aigu. Ces pierres à aiguiser sont serties dans le bois de manière à ne faire qu'un avec lui.

Le poignard est posé devant lui sur la table, sa lame entre les deux bâtons de céramique.

Quand il sent le moment venu, il prend l'arme dans sa main gauche et pose la base de la lame contre la pièce de gauche. Il la tire vers lui d'un seul mouvement souple, guettant l'indice d'une imperfection, qui indiquerait que la lame a touché un os, et cela fait des années qu'elle a toujours taillé dans les chairs.

Rien.

Il inspire profondément, place la lame contre la pierre de droite.

Le téléphone sonne.

Il expire lentement. Pose le poignard sur la table, entre les deux céramiques. « Oui ? »

La voix, issue de plusieurs haut-parleurs invisibles, est une voix qu'il connaît bien, bien que cela fasse près de dix ans qu'il n'a pas partagé un espace physique avec son correspondant. Il sait que les mots qu'il entend proviennent d'une propriété au prix astronomique, située quelque part dans l'essaim de satellites de la planète. C'est une communication directe, qui n'a rien à voir avec le brouillard amorphe des appels ordinaires entre humains. « Je vous ai vu sur le pont la nuit dernière », dit la voix.

L'homme ne dit rien. Il porte une chemise coupée dans une flanelle grise très fine, le col boutonné sans cravate, des manchettes à la française fermées de chaînettes de platine massif. Il pose ses mains sur ses cuisses et attend.

« Ils pensent que vous êtes fou, dit la voix.

— Qui employez-vous pour vous dire ces choses ?

— Des enfants, dit la voix. Durs et brillants. Les meilleurs que je puisse trouver.

— Pourquoi toute cette peine ?

— J'aimerais le savoir.

— Vous aimeriez le savoir, dit l'homme, ajustant le pli de la jambe gauche de son pantalon, mais pourquoi ?

— Parce que vous m'intéressez.

— Avez-vous peur de moi ? demande l'homme.

— Non, je ne le pense pas. »

L'homme se tait.

« Pourquoi les avez-vous tués ? demande la voix.

— Ils sont morts.

— Mais pourquoi étiez-vous là-bas ?

— J'avais envie de voir le pont.

— Ils pensent que vous êtes allé là-bas, sachant que vous attireriez quelqu'un, quelqu'un qui vous attaquerait. Quelqu'un à tuer.

— Non, dit l'homme avec une note de déception dans la voix, ils sont morts.

— Certes, mais de votre main. »

L'homme hausse les épaules, pince les lèvres. « Ces choses-là arrivent, dit-il.

— Beaucoup de temps a passé depuis que je vous ai demandé votre aide.

— C'est le résultat du mûrissement, dirais-je, réplique l'homme. Vous êtes maintenant moins enclin à aller contre le mouvement des choses. »

C'est au tour de la voix d'observer un silence. Un long silence. « C'est vous qui m'avez appris cela », dit-elle enfin.

Quand il est certain que la communication est terminée, l'homme reprend son arme et pose la base de la lame contre le haut de la pierre de droite.

Il la tire doucement à lui et vers le bas.

24
Two lights on behind

Ils trouvèrent un bar sombre qui semblait être suspendu au-delà du garde-fou du pont. Peu large mais long; d'un côté le comptoir courant au bord de la travée, de l'autre des fenêtres dépareillées aux meneaux rafistolés avec du silicone jaunissant.

Entre-temps Creedmore était devenu étrangement lucide, tout ce qu'il y a de plus cordial, présentant son compagnon, le charnu : Randall James Branch Cabell Shoats, de Mobile, Alabama. Shoats était un guitariste de studio, précisa Creedmore, à Nashville et ailleurs.

« Content de te connaître », dit Rydell. Il serra la main de Shoats, qui était fraîche et sèche et très douce mais marquée de cals durs et épais, de telle manière que Rydell eut l'impression de presser un gant de chevreau serti de grenats.

« Tous les amis de Buell sont mes amis », dit Shoats sans ironie apparente.

Rydell jeta un regard à Creedmore et se demanda à quel palier de chimie cervicale le bonhomme était en train de naviguer et combien de temps s'écoulerait avant qu'il n'amorce un piqué kamikaze.

«Je dois te remercier, Buell, pour ce que tu as fait tout à l'heure», lui dit Rydell, parce qu'il le pensait. En même temps, il n'était pas certain que Creedmore l'eût fait par altruisme, mais il devait s'avouer que Creedmore et Shoats étaient tombés à pic, même si l'expérience personnelle qu'il avait du Lucky Dragon lui soufflait que l'affaire était loin d'être terminée.

«Des enfants de putains», dit Creedmore en manière de commentaire général sur l'état des choses.

Rydell commanda trois bières. «Écoute, Buell, dit-il, après ce qui s'est passé, il est possible qu'ils cherchent à nous retrouver.

— Et après ? Nous, on est ici, et ces enculés sont là-bas.

— Vois-tu, Buell, reprit Rydell, se résignant à devoir expliquer la chose comme à un marmot de six ans obtus et borné, je venais juste de retirer ce colis que tu vois là, quand on a eu ce petit différend, le vigile et moi, et puis tu l'as séché sur place. Il doit pas être content, et il y a des chances qu'il se rappelle que j'avais ce machin sous le bras. Avec une grosse étiquette GlobEx, tu comprends ? S'il jette un œil au registre de GlobEx, il aura mon portrait, mon empreinte vocale, et il les donnera aux flics.

— Les flics ? Hé ! c'est ce bâtard qui nous a cherché querelle, non ?

— Non, dit Rydell, c'est pas une excuse.

— Alors, dit Creedmore en posant sa main sur l'épaule de Rydell, on viendra te voir jusqu'à ce qu'ils te relâchent.

— Non, Buell, non, dit Rydell en se dégageant de la main de Creedmore, à la vérité j'pense pas qu'il appelle la police. Il cherchera plutôt à savoir pour qui on travaille et s'il y a moyen de nous poursuivre et gagner le procès.

— Te poursuivre ?

— "Nous".

— Euh, fit Creedmore, jaugeant la nouvelle donne. T'es mal barré, alors.

— Peut-être pas, dit Rydell. Ça dépend des témoins.

— Je t'entends bien, intervint Randy Shoats, mais faudra que j'en parle à ma maison de production, voir ce que les avocats en pensent.

— Ta maison de production, dit Rydell.

— C'est ça. »

Leurs bières arrivèrent, bouteilles brunes aux cols longs. Rydell but une gorgée. « Creedmore fait partie de ta maison ?

— Non », répondit Randy Shoats.

Le regard de Creedmore alla de Shoats à Rydell et revint au premier. « J'lui ai seulement flanqué un marron, Randy. J'savais pas que ça pouvait avoir rapport avec notre affaire.

— Et ça n'a rien à voir avec, répondit Shoats, dès le moment que tu es capable d'aller jusqu'au studio et d'enregistrer.

— Bordel, Rydell, dit Creedmore, j'avais vraiment pas besoin que t'arrives ici pour tout bousiller. »

Rydell, qui farfouillait sous la table dans son sac pour en sortir le pack de protection et l'ouvrir, regarda Creedmore sans rien dire. Il sentit sous sa main le manche dentelé du couteau céramique. « Excusez-moi, les gars, dit-il, mais faut que j'aille aux gogues. » Il se leva, le colis GlobEx sous le bras et la lame dans sa poche, et s'en fut demander à la serveuse où se trouvaient les toilettes.

Pour la deuxième fois de la journée, il était assis sur un siège de w.-c. sans l'utiliser, celui-ci puant considérablement plus que le précédent. La plomberie ici tenait de l'art intestinal : un labyrinthe de boyaux de plastique à la transparence verdâtre qui serpentait dans toutes les directions, avec des autocollants EAU NON POTABLE gaufrant au-dessus des robinets du lavabo.

Il sortit le couteau de sa poche et pressa le bouton. La lame noire jaillit et se verrouilla. Il pressa encore, regarda la lame rentrer, l'ouvrit de nouveau. Pourquoi faisait-on toujours ça avec un cran d'arrêt, se demanda-t-il. Il pensa que ce devait être pour ce mécanique surgissement d'acier que les gens les achetaient, quelque chose de psychologique mais primaire comme une cervelle de singe. À la vérité, les surins étaient d'une efficacité quasi nulle, se dit-il, hormis sur un plan purement utilitaire. Les gosses les aimaient pour leur aspect dramatique, mais qu'un quidam vous voie en ouvrir un devant lui, il pouvait très bien, s'il ne prenait pas la fuite, soit vous botter le cul soit vous flinguer, trois attitudes dépendant de l'humeur et de la force de frappe du sujet. Il supposait qu'il devait y avoir des situations très particulières requérant que vous ouvriez votre cran et en plongiez la lame dans un ventre, mais cela ne devait pas être très fréquent.

Il avait posé le paquet GlobEx sur ses genoux. Prudemment, car il se rappelait comment il s'était coupé à L.A., il trancha l'adhésif gris aussi facilement qu'on coupe du beurre avec un fil. Il referma soigneusement le couteau, le glissa dans sa poche et souleva le couvercle de la boîte.

Il pensa à première vue que c'était une bouteille Thermos, un de ces coûteux articles en inox, mais son poids, quand il la souleva, et la finesse de la fabrication démentirent sa première impression.

Il retourna la chose, découvrant un encastrement rectangulaire présentant une série de prises minuscules, mais rien d'autre si ce n'est un autocollant bleu légèrement éraflé qui disait SUPER LOOK. Il secoua le bidule.

Rien ne bougea à l'intérieur. Ç'avait l'air d'être compact, et il n'y avait aucun couvercle visible ou système d'ouverture. Comment un truc pareil, s'étonna-t-il, pouvait franchir les douanes et comment les contrôleurs de GlobEx pouvaient en identifier la nature et être certains qu'il ne s'agissait pas de contrebande ? Il pouvait nommer une douzaine de produits illégaux dont on aurait pu bourrer un conteneur de cette dimension et se faire un joli pacson, si on réussissait le passage de Tokyo aux USA.

Peut-être était-ce bourré de drogue ou d'autre chose, pensa-t-il, et qu'on avait cherché à le piéger. Peut-être allaient-ils défoncer la porte d'un instant à l'autre et l'embarquer pour trafic de substances fœtales prohibées ou il ne savait quoi encore.

Il resta assis. Rien ne se passa.

Il posa la chose en travers de ses cuisses et chercha dans l'emballage de mousse un message quelconque, un indice susceptible de l'éclairer sur la nature de l'envoi. Ne trouvant rien, il rangea l'objet dans sa boîte, sortit du box, se lava les mains à l'eau non potable du pont et quitta les toilettes, décidé à prendre congé de Creedmore et Shoats, une fois qu'il aurait récupéré son sac, qu'il leur avait donné à garder.

Et puis il vit que la femme, cette Maryalice, celle du petit déjeuner, avait rejoint les deux hommes, et que Shoats s'était dégotté une guitare quelque part, une vieille gratte au vernis écaillé avec une bande adhésive masquant une craquelure au bas de la caisse. Shoats, qui avait reculé sa chaise pour donner de l'espace à l'instrument entre le bord de la table et son ventre, était occupé à l'accorder, avec cette expression concentrée et lointaine qu'ont les musiciens quand ils harmonisent la gamme.

Creedmore observait, penché en avant, ses cheveux blonds à l'air mouillé luisant dans la faible lumière de la salle, et Rydell lut sur le visage de ce tordu une faim, une impatience, qui lui fit un drôle d'effet. Il avait l'impression de surprendre Creedmore en train de tendre la main vers quelque chose à travers le mur de merde qu'il dressait en permanence autour de lui. Cela humanisait brutalement le bonhomme et, d'une certaine manière, le rendait plus repoussant encore.

L'air absent, Shoats sortait maintenant de la pochette de sa chemise un antique tube de rouge à lèvres en métal doré, avec lequel il se mit à jouer slide. Et les sons qu'il tirait frappèrent Rydell en plein ventre, aussi sûr que Creedmore avait plié le vigile : ils évoquaient le bleu qui vous talque les doigts dans une salle de billard et ces étincelles qu'on tire d'une baguette de verre frottée sur une peau de chat. Sous la feinte nonchalance de ces accords métalliques bourgeonnait une musique splendidement ficelée.

Le bar, peu peuplé à cette heure mais cependant loin d'être vide, s'était plongé dans un silence total, tandis que Shoats faisait vibrer sa guitare, et puis Creedmore se mit à chanter, d'une voix haute, tremblante, noire.

Et son chant parlait d'un train qui quittait la gare, avec ses deux lumières derrière : la bleue qui était celle de son amour.

Et la rouge, qui était celle de ses pensées.

25
Costume

Après avoir déserté le sommeil, Laney, qui n'avait jamais été ni fumeur ni buveur, avait pris l'habitude d'avaler le contenu de petites fioles de verre ambré contenant un antiémétique, un remède japonais aussi ancien que toujours apprécié, à base d'alcool, de caféine, d'aspirine et de nicotine. Il sait (comme il sait maintenant un certain nombre de choses qu'il a besoin de connaître) que cette potion, combinée au sirop bleu antitussif, est tout ce qu'il lui faut pour continuer.

Le cœur battant, les yeux ouverts comme des vannes au flux des données, les mains froides et lointaines, il se jette résolument en avant.

Il ne quitte plus son abri, s'appuyant sur Yamazaki (qui lui apporte des médicaments qu'il ne prend pas) et sur un voisin de la cité de carton, un fou qui prend un soin méticuleux de sa personne et qui est une relation du vieil homme, le créateur de figurines, auquel Laney se sait redevable d'occuper cet espace.

Il ne se souvient pas de l'entrée en scène de ce fou, qu'il surnomme pour lui-même Costume, mais ce n'est pas là un fait qui mérite mémorisation.

Costume est de toute évidence un ancien salarié, peut-être a-t-il été cadre. Et Costume porte un costume, le seul qu'il possède. Un noir, qui a dû être il y a longtemps un très beau costume, et son état présent est tel que, de toute évidence, Costume, quel que soit le carton dans lequel il niche, dispose d'un fer à repasser, d'une brosse à peluches, certainement d'aiguilles et de fil, et de l'art de s'en servir. Il est impensable, par exemple, que les boutons de la veste ne soient pas solidement et symétriquement cousus ni que la chemise blanche de Costume, lumineuse sous l'éclat de l'halogène baignant l'abri du vieux maître aux figurines, ne soit rien moins qu'immaculée.

Mais il est aussi évident que Costume a connu des jours meilleurs, comme il en est de tous les squatters de la cité de carton. Ainsi remarque-t-on que si la chemise de Costume est blanche, c'est parce qu'il la peint tous les jours avec un produit à blanchir les chaussures de toile. Les épaisses montures noires de ses lunettes sont maintenues par de fines bandelettes taillées avec une précision maniaque à l'aide d'une des lames du vieil homme dans de la gaine pour fil électrique, pour être ensuite fixées avec une adresse lapidaire.

Costume est toujours aussi impeccablement soigné qu'un homme peut l'être. Mais cela fait très longtemps, des mois ou peut-être des années, qu'il n'a pris ni bain ni douche. Chaque centimètre carré de peau est, bien entendu, parfaitement nettoyé, mais quand Costume se meut, il exhale une odeur indescriptible, un relent aigu, semble-t-il, de folie et de désespoir. Il transporte toujours avec lui trois exemplaires habillés de plastique d'un livre dont il est l'unique sujet. Laney, qui ne lit pas le japonais, a vu que les trois exemplaires présentaient en couverture le portrait souriant du bonhomme, photo prise sans aucun doute en des temps meilleurs, et tenant, pour une raison inconnue, une crosse de hockey. Laney sait (sans savoir comment il le sait) que ledit ouvrage est une de ces autohagiographies que certains cadres supérieurs en mal de promotion font rédiger par des nègres. Mais la suite de l'histoire de Costume est un mystère pour Laney, et probablement pour l'intéressé lui-même.

Laney a d'autres soucis en tête, mais il lui vient à l'esprit que, pour en être réduit à faire de Costume son garçon coursier le plus présentable, il doit être lui-même dans une bien triste condition.

Et c'est certainement le cas, mais cela est finalement sans importance face au flot de données coulant aussi large que le Nil jour et nuit à travers lui, d'un horizon interne à l'autre.

Laney se sait maintenant porteur de dons qui n'ont pas encore d'appellations. De modes de perception qui n'ont peut-être jamais existé auparavant.

Il a, par exemple, une perception directement spatiale de quelque chose qui serait proche, très proche, de la totalité de l'infosphère.

Il l'aborde comme une forme unique et indescriptible, un ensemble qui aurait été écrit en braille à son intention sur un sol ou une toile de fond dont il ignore la nature, et cela lui fait mal, au sens poétique, tout comme Dieu souffre de la vision de sa propre création. À l'intérieur de ce magma, il palpe des nodules de potentialité, accrochés à des fils qui sont des histoires de ce qui s'est passé et qui est néanmoins à venir. Il est très près, pense-t-il, d'une vision dans laquelle le passé et le futur sont uns et semblables ; son présent, quand il est contraint de le réintégrer, lui semble de plus en plus arbitraire, sa situation dans le temps, incarnée dans la peau et sous le nom de Colin Laney, davantage une question de commodité que d'un quelconque absolu.

Laney a entendu parler durant toute sa vie de la mort de l'histoire mais, confronté à la forme littérale de tout savoir et de toute mémoire humaine, il commence à soupçonner qu'il n'y a en vérité jamais eu d'histoire, seulement un essaim d'apparences s'amenuisant jusqu'à l'infiniment petit en s'engouffrant dans un tourbillon fractal.

Mais il y a un futur. Et il est pluriel.

Aussi choisit-il de ne pas dormir et envoie-t-il Costume pour une nouvelle provision de regain, et il remarque, voyant Costume ressortir à quatre pattes sous la couverture jaune melon, que l'homme, en guise de chaussettes noires, s'est peint les chevilles au goudron.

26
Mauvais Secteur

Chevette acheta deux sandwiches au poulet à l'un des marchands ambulants du pont supérieur et s'en fut retrouver Tessa.

Le vent s'était levé, puis était retombé, et avec lui la tension précédant l'orage et cette étrange allégresse.

Les tempêtes étaient une affaire sérieuse sur le pont, et même un jour venteux augmentait les probabilités d'accident corporel. Sous un grain, le pont était comme un navire ancré au fond de la baie, mais n'en souffrant pas moins. La structure elle-même ne bougeait jamais vraiment (bien que Chevette supposât que cela avait dû se produire lors du séisme, et c'était même la raison pour laquelle le pont était depuis définitivement fermé à la circulation), mais tout ce qui s'y était ajouté au fil du temps, toutes ces constructions, pouvaient, la malchance aidant, se déstabiliser, et cela arrivait parfois avec des conséquences tragiques. Voilà pourquoi les gens couraient, à chaque saute de vent, vérifier les amarres de leurs gîtes, les fragiles assemblages de planches et de câbles d'avion.

Skinner lui avait appris tout cela, au hasard de leurs conversations plutôt que sous forme de leçons magistrales, bien qu'il eût sa manière à lui de dispenser celles-ci. Ainsi lui avait-il conté ce qu'il avait ressenti la fameuse nuit où le pont avait été occupé pour la première fois par les sans-abri, après qu'ils eurent escaladé et abattu les barrières érigées à la suite du tremblement de terre qui avait endommagé le pont au point d'en interdire l'accès.

Ces événements n'étaient pas si lointains d'un point de vue purement temporel, mais l'image du pont voué à la circulation automobile semblait appartenir à quelque préhistoire. Skinner lui avait montré des photos datant de cette époque-là, mais Chevette ne pouvait tout simplement pas imaginer que personne n'eût jamais vécu là, même alors. Il lui avait aussi fait voir des dessins de ponts plus anciens, des ponts avec des boutiques et des maisons dessus, et elle ne s'en était pas étonnée. Comment pouvait-on bâtir un pont sur lequel on ne pût habiter ?

Elle aime ce lieu, le reconnaît maintenant en son cœur, mais il y a quelque chose en elle qui garde ses distances et observe, comme si elle réalisait elle-même le genre de docu dont Tessa a le projet, une sorte de version intime de tout ce que Carson a coordonné pour Real One. Comme si elle était de retour sans l'être en vérité. Comme si elle était devenue quelque chose d'autre entre-temps, sans en prendre conscience. Comme si elle se regardait être ici.

Elle retrouva Tessa assise sur les talons devant une boutique étroite, MAUVAIS SECTEUR bombé en travers d'une devanture qui a l'air d'avoir été peinte couleur argent avec un balai.

Tessa tenait Divin Joujou, à moitié dégonflé, sur ses genoux, trifouillant avec un driver microdynamomètre la partie contenant la caméra. « Le ballast, dit Tessa en levant la tête, c'est toujours ce qui se dérègle en premier.

— Tiens, dit Chevette en lui tendant un sandwich. Mange pendant qu'il est encore chaud. »

Tessa coinça le ballon de mylar entre ses jambes et accepta le pain entouré d'un papier luisant de graisse.

« Où comptes-tu dormir, ce soir ? demanda Chevette, déballant son propre sandwich.

— Dans le van, dit Tessa, la bouche pleine. J'ai des sacs et de la mousse.

— En tout cas, pas là où on s'est garées, dit Chevette. Plutôt cannibale, le coin.

— Où alors ?

— Si ta caisse a encore des roues, il y a un coin près d'un des embarcadères, en bas de Folsom, où les gens se garent pour passer la nuit. Les flics le savent mais ils laissent pisser. C'est plus facile pour eux si les gens campent en groupe au même endroit. Mais on aura peut-être du mal à trouver une place.

— C'est bon, ça, dit Tessa à son sandwich en s'essuyant la bouche du dos de la main.

— Poulets du pont. Ils les élèvent du côté d'Oakland. » Elle mordit dans son pain au levain en forme de carré et mastiqua en contemplant la vitrine de MAUVAIS SECTEUR.

Se demandant ce que pouvaient bien être ces tablettes plates et carrées ou ces feuilles de plastique de tailles et de couleurs diverses, jusqu'à ce qu'elle comprenne que c'était des disquettes, de vieux supports informatiques. Et ces grands disques ronds, noirs et aplatis, devaient être des média audio pour systèmes mécaniques. On posait le disque sur une platine et une tête de lecture à saphir ou diamant lisait la musique gravée sur le microsillon. Elle mordit dans son sandwich et, passant devant Tessa, se rapprocha de la devanture pour mieux voir. Il y avait des bobines faites d'un bel acier, des cylindres de cire rose avec des étiquettes de papier aux couleurs passées, d'autres bobines encore, en plastique transparent celles-ci autour desquelles étaient enroulées de fins rubans de couleur marron.

Portant son regard à l'intérieur, elle pouvait voir, rangées sur des étagères, tout un tas d'antiquités hardware, la plupart carrossées de ce plastique beige sale. Pourquoi avait-on, durant les vingt premières années informatiques, tout coffré dans cette matière ? Tout ce qui était digital à la fin de ce siècle-là avait invariablement présenté cette teinte marron très clair, sauf quand on avait voulu une esthétique plus dramatique et opté pour le noir. Mais la plupart de ce vieux matos était moulé dans des tons impersonnels, proches de la non-couleur, cousins du gris et frères de la poussière.

Tessa avait fini de manger et s'était remise à ausculter Divin Joujou avec le driver. « Merde, ça marche pas, dit-elle avec un soupir en tendant l'outil à Chevette. Tu veux bien le lui rendre ?

— À qui ça ?

— Au sumotori, dans la boutique. »

Chevette prit l'instrument et entra dans le magasin.

Il y avait un jeune type derrière le comptoir, un Chinois, et il devait peser plus de cent kilos. Il avait une grosse tête, le crâne rasé de près, une fine barbichette qui lui balayait le menton et portait une chemise imprimée de grandes fleurs tropicales ; un faux lapis en plastique taillé en bâtonnet traversait le lobe de son oreille gauche. Il se tenait, le dos à un mur couvert d'affiches publicitaires écornées pour une marque de play-station depuis longtemps disparue.

« C'est à toi, non ? dit Chevette en lui tendant le microdynamomètre.

— Ça lui a été utile ? demanda-t-il sans esquisser un geste.

— J'pense pas, mais j'crois bien qu'elle a situé la panne. »

Elle entendit soudain un faible et rapide cliquètement. Tournant les yeux, elle vit un robot d'une vingtaine de centimètres de haut traverser rapidement le comptoir d'un pas mécanique sur de gros pieds de carton. Il avait cet aspect d'homme en armure, coquilles d'un blanc brillant articulées par une armature d'acier étincelant. Elle en avait déjà vu de semblables, contrôlés par un logiciel qui mobilisait la mémoire d'un portable standard. Il s'arrêta, la salua parfaitement d'une inclination du buste, se redressa et tendit les pinces armant ses mains. Elle lui laissa prendre le driver, surprise par la vive traction exercée par les petits bras. Balançant l'outil sur son épaule, tel un fusil miniature, il lui adressa un salut militaire.

Le jeune sumo attendait manifestement une réaction de la part de Chevette, mais elle ne broncha pas. Elle désigna les écrans d'ordinateur sur les étagères. « Comment se fait-il que toutes ces vielles merdes soient toujours de la même couleur ? »

Môme Sumo plissa le front. « Il y a deux théories. D'après la première, c'était pour aider les gens sur le lieu de travail à être plus à l'aise avec des technologies radicalement nouvelles qui provoqueraient finalement la mutation ou la disparition du lieu de travail lui-même. Donc, le choix universel des fabricants se porta vers une teinte de plastique qui ressemblait à celle des préservatifs bon marché. » Il grimaça un sourire à Chevette.

« Ah, ouais ? Et la seconde ?

— Les gens qui concevaient le hardware étaient terrifiés sans le savoir par leurs propres créations. Aussi, pour se rassurer eux-mêmes, donnèrent-ils à leurs produits l'apparence la plus banale possible. Littéralement, parfum vanille sans chantilly, tu me suis ? »

Chevette approcha son doigt du petit robot, qui exécuta une comique marche arrière pour éviter le contact. « Et ça intéresse qui, ces vieilleries ? demanda-t-elle. Des collectionneurs ?

— C'est ce qu'on pourrait croire, non ?

— Et c'est pas le cas ?

— Non, mes clients sont des programmeurs.

— Je comprends pas.

— Songe, dit-il en tendant la main vers le petit robot pour que celui-ci lui remette le driver, qu'à l'époque où ce matos était neuf et qu'ils écrivaient des logiciels occupant des milliers de pages, ils supputaient secrètement que ce software aurait vingt ans plus tard cédé la place à une version plus évoluée et plus performante. » Il prit le driver et le pointa vers les étagères. « Mais les fabricants furent surpris de découvrir cette perverse mais puissante résistance à dépenser des millions de dollars pour remplacer le sotfware existant, et encore plus le hard, sans parler du licenciement de milliers d'employés. Tu me suis ? dit-il, braquant le manche du driver sur elle.

— Je te suis.

— Alors, quand tu as besoin de matos pour créer des nouveautés ou améliorer des vieilleries, tu fais quoi ? Tu construis du neuf à partir de zéro ou bien tu peaufines le vieux ?

— Je peaufine le vieux ?

— Tout juste. Tu repenses les manipes. À mesure que les machines allaient de plus en plus vite, ça n'avait pas d'importance qu'une opération passe par trois cents stades alors que trois auraient suffi. Tout se fait en une fraction de seconde de toute façon, alors qui s'en soucie ?

— Ouais, qui s'en soucie ?

— Les p'tits malins, dit-il en grattant sa barbiche avec l'extrémité du driver. Parce qu'ils comprennent une chose : c'est que l'ancien software n'est qu'une somme d'ajouts successifs, au point qu'il est littéralement impossible pour tout programmeur de comprendre quel a été le chemin emprunté pour arriver à telle ou telle autre solution.

— Je vois toujours pas comment ce matériel peut les aider.

— Eh bien, t'as raison. » Il lui adressa un clin d'œil. « T'as tout compris, môme. Mais le fait est qu'il y a quelques petits futés qui aiment ces vieilleries, peut-être pour se rappeler d'où ça vient et comment, et qu'après tout il y a rien de nouveau sous le soleil.

— Merci pour le driver, dit Chevette. Faut que j'aille voir un p'tit black, maintenant.

— Vraiment ? À quel sujet ?

— Un van.

— Môme, dit-il en haussant les sourcils, t'es quelqu'un, toi. »

27
Bed & Breakfast

Il faisait sombre sur le niveau inférieur du pont, constata Rydell ; la voie, étroite, était peuplée et agitée, les néons de récupe dispensant une lueur verdâtre à travers les arabesques des conduits d'évacuation des eaux en plastique transparent, les charrettes à bras bringuebalant vers leurs emplacements de la journée. Il prit une bruyante volée de marches métalliques et déboucha par une ouverture dans le tablier sur le niveau supérieur.

Où davantage de lumière tombait, diffusée à travers du plastique, ombragée par l'invraisemblable cité suspendue dans les airs, les cabanes pas plus grandes que des boîtes, reliées entre elles par des passerelles, avec les lessives mises de nouveau à sécher après la saute de vent.

Une fille jeune aux grands yeux marron comme ceux de ces anciennes animations japonaises distribuait de petites réclames de papier jaune pour un Bed & Breakfast. Il étudia le plan au dos et se remit en marche, le sac sur l'épaule et le colis GlobEx sous le bras. Un quart d'heure plus tard, il arriva devant une enseigne de néon rose, le Ghetto Chef Beef Bowl, qui ne lui était pas inconnu, car c'était le point de repère indiqué sur le plan pour trouver le bed-and-breakfast.

Juste à côté du Ghetto Chef dont les fenêtres étaient opaques de vapeur et les prix peints avec, semblait-il, du vernis à ongle, sur une pancarte en carton.

Il était déjà venu une fois sur cette partie du pont, à laquelle il avait trouvé des airs de parc d'attractions, comme à Nissan County ou Skywalker Park, et il s'était demandé pourquoi il n'y avait aucun policier ni vigile dans un lieu pareil.

Chevette lui avait expliqué que les gens du pont et la police avaient passé un accord : les premiers restaient sur leur territoire, et la seconde n'y mettait pas les pieds.

Il repéra un petit paquet de prospectus jaunes punaisés au battant de contreplaqué d'une porte, à quelques pas en retrait de la devanture du Ghetto Chef. Elle n'était pas fermée et ouvrait sur un étroit couloir aux murs de plastique blanc tendu sur un châssis de bastings. Quelqu'un avait dessiné un mural sur chacune des parois avec un gros marqueur noir industriel, mais le passage était bien trop resserré pour pouvoir juger de l'ensemble. Des étoiles, des poissons, des cercles avec un X au centre… Il devait tenir son sac derrière lui et le GlobEx devant pour avancer sans frotter les parois, et quand il parvint au bout de ce goulet, il dut tourner à sa droite et se retrouva dans une cuisine minuscule et sans fenêtre.

Les murs, revêtus chacun d'un papier peint à rayures aux motifs différents, semblaient vibrer. Une femme était là, touillant dans une marmite sur un petit réchaud au propane. Pas vieille mais les cheveux gris, coiffés la raie au milieu. Mêmes grands yeux que la fille, mais les siens étaient gris.

« Bed-and-breakfast ? demanda-t-il.

— Vous avez réservé ? » Elle portait un manteau d'homme en tweed, usé aux coudes, sur une veste en toile de jean et une chemise de flanelle sans col. Pas de maquillage. Le visage buriné. Un grand nez aquilin.

« Il faut réserver ?

— Nos clients passent par une agence en ville, répondit la femme en reposant la cuiller en bois.

— Une jeune fille distribuait ça, dit-il, lui montrant le prospectus.

— Vous voulez dire qu'elle vous en a donné un ?

— Ma foi, oui.

— Vous avez de l'argent ?

— Une carte de crédit.

— Pas de maladies contagieuses ?

— Non.

— Prenez-vous de la drogue ?

— Non.

— En vendez-vous ?

— Non.

— Vous fumez ? Des cigarettes, la pipe ?

— Non.

— Êtes-vous quelqu'un de violent ? »

Rydell hésita. « Non.

— Au fait, avez-vous accepté Notre Seigneur Jésus-Christ comme votre sauveur personnel ?

— Non, dit Rydell, pas du tout.

— Très bien, dit-elle en éteignant le réchaud. S'il y a une espèce que je ne supporte pas, c'est bien les bigots. J'ai été élevée par eux.

— Alors, est-ce que j'ai encore besoin d'une réservation pour avoir une chambre ? » Il regarda autour de lui, se demandant où il pouvait bien y en avoir une, de chambre. La cuisine devait faire deux mètres sur deux, et il n'y avait apparemment pas d'autre accès que le couloir dans lequel il se tenait. Le papier peint, qui semblait avoir gonflé sous la vapeur de la marmite, faisait penser à un rideau de scène dans un théâtre pour nains.

« Non, répondit-elle. Le prospectus suffira.

— Et vous avez… euh, une chambre ?

— Bien sûr. » Elle souleva la marmite du réchaud et la transféra sur un plateau rond en métal posé sur la petite table peinte en blanc et la recouvrit d'un torchon qui semblait propre. « Reprenez le chemin par lequel vous êtes venu. Je vous suis. »

Il fit ce qu'elle lui disait et attendit sur le seuil de la porte qu'elle le rejoigne. Il vit que la queue devant Ghetto Chef s'était encore allongée.

« Non, dit-elle derrière lui, là-haut. » Il se tourna et la vit tirer une longueur de corde en nylon orange et faire descendre une échelle à contrepoids en aluminium. « Montez, dit-elle. Je vous ferai passer vos bagages. »

Rydell posa par terre son sac marin et le colis GlobEx et posa le pied sur le premier échelon.

« Allez-y », l'encouragea-t-elle.

Rydell grimpa et découvrit un espace incroyablement petit, qui ne pouvait être que la « chambre ». Sa première pensée fut que quelqu'un avait décidé d'aménager un espace à l'image de ces hôtels-cercueils japonais, utilisant des chutes de matériaux bas de gamme dans un point de vente discount. On avait collé sur les parois un revêtement façon lambris de bois clair, lui-même copié sur une mauvaise réplique d'un autre produit qui avait imité l'original depuis longtemps oublié. Le minuscule carré de sol le plus proche de lui, la seule partie qui ne fût pas occupée par le lit coincé entre deux cloisons, était moquetté d'une matière synthétique sans identité d'une couleur vert pâle zébrée d'orange. De la lumière du jour émanait de la tête du lit, au fond du sarcophage, mais il lui faudrait se mettre à quatre pattes pour vérifier comment cela était possible.

« Alors, vous la prenez ? demanda la femme.

— Oui, bien sûr.

— Dans ce cas, remontez vos affaires. »

Il regarda en dessous de lui et vit la femme charger sac et paquet dans un grand panier d'osier rafistolé avec du fil de fer et qu'elle avait accroché à l'échelle.

« Petit déjeuner à neuf heures tapantes », dit-elle sans lever la tête vers lui, avant de disparaître.

Rydell hissa échelle et panier en tirant sur la corde orange. Après qu'il eut sorti son barda, l'échelle resta en haut, maintenue par son contrepoids.

Il entra à quatre pattes dans la chambre et avança sur la plaque de mousse jusqu'à une espèce de bulle plastique à panneaux multiples, probablement un pare-brise de cockpit d'avion, qu'on avait scellé à la résine époxy sur la paroi extérieure. Une croûte de sel, déposée par les embruns, s'y était accumulée au point de lui donner une apparence de verre dépoli, qui laissait filtrer une lueur grisaillante. La disposition du lit semblait indiquer que la tête était bien contre cette bulle, et cela importait peu à Rydell. Il régnait dans cet espace confiné une odeur bizarre qui, toutefois, n'était pas désagréable. Il aurait dû lui demander combien elle prenait, mais il pouvait le faire plus tard.

Il s'assit au pied du lit et enleva ses chaussures. Ses chaussettes noires étaient toutes deux trouées aux orteils. Faudrait qu'il les change.

Il sortit les lunettes de son blouson, les chaussa et appela Laney. Il écouta un téléphone sonner quelque part dans Tokyo, un téléphone qui devait se trouver, pensa-t-il, sur une table de nuit dans la suite d'un hôtel luxueux ou, peut-être, dans un bureau de la taille de celui de Tong, mais un vrai, celui-ci, pas un virtuel. Laney répondit à la neuvième sonnerie.

« Mauvais Secteur, dit la voix de Laney.

— Quoi ?

— Le câble. Ils l'ont.

— Quel câble ?

— Celui dont tu as besoin pour le projecteur. »

Rydell jeta un regard au colis GlobEx. « Quel projecteur ?

— Celui que tu as retiré à GlobEx, aujourd'hui.

— Attends une minute. Comment le sais-tu ? »

Il y eut un bref silence. « C'est comme ça que je procède, Rydell.

— Écoute, il y a eu de la bagarre. Pas moi, un autre type, mais j'étais dans le coup. Ils vérifieront dans le registre de GlobEx et ils sauront que j'ai signé pour toi et ils auront mon portrait et ma voix…

— Non, l'interrompit Laney.

— Bien sûr que si, protesta Rydell. J'y étais.

— Non, insista Laney, c'est un portrait de moi qu'ils auront.

— Non, mais qu'est-ce que tu racontes ?

— Je parle de l'infinie plasticité du digital.

— Mais c'est moi qui ai signé, de mon nom, pas du tien.

— Sur un écran, pas vrai ?

— Oh. Rydell réfléchit. Et qui peut pénétrer GlobEx et altérer les infos ?

— Pas moi, dit Laney, mais c'est ce qui s'est passé, je le vois bien.

— Alors, qui l'a fait, si c'est pas toi ?

— C'est sans importance.

— Ça veut dire quoi, ça ?

— Que tu n'as pas à poser la question. Où es-tu en ce moment ?

— Dans un bed-and-breakfast, sur le pont. Ta toux est moins rauque.

— C'est le sirop, dit Laney. Où est le projecteur ?

— Le machin qui ressemble à une Thermos ? Ici, avec moi.

— Ne l'emporte pas, quand tu sortiras. Trouve une boutique qui s'appelle Mauvais Secteur et dis que tu as besoin d'un câble.

— Quelle sorte de câble ?

— Tu es attendu là-bas », répondit Laney, et puis il raccrocha.

Rydell resta assis au bout du lit, les lunettes sur le nez, furieux contre Laney. Il avait envie de tout laisser tomber. De se trouver un job de vigile dans un parking et de rester au chaud à regarder la vie sauvage dans les rues de Detroit.

Et puis le sens du devoir reprit le dessus. Il ôta les lunettes, les glissa dans son blouson et remit ses chaussures.

28
Folsom street

Folsom sous la pluie, et tous ces camping-cars couleur de suie, ces fourgons cagneux, ces caravanes déglinguées, véhicules en tous genres à un seul dénominateur commun : tous vieux et tous carburant à l'essence.

« Regarde ça, dit Tessa, alors qu'elle passait devant un antique Hummer, camion d'origine militaire, dont la carrosserie était entièrement recouverte de fragments d'objets collés à la résine, échantillons de tout ce que le monde avait pu manufacturer.

— J'crois bien qu'il y a une place un peu plus loin », dit Chevette en scrutant la pénombre devant elle. Les essuie-glaces du van de Tessa avaient coulé des jours secs à Malibu et manquaient d'efficacité.

La pluie tambourinait à présent sur le toit plat, mais Chevette, qui connaissait le temps de San Francisco, savait que ce ne serait qu'une averse passagère.

Le petit black avait bien gagné ses cinquante sacs. Elles l'avaient retrouvé accroupi comme une gargouille sur le trottoir, la vie devant soi mais le visage déjà vieilli, en train de fumer des cigarettes russes qu'il tirait d'un paquet rouge et blanc, glissé dans le repli de la manche retroussée d'une vieille chemise de surplus, trois fois trop grande pour lui. Le van avait toujours ses roues et ses pneus n'avaient pas été tailladés.

« Qu'est-ce qu'il voulait dire en nous racontant que quelqu'un te cherchait ? demanda Tessa en manœuvrant entre un bus scolaire vert mousse d'un millésime fort ancien et un catamaran qui semblait avoir navigué sur une mer de cailloux et reposait sur une remorque aux pneus usés jusqu'à la corde.

— J'en sais rien », dit Chevette. Elle avait posé la question au kid mais celui-ci avait haussé les épaules et s'en était allé. Non sans avoir auparavant tenté en vain de convaincre Tessa de lui refiler Divin Joujou. « Peut-être que si tu lui avais donné ton ballon caméra, il me l'aurait dit.

— Ça risque pas, dit Tessa. C'est la moitié de ma part de la maison de Malibu. »

Chevette vit de la lumière dans l'étroite cabine du catamaran. Quelqu'un se déplaçait à l'intérieur. Elle essaya d'abaisser la vitre de son côté, mais celle-ci se coinça au deuxième tour de manivelle. Elle ouvrit donc la portière.

« C'est la place de Buddy », ici, dit une jeune femme en sortant à moitié de l'écoutille du bateau. Elle avait crié d'une voix rauque pour se faire entendre malgré la pluie et avait l'air inquiète sous le poncho ou le morceau de bâche sous lequel elle s'abritait et qui lui masquait en partie le visage.

« Excusez-nous, dit Chevette, mais on a besoin de s'arrêter pour la nuit ou, au moins, le temps que la pluie cesse.

— Buddy se gare là.

— Vous savez quand il rentrera ?

— Pourquoi ?

— Parce qu'on sera reparties demain à l'aube, dit Chevette. On est juste deux filles. Ça vous ennuie pas ? »

La femme souleva un peu la bâche, dévoilant fugitivement ses traits. « Rien que vous deux ?

— Oui, laissez-nous rester, reprit Chevette, comme ça vous n'aurez pas à vous inquiéter que quelqu'un vienne à notre place.

— Bon », dit l'autre, et elle rentra dans l'écoutille, dont elle referma sur elle le panneau.

« Il y a des fuites, dit Tessa, qui examinait le toit avec une lampe électrique.

— Ça va s'arrêter de pisser.

— Mais on peut rester ici ?

— À moins que Buddy revienne. »

Tessa braqua le faisceau vers le plancher à l'arrière, où se formait déjà une flaque.

« Je vais mettre la mousse et les sacs à l'avant, dit Chevette. On les fera sécher plus tard. »

Elle escalada la banquette pour passer derrière.

29
Cycle vicieux

Rydell dénicha une carte du pont dans ses lunettes, ainsi qu'un guide des boutiques et des gargotes à touristes. Rédigé en portugais, mais il était possible de passer à une version anglaise.

Cela lui prit quelque temps ; un faux mouvement sur le sélecteur et il avait une fois de plus tiré les cartes du métro de Rio. Enfin, il avait eu ce qu'il cherchait.

Pas une carte GPS, seulement des plans des deux niveaux, disposés en vis-à-vis, mais sans indication de date.

Ainsi son bed-and-breakfast n'y était pas, mais Ghetto Chef Beef Bowl, oui, et Mauvais Secteur aussi.

Le losange qui apparut quand il cliqua sur Mauvais Secteur décrivit la boutique comme « rétro hardware & soft, avec idiosyncrasie au vingtième siècle ». Il ne voyait vraiment pas ce que ces derniers mots signifiaient mais il pouvait au moins situer le lieu : niveau inférieur, pas très loin de ce bar où il était allé avec Creedmore et le joueur de guitare.

Il y avait un rangement derrière le lambris trois fois bidon, et il y fourra son sac et le coffret contenant la

Thermos qui n'en était pas une. Après un moment de réflexion, il glissa le couteau céramique sous le matelas de mousse. Il songea à le balancer à la flotte, mais il ne savait pas trop d'où il pourrait le faire en toute sécurité. Il n'avait pas envie de le porter sur lui, et de toute façon il pourrait toujours s'en défaire plus tard.

Il pleuvait quand il sortit à côté du Ghetto Chef, et de la pluie, il en avait déjà vu tomber sur le pont, la première fois qu'il y était venu. Après avoir ruisselé sur le chaos de cabanes et d'abris de toutes sortes accrochés aux structures, l'eau pissait à gros jets par de traîtresses gouttières. Il n'y avait pas de véritable système d'écoulement des eaux, ici, tout avait été construit dans une totale anarchie, et le niveau supérieur, pourtant abrité, prenait ainsi des airs de fontaine à chaque averse.

Cette situation avait considérablement réduit la queue devant le Ghetto Chef Beef Bowl, et Rydell pensa un instant à manger un morceau, mais se ravisa au rappel du contrat passé avec Laney et de la visite à faire sans tarder à Mauvais Secteur, pour ce fameux câble. Il descendit au niveau inférieur.

Qui, beaucoup plus sec que le supérieur, avait attiré la foule. On avait l'impression d'avancer sur le tablier comme dans un wagon de métro à l'heure de pointe, flux contre flux de badauds, tandis que d'immobiles marchands tentaient de vous fourguer leur camelote. Rydell fit passer son portefeuille de la poche arrière de son pantalon à celle intérieure de son blouson et plongea dans le flot.

Les foules le rendaient nerveux. Trop de gens qui vous serraient. (Une main frôla sa poche arrière, cherchant le portefeuille qui n'y était plus.) Un autre lui fourra sous le nez ces longs bâtonnets mexicains de pâte frite, répétant quatre fois le prix en espagnol. Il sentait les muscles de son dos se nouer déjà.

Les odeurs émanant du troupeau commençaient à l'incommoder : parfums bon marché, vêtements mouillés, relents de fritures. Il regrettait de ne pas être attablé au Ghetto Chef et découvrir si ces trois étoiles que le guide lui attribuait étaient justifiées.

Il n'en pouvait plus, se dit-il, et il chercha des yeux un autre escalier pour reprendre le niveau supérieur. Il préférait encore être trempé.

Mais la voie s'élargissait et la foule se condensait sur les côtés où se tenaient des vendeurs de sandwiches, des boutiques et des cafés. Et Mauvais Secteur était là, à vingt pas, avec sa façade qui semblait avoir été peinte avec cette vieille peinture aluminium pour radiateurs.

Il s'efforça de décontracter sa nuque et ses épaules. Il suait et son cœur battait vite. Il souffla plusieurs fois doucement et à fond pour se détendre. Il ignorait ce qu'il devait faire au juste pour Laney, mais il désirait le faire bien. Remué comme tu l'es, tu ne sais jamais ce qui peut se passer. Du calme.

Il y avait un jeune derrière le comptoir, un Chinois très balèze et le crâne rasé, avec une de ces barbichettes au menton qui avaient toujours eu le don d'énerver Rydell. Vraiment très gros, le gosse, et il fallait une fameuse musculature pour supporter une masse de chair pareille. Une chemise hawaïenne imprimée d'orchidées roses et mauves. Des Ray-Ban noires d'aviateur et un sourire à manger de la merde. Vraiment.

« J'ai besoin d'un câble, dit Rydell d'une voix essoufflée, dont il n'apprécia pas du tout le son.

— J'ai ce que tu cherches, mec, dit le môme d'un ton volontairement ennuyé.

— Alors tu sais quelle sorte de câble dont j'ai besoin, exact ? » Rydell s'était rapproché du comptoir. De vieilles affiches étaient punaisées au mur en face de lui, des réclames pour des trucs appelés Heavy Gear II et Tai Fu.

« Ouais, il t'en faut deux. » Le sourire avait disparu, le gosse faisant de son mieux pour avoir l'air dur. « L'un est pour le jus : tu le branches sur n'importe quelle prise électrique. Tu sauras faire ça ?

— Peut-être, dit Rydell se collant au comptoir et calant bien ses pieds. Mais parle-moi de l'autre câble. Il se fiche dans quoi, au juste ?

— Ça, j'suis pas payé pour le dire, non ? »

Un outil noir et fin – qui ressemblait à un tournevis – traînait sur le comptoir. « Non, dit Rydell en prenant l'instrument et en examinant l'extrémité, mais tu vas me le dire. » D'un mouvement aussi rapide qu'inattendu, il se saisit de l'oreille du Chinois et, de son autre main, sortit du bout de son pouce deux bons centimètres de pointe d'acier du manche du driver et l'enfonça dans la narine droite du garçon. C'était facile de le tenir par l'oreille, dont le lobe était traversé d'un bâtonnet de plastique.

« Mais…

— T'as un problème aux sinus ?

— Non.

— Tu pourrais. » Il lui lâcha l'oreille. Le garçon ne bougea pas. « Tu vas rester tranquille, hein ?

— Ouais… »

Rydell lui enleva les Ray-Ban et les jeta derrière lui par-dessus son épaule. « J'en ai ma claque des gens qui se foutent de moi parce qu'ils savent quelque chose que je ne sais pas. Compris ?

— D'accord.

— Très bien. Où sont les câbles ?

— Sous le comptoir.

— D'accord, décris les moi.

— Le premier est un cordon d'alimentation, modèle standard, mais qualité professionnelle, avec transformateur incorporé. Le second, j'peux rien te dire... »

Rydell remonta la pointe d'un centimètre à l'intérieur de la narine, et le Chinois écarquilla les yeux. « Ça suffit pas, dit Rydell.

— Mais j'sais pas ce que c'est ! Il a été monté par une boîte spécialisée, à Fresno. Moi, je tiens seulement la boutique. Personne me dit qui paie et pour quoi. » Il prit une inspiration comme s'il manquait soudain de souffle. « Si on me racontait de quoi il retourne, un type comme toi pourrait débarquer ici et me faire parler, non ?

— Ouais, et tu serais mal barré si t'avais pas une seule info à livrer.

— Regarde dans la pochette de ma chemise, dit le gosse. Il y a une adresse. Tu y vas et tu parles à j'sais pas qui, et peut-être qu'il répondra à tes questions. »

Rydell palpa doucement le devant de la pochette, s'assurant qu'il n'y avait ni aiguilles ni autre piège. Ne sentant sous sa main qu'un massif paquet de muscles, il glissa deux doigts à l'intérieur et sortit un bout de carton, sur lequel était notée l'adresse d'un site internet. « C'est les gens du câble ?

— J'sais pas. Mais il y a des chances, vu que j'ai rien d'autre que ça à te filer.

— Et tu sais vraiment rien d'autre ?

— Non.

— Bouge pas. » Rydell lui libéra la narine. « Les câbles, ils sont sous le comptoir ?

— Oui.

— Je n'ai pas envie que tu te penches pour les prendre.

— Attends, dit le jeune type, il y a un bot là-dessous. C'est lui qui a les câbles. Il veut seulement te les donner, mais j'voudrais pas que tu te fasses une idée fausse.

— Un "bot" ?

— Ouais, un robot, quoi ! »

Rydell vit une petite pince nickelée apparaître ; elle ressemblait à une autre pince, articulée, dont sa mère se servait pour prendre le sucre. Elle agrippa le rebord du comptoir. Puis la chose se hissa, d'une seule main, et Rydell vit la tête. Le robot leva une jambe et monta sur le comptoir en tirant derrière lui une paire d'enveloppes en plastique scellées sous vide. La chose avait une petite tête, coiffée d'une espèce d'aile qui devait être l'antenne. Elle était revêtu d'une armure dans le style japonais, et ses bras et ses avant-bras et ses chevilles étaient plus gros que le reste de ses membres. Il posa sur le comptoir les enveloppes contenant chacune un câble soigneusement enroulé, puis recula. Rydell les ramassa, les glissa dans une poche de son blouson et partit à reculons dans une assez belle imitation du robot.

Comme les Ray-Ban entraient dans la périphérie de son champ visuel, il vit qu'elles n'étaient pas cassées.

Quand il eut atteint le seuil, il lança le driver au môme sumo, qui ne réussit pas à l'attraper. L'outil frappa le poster Heavy Gear II et disparut derrière le comptoir.

Rydell trouva une blanchisserie-café, appelée le Cycle Vicieux, qui avait un espace cyber dans le fond de la petite salle, derrière un rideau de plastique noir. Ce dernier suggérait une clientèle branchée sur les sites porno, mais cela dépassait l'entendement de Rydell qu'on puisse faire ça dans une blanchisserie.

Ce rideau, toutefois, n'était pas pour lui déplaire, car il détestait qu'on le voie parler avec des gens qui n'étaient pas là, aussi préférait-il d'ordinaire éviter l'accès au web dans les lieux publics. Il ne savait pas pourquoi l'usage du téléphone ne procurait pas la même gêne. Lorsqu'on utilisait le fil, on n'avait pas l'air de parler à des personnes non présentes, ce qui était pourtant le cas. On était au téléphone, quoi. Maintenant qu'il y pensait, utiliser l'appareil téléphonique incorporé dans les lunettes brésiliennes devait aussi paraître bizarre.

Il tira donc le rideau derrière lui. Dans la salle, les machines à laver ronronnaient, un son qu'il avait toujours trouvé réconfortant. Il mit les lunettes après les avoir câblées sur le hotdesk et, maniant le pad, entra l'adresse.

Il passa par une brève séquence probablement symbolique, faite d'une espèce de pluie de néon, lourdement chargée de roses et de verts, avant d'être dans la place.

Un espace vide semblable à celui qu'il avait vu dans le couloir de Tong : une cour sépulcrale, éclairée d'en haut par une étrange et diffuse lumière.

Cette fois, cependant, il pouvait regarder. Il avait l'impression de se tenir sur le sol d'un vaste ascenseur qui s'élevait entre des parois de canyon à la texture ténébreuse.

Au-dessus de lui, une lucarne de la taille d'une grande piscine laissait passer une lumière solaire tamisée par des décades de suie et, par ce qu'il prit, à cette distance, pour des éléments plus solides à la dérive. Des fenêtres à panneaux noirs et rectangulaires, dont quelques-uns étaient troués, comme par des balles.

Comme il abaissait son regard, il les vit, assis sur des sièges d'inspiration chinoise.

L'un était un homme mince et pâle dans un costume noir sans âge, les lèvres pincées et l'air guindé. Il portait des lunettes aux épaisses montures de plastique noir et un drôle de chapeau comme Rydell en avait vu dans les vieux films. Il croisait les jambes, et Rydell remarqua qu'il était chaussé de derbys. Il tenait ses mains croisées sur ses genoux.

L'autre se présentait sous une forme plus abstraite : une silhouette vaguement humaine, l'espace où sa tête aurait dû être était couronné par une explosion cyclique de matière et de sang, comme si la victime d'un sniper avait été filmée juste au moment de l'impact et la séquence passée en boucle. Le halo sanglant et les bris de cervelle clignotaient, ne formant jamais une image statique. En dessous, une bouche ouverte, dents blanches dévoilées dans un cri sans fin et silencieux. Le reste, hormis les mains agriffées aux bras scintillants d'une chaise, semblait se dissoudre continûment sous un vent furieux. Rydell pensa à des images noir et blanc passées au ralenti du souffle d'une explosion atomique.

« Merci d'être venu, monsieur Rydell, dit celui au chapeau. Vous pouvez m'appeler Klaus. Et voici, le Coq », ajouta-t-il en désignant son voisin d'une main pâle à l'aspect de papier mâché.

Celui appelé le Coq ne bougea absolument pas quand il prit la parole, mais sa bouche ouverte alterna rapidement entre le flou et le net. Et sa voix était un collage de sons semblable à celui de monsieur Tong. « Écoutez-moi, Rydell. Vous voilà désormais responsable de quelque chose de la plus extrême importance et de la plus grande valeur. Où est-il ?

— J'ignore qui vous êtes, répondit Rydell, et je ne vous dirai rien. »

Il y eut un silence, puis Klaus se racla la gorge. « Excellente réponse, et vous seriez bien avisé de persévérer dans cette attitude. En vérité, vous ne savez pas qui nous sommes, et si nous devions nous manifester à vous par la suite, comment pourriez-vous savoir qu'il s'agit bien de nous ?

— Dans ce cas, pourquoi vous écouterais-je ?

— Dans votre situation, reprit le Coq, et sa voix, à ce moment précis, parut composée d'un bruit de verre cassé modulé de manière à approcher le son émis par les cordes vocales, vous avez tout intérêt à écouter quiconque prend la peine de vous parler.

— Mais que vous choisissiez ou non de croire ce que l'on vous dit est une autre question, dit Klaus en ajustant les manchettes de sa chemise et croisant de nouveau ses mains.

— Vous êtes des hackers, dit Rydell.

— À la vérité, dit Klaus, nous serons mieux décrits comme des envoyés. Nous représentons... un pays étranger.

— Mais naturellement, ajouta le Coq en désintégration constante, pas dans le sens obsolète d'une simple dimension géopolitique...

— Hacker, l'interrompt Klaus, a une certaine connotation criminelle...

— Que nous ne pouvons accepter, intervint de nouveau le Coq, car nous avons depuis longtemps réalisé une réalité autonome dans laquelle...

— Silence », dit Klaus, et Rydell sut qui était le supérieur de l'autre. « Monsieur Rydell, votre employeur, monsieur Laney, est devenu, faute d'un meilleur vocable, notre allié. Il a porté à notre attention une certaine situation, et il est clairement de notre intérêt de lui venir en aide.

— De quelle situation s'agit-il ?

— C'est difficile à expliquer », dit Klaus. Il se racla la gorge. « Et peut-être même impossible. Monsieur Laney possède un talent très particulier, dont il nous a fait une démonstration très convaincante. Nous sommes ici, monsieur Rydell, pour vous assurer que les ressources de la Cité fortifiée seront à votre disposition quand la crise aura éclaté.

— Quelle cité, quelle crise ? demanda Rydell.

— Le point nodal, dit le Coq, dont la voix ressemblait cette fois à de l'eau s'égouttant dans quelque invisible citerne.

— Monsieur Rydell, reprit Klaus, vous ne devez jamais vous séparer du projecteur. Nous vous conseillons de l'utiliser sitôt que vous le pourrez. Familiarisez-vous avec elle.

— Avec qui ?

— Nous craignons, poursuivit Klaus, que monsieur Laney ne puisse continuer, pour des raisons de santé. Nous comptons parmi nous quelques sujets possédant le même type de talent, mais ils sont loin d'avoir son envergure. Aussi avons-nous peur d'être impuissants, si jamais Laney venait à disparaître, monsieur Rydell.

— Bon sang, dit Rydell, vous croyez que j'ai compris un mot de ce que vous me racontez ?

— Je ne crois pas m'exprimer par énigmes, monsieur Rydell, je vous l'assure. Mais le moment des explications n'est pas encore venu et, pour certaines choses, il n'y en aura peut-être pas… Souvenez-vous seulement de ce que nous avons dit et que nous sommes à votre disposition, ici, à cette adresse. Maintenant, vous devez retourner sans tarder là où vous avez laissé le projecteur. »

Et ils disparurent, et la cour noire avec eux, réduite soudain à une sphère de néon rose et verte qui laissa quelques résidus sur les rétines de Rydell, alors qu'elle se rétrécissait et se dissolvait dans la nuit derrière les lunettes brésiliennes.

30
Ersatz

Fontaine avait passé une grande partie de l'après-midi au téléphone, essayant d'écouler les horribles bébés japonais de Clarisse auprès de marchands spécialisés.

Il savait bien que ce n'était pas le plus habile des plans pour réaliser le meilleur profit, mais les poupées n'étaient pas sa spécialité, et puis elles lui donnaient la chair de poule, ces répliques La Doublure.

Ce qui intéressait les marchands spécialisés, c'était acheter en gros, au prix le plus bas possible, afin de tirer le plus fort bénéfice possible de leurs clients collectionneurs. Et Fontaine savait bien que pour un marchand, le collectionneur était a priori quelqu'un qui ne savait que faire de son argent. Mais il y avait toujours une chance qu'il en trouve un qui connaisse un amateur que ça pourrait intéresser, et c'était bien ce qu'il espérait quand il avait commencé d'appeler.

Il en était à son neuvième coup de fil, et réduit à parler avec cet Elliot, de Biscayne Bay, Floride, qu'il savait avoir été reconnu coupable de trafic de fausses Barbies et assigné à résidence électronique pendant un temps. C'était un délit fédéral, et Fontaine évitait d'ordinaire ce genre d'individu, mais Elliot connaissait apparemment un acheteur, bien qu'il en fît naturellement grand mystère.

« Dans quel état sont-elles ? C'est là toute la question, disait Elliot.

— Elliot, elles me paraissent super.

— Fontaine, "Super" ne fait pas partie des qualificatifs de l'ANCPA. »

Fontaine n'en était pas certain, mais l'autre devait faire référence à l'Association des Collectionneurs de Poupées Animatroniques. « Elliot, tu sais que je ne suis pas apte à évaluer la condition de ces machins. Elles ont tous leurs doigts et leurs orteils, d'accord ? Je veux dire que ces saloperies ont l'air vivantes, ça te suffit ? »

Soupir à l'autre bout de la ligne. Fontaine n'avait jamais vu Elliot. « Mon client, reprit celui-ci d'un ton faussement las, est un obsessionnel. Il les veut en parfait état, il les veut comme neuves. Il les veut dans leur emballage d'origine. Il les veut non oblitérées.

— Hé ! répliqua Fontaine, se souvenant de ce qui lui avait dit Clarisse, ça n'existe pas des poupées qui n'ont jamais servi, d'accord ? Les grands-parents les achetaient comme ersatz des petits-enfants qu'ils n'avaient pas. C'était pour les toucher, les dorloter, pas pour les regarder. Et c'est justement le fait d'avoir servi qui fait tout leur prix.

— Pas toujours, dit Elliot. Les pièces les plus prisées, et mon client en possède plusieurs, sont des répliques commandées juste avant la mort inattendue d'un petit-fils ou d'une petite-fille. »

Fontaine écarta le combiné de son oreille et le regarda comme si c'était quelque chose de sale. « Putain de merde, murmura-t-il.

— Quoi ? demanda Elliot. Que dis-tu ?

— Désolé, Elliot, dit Fontaine, reprenant le récepteur, mais on m'appelle sur l'autre ligne. Je te joindrai plus tard. » Sur ce, il raccrocha.

Il était perché sur un haut tabouret derrière le comptoir. Il se pencha de côté pour jeter un regard aux poupées dans leur sac. Elles étaient horribles. Elliot était horrible. Clarisse aussi était horrible, mais Fontaine tomba soudain dans une brève mais intense rêverie érotique qui, fait signifiant qui ne lui échappa point, tournait autour de la seule Clarisse. Et que cela induisit une réaction érectile lui parut encore plus chargé de sens. Il soupira. Rajusta la braguette de son pantalon.

Vacherie que la vie, pensa-t-il.

À travers le bruit de la pluie qui s'écoulait par les gouttières qu'il avait installées tout autour de son échoppe, un faible mais rapide cliquètement, dont il releva l'étrange régularité, lui parvenait de la remise. Chacun de ces cliquetis, il le savait, représentait une autre montre. Il avait appris au garçon comment accéder aux ventes aux enchères sur le portable, pas seulement celles de Christie ou de l'Antiquorum, mais à la mêlée sauvage des offres de vente sur le net. Il lui avait aussi montré comment les enregistrer, parce que ce serait amusant, pensait-il, de voir quels seraient les choix du gamin.

Fontaine soupira derechef, cette fois parce qu'il se demandait ce qu'il pourrait bien faire du môme. Après l'avoir accueilli chez lui pour avoir voulu regarder de plus près – pour avoir désiré posséder – cette Jaeger LeCoultre d'origine militaire, Fontaine aurait été bien en peine d'expliquer à quiconque pourquoi il avait nourri ce gosse, l'avait lavé, habillé de neuf, et lui avait enseigné l'usage des visiophones. En vérité il était incapable de se l'expliquer lui-même. Il n'était pas enclin à la charité, se disait-il, mais il lui arrivait parfois de redresser presque à son insu quelque tort parmi le flot des injustices que le monde charriait jusqu'à sa porte. Et encore cela n'avait-il jamais de sens à ses yeux, car ce bien qu'il faisait ne changeait jamais rien à rien.

Ce gamin, par exemple, avait sûrement quelque chose de cassé dans la tête, une lésion héréditaire sans nul doute, mais Fontaine pensait que ce dérangement n'avait pas en fait de source ni d'origine précise. C'était tout simplement de la malchance mais il avait vu plus souvent qu'à son tour comment la cruauté ou la négligence ou les gènes récessifs s'enroulaient autour des générations comme du lierre.

Il plongea la main dans la poche de son pantalon de tweed, où il gardait la Jaeger LeCoultre. Seule, afin qu'aucun autre objet ne la raye. Il la sortit et l'examina, mais la teneur dominante de ses pensées parasita l'instant de distraction et de petit plaisir qu'il en avait attendu.

Comment diable, se demanda-t-il une fois de plus, le gosse avait-il pu mettre la main sur une pièce de cette valeur ?

Le travail du bracelet continuait de l'interroger. Il n'avait jamais vu semblable chef-d'œuvre de simplicité. Le cercle n'était pas attaché au corps par l'habituelle barre à ressort entre les deux tenons. L'artisan avait soudé sur le boîtier même de petites plaques d'acier inoxydable articulées entre elles et collé et cousu sur chacune d'elles un rectangle de cuir noir, vraisemblablement du veau. Il le retourna mais il n'y avait rien, ni poinçon ni signature. « Ah ! si tu pouvais parler », dit-il à la montre.

Et que lui dirait-elle ? se demanda-t-il. Comment le garçon en avait hérité n'était peut-être pas l'histoire la plus extraordinaire qu'il eût jamais entendue. Il imagina la montre au poignet d'un officier anglais dans la nuit birmane, une fusée éclairante éclatant au-dessus de la jungle, soulevant un concert de cris de singes…

Y avait-il des singes en Birmanie ? Il savait cependant que les Britanniques combattaient dans cette partie du monde quand ce modèle de Jaeger LeCoultre avait été fabriqué.

Il abaissa son regard sur le verre rayé et verdâtre qui couvrait le comptoir. Chacune des montres qu'on y voyait était pour lui un minuscule poème, un musée de poche, sujet au fil des ans à l'entropie et au hasard. Toutes ces mécaniques lilliputiennes aux tic-tac d'autant plus précieux qu'ils s'usaient à s'engrener les uns aux autres dans un inlassable effort qui se désirait perpétuel. Fontaine ne vendait jamais rien qui ne fonctionnât, jamais rien qui ne fût immaculé et lubrifié. Et cela, il le faisait, non pas pour vendre un produit meilleur et plus fiable, mais pour s'assurer que chacune de ses mécaniques pût mieux survivre dans un univers par essence hostile. Il aurait été difficile de confier cela à un quidam, mais c'était la vérité et il le savait.

Il remit la montre dans sa poche et descendit du tabouret. Il resta debout, incertain, le regard fixé sur le cabinet vitré, dont l'étagère supérieure exposait des Dinky Toys – répliques de véhicules militaires – et un Randall modèle 15 "Airman", un solide poignard de combat à la bascule en dents de scie et à la poignée noire bosselée. On avait joué avec les Dinky Toys, et la peinture vert armée écaillée laissait apparaître le métal gris. Le Randall était à l'état neuf ; il n'avait même pas été affilé, et sa lame en acier inoxydable était telle qu'elle était sortie de la forge. Fontaine se demandait combien de ces articles n'avaient en fait jamais servi. Objets totémiques, ils perdaient considérablement de la valeur à la revente s'ils étaient affûtés, et il avait le sentiment qu'ils circulaient surtout comme une espèce de monnaie rituelle, et exclusivement entre hommes. Il en avait deux en magasin, l'autre étant une dague sans garde supposée destinée aux services secrets américains. À en juger par le nom du fabricant gravé sur les gaines en cuir façon sellier, ils devaient remonter à une trentaine d'années. De telles armes blanches étaient dépourvues de poésie aux yeux de Fontaine, qui savait en apprécier parfaitement le prix sur le marché. Elles évoquaient surtout pour lui, comme le faisait n'importe quelle devanture de surplus, la peur et l'impuissance des hommes. Il s'arracha à sa contemplation car il lui revenait en mémoire le dernier regard d'un homme qu'il avait tué d'une balle à Cleveland, à peu près à la même époque où ces couteaux avaient été fabriqués.

Il ferma la porte, mit la pancarte FERMÉ et gagna la remise où il trouva le gosse toujours assis les jambes croisées, tel qu'il l'avait laissé, le visage masqué par les volumineux visiophones câblés sur le portable ouvert sur ses genoux.

« Alors, dit Fontaine, la pêche est bonne ? T'as dégotté quelque chose qui pourrait nous intéresser ? »

Pour toute réponse, le garçon continua de taper sur la même touche.

« Hé ! tu vas te brûler les yeux, à force. »

Il s'accroupit à côté du môme, ses genoux lui arrachant une grimace de douleur. Il tapota sur le capuchon gris des lunettes, puis les lui enleva avec douceur. Le garçon cligna furieusement des yeux, tandis que disparaissait de ses rétines la lumière des minuscules écrans vidéo.

« Voyons un peu ce que t'as déniché », dit Fontaine en lui prenant le portable. Il pianota d'un air absent, curieux de découvrir ce que son protégé avait enregistré.

Il s'attendait à des pages d'enchères, présentant chacune la description d'une montre mise en vente, mais tomba sur des listes d'articles imprimées dans un caractère désuet censé reproduire les anciennes machines à écrire.

Il étudia une liste, puis une autre, et sentit un vent coulis sur la nuque et pensa d'abord que la porte d'entrée était ouverte, avant de se rappeler qu'il l'avait verrouillée.

« Merde, grommela-t-il en poursuivant sa lecture. Merde, comment t'as eu ça ? »

C'étaient des comptes bancaires, des relevés confidentiels de contenus de coffres dans des établissements en dur, situés tous dans le Middle West. Et chaque liste qu'il découvrait contenait au moins une montre, propriété d'un particulier et, compte tenu de la date, possession depuis longtemps oubliée.

Une Rolex Explorer à Kansas City. Une Patek en or massif dans une petite ville du Kansas.

Il jeta un regard au garçon, conscient d'être le témoin privilégié d'un phénomène parfaitement anormal.

« Comment t'as pu pénétrer ces dossiers ? demanda-t-il. Ce truc est privé. Ça devrait être impossible. Qu'est-ce que je raconte ? C'est impossible. Comment t'as fait ? »

Il n'eut pour toute réponse que cette absence derrière les yeux marron levés vers lui, infiniment profonds ou sans profondeur du tout, il n'aurait su le dire.

31

Vision d'un pilier dans le jardin du diable

Dans son rêve, il descend dans un ascenseur vaste comme la salle de bal d'un ancien transatlantique. Les parois sont en partie ouvertes, et il l'aperçoit accoudée à la balustrade, à côté d'un pilier de fer orné de chérubins et de grappes de raisin, leurs contours adoucis par les innombrables couches d'émail noir comme une laque de Chine.

Au-delà du pilier et de la douloureuse beauté de son profil, un monde sombre s'étend à chaque horizon, avec des îles continents plus ténébreuses que les mers et les lumières de grandes cités sans nom réduites, vues de cette distance, à des essaims de lucioles.

L'ascenseur, cette salle de bal, cette hôtesse valsante invisible pour l'instant mais devinée, se présentent à lui sous la forme d'une répétition codée d'une histoire qui le convoque cette nuit.

Si toutefois c'est la nuit.

Le manche du poignard frotte contre ses côtes, à travers la chemise blanche immaculée.

Les outils d'un maître artisan exigent la simplicité absolue, les formes les plus brutes permettant le plus grand éventail de possibilités à la main de leur utilisateur.

Ce qui est trop bien conçu, trop hautement spécifique, anticipe l'issue, et l'anticipation du résultat enfante, sinon l'échec, du moins l'absence de grâce.

À présent elle se tourne vers lui, et elle est à cette minute tout ce qu'elle fut pour lui, et peut-être plus encore, car il est conscient en ce même moment qu'elle est morte et que cette immense cage qui descend n'est qu'un rêve, comme d'habitude, et il rouvre les yeux sur le plafond gris et parfaitement neutre de sa chambre au Russian Hill.

Il repose sur le dos, par-dessus la couverture de laine beige bien tirée sur le lit "au carré" à la mode militaire ; il a gardé sa chemise de flanelle grise aux boutons de manchette de platine, son pantalon noir, ses socquettes anthracite. Il a les mains croisées sur la poitrine, telle quelque effigie de chevalier médiéval sur son sarcophage. Le téléphone sonne.

Il effleure l'un des boutons de manchette pour répondre.

« Il n'est pas trop tard, j'espère ? dit la voix.

— Trop tard pour quoi ? demande-t-il, parfaitement immobile.

— J'avais besoin de parler.

— Vraiment ?

— Oui, depuis quelque temps.

— Et pourquoi donc ?

— L'heure approche.

— L'heure ? » Et il revoit l'image depuis l'immense cage qui descend.

« Vous ne le sentez pas ? Vous qui êtes toujours au bon endroit au bon moment. Vous qui laissez les choses se faire. Vous ne le sentez pas ?

— Les résultats ne m'intéressent pas.

— Je pense le contraire, reprend la voix. Vous avez mené plus d'une action pour moi. Vous êtes même synonyme de résultats.

— Non, dit l'homme, je me borne à être là où je dois être.

— Vous avez le don de tout simplifier. J'aimerais pouvoir en faire autant.

— Vous le pourriez, mais vous êtes intoxiqué par la complexité.

— Rien n'est plus vrai », dit la voix, et l'homme imagine les quelques centimètres carrés de circuits-satellite par lesquels le son lui parvient. Cette minuscule et coûteuse commodité. « Car nous voilà au cœur de toutes les complexités.

— Au cœur de votre désir de complexité », commente l'homme, et de lever les bras pour croiser les mains derrière sa nuque.

Un silence suit.

« Il fut un temps, dit enfin la voix, où je pensais que vous jouiez quelque jeu avec moi. Que tout ce que vous disiez n'avait d'autre but que de m'agacer ou de m'amuser ou encore de capter mon intérêt, bref de vous assurer mon patronage.

— Je n'ai jamais eu besoin de votre… patronage.

— Je suppose que non, poursuit la voix. Il y aura toujours des hommes pour avoir besoin des autres et payer pour cela. Mais c'est vrai : je vous ai pris pour un nouveau type de mercenaire, un qui possédait une certaine philosophie, mais je considérais celle-ci comme rien d'autre qu'un moyen de vous rendre intéressant, de vous différencier de la meute.

— Là où je me tiens, dit l'homme, il n'y a pas de meute.

— Oh que si il y en a une! Mais que faisiez-vous quand je vous ai appelé?

— Je rêvais.

— Je n'aurais jamais imaginé que vous rêviez. Et ce rêve était-il beau?»

L'homme considère le vide parfait du plafond gris. Il se souvient de la géométrie d'un visage qui menace de se dessiner sur cet écran si lisse. Il ferme les yeux. «Je rêvais de l'enfer, dit-il.

— Et c'était comment?

— Un ascenseur, qui descendait.

— Dieu, dit la voix, cette poésie ne vous ressemble pas.» Un nouveau silence suit.

L'homme se redresse et s'assoit au bord du lit. Il sent le sombre bois ciré du plancher à travers le fil de ses socquettes. Il entreprend une série d'exercices très précis nécessitant un minimum de mouvements visibles. Il y a une raideur dans ses épaules. Une voiture passe dans la rue, et il perçoit le chuintement de ses pneus sur la chaussée mouillée.

«Je ne suis pas très loin de vous en ce moment, dit l'homme, rompant le silence. Je suis à San Francisco.»

Et c'est à son tour de se taire. Il continue ses exercices, se souvenant de cette plage à Cuba, des dizaines d'années de cela, sur laquelle il apprit pour la première fois cette série d'exercices. Son maître à l'époque dirigeait une école argentine de combat à l'arme blanche, une institution dont les adeptes patentés d'arts martiaux niaient l'existence.

«Cela fait combien de temps que nous avons parlé, vous et moi, face à face? demande la voix.

— Quelques années, dit l'homme.

— J'ai besoin de vous voir, maintenant. Quelque chose d'extraordinaire est sur le point de se produire.

— Vraiment, dit l'homme, et personne ne voit son sourire carnassier, votre… titre mondial serait-il menacé ? »

Un rire rayonna dans les rues secrètes de cette réplique de panorama urbain en orbite géosynchrone. « Non, ce n'est pas aussi extravagant que cela. Mais un certain état des choses est en passe de changer, et nous nous rapprochons du jour J.

— Pourquoi ce "nous" ? Nous ne sommes pas impliqués.

— Matériellement, géographiquement, cela se produira ici même. »

L'homme passe à la dernière phase de son exercice, se souvenant des mouches sur le visage de son instructeur durant cette première démonstration.

« Pourquoi êtes-vous allé sur le pont la nuit dernière ?

— J'avais besoin de réfléchir, dit l'homme en se levant.

— Rien ne vous attirait là-bas ? »

Mémoire. Deuil. Fantôme de chair dans Market Street. L'odeur de tabac dans ses cheveux de femme. Ses lèvres de femme contre les siennes. « Non, rien, répond-il, tandis que sa main se referme sur le vide.

— Il est temps qu'on se voie », dit la voix.

La main s'ouvre. Relâche le vide.

32
Les compagnons inférieurs

Il y avait cinq millimètre d'eau sur le plancher du van quand il cessa de pleuvoir. « Des cartons, dit Chevette à Tessa.

— Des cartons ?

— Oui, on trouvera des boîtes. On les démontera et, avec plusieurs épaisseurs et un film plastique, ça devrait aller. »

Tessa alluma la torche pour jeter un dernier coup d'œil. « On va dormir dans cette mare ?

— C'est interstitiel, non ? » lui répondit Chevette.

Tessa éteignit la lampe. « Écoute, ça s'est arrêté de pisser. On pourrait retourner au pont, trouver un pub, manger quelque chose, et on s'inquiétera du reste plus tard. »

Chevette dit que c'était une bonne idée, à la condition que Tessa n'emporte pas avec elle Divin Joujou ou quoi que ce soit d'autre pour enregistrer la suite de la soirée, et Tessa y consentit.

Elles laissèrent le van garé où il était et s'en furent à pied par l'embarcadère, passant devant les barbelés et les barricades qui interdisaient (symboliquement, savait

Chevette) les appontements en ruine. Des dealers flanquaient l'ombre et, avant qu'elles parviennent à destination, elles se virent offrir du speed, de l'herbe, de l'opium et du dancer. Chevette expliqua à Tessa que ces dealers n'étaient pas assez compétitifs pour occuper les emplacements plus près du pont, qui étaient les plus convoités.

« La compète est rude ? demanda Tessa. Ils se battent ?

— Non, dit Chevette, c'est seulement la loi du marché. Ceux qui ont de la bonne merde et de bons prix ont des clients. Et ceux qui ont de la daube et qui vendent cher se font chasser par les acheteurs eux-mêmes. Mais tu les vois changer quand tu vis ici, tu vois la came les déglinguer quand ils sont eux-mêmes accros. Alors ils reviennent là, près de l'embarcadère, et puis un jour ils disparaissent.

— Ils ne vendent pas sur le pont ?

— Si, mais pas beaucoup. Et ils font gaffe en dealant. C'est rare qu'ils t'abordent s'ils te connaissent pas.

— Il y a donc un règlement sur le pont ? demanda Tessa. Des interdits ? »

Chevette, qui ne s'était jamais posé cette question, réfléchit. « Non, dit-elle, il n'y a pas de loi, on sait seulement ce qu'on peut faire et ce qu'il ne faut pas. » Elle rit. « Mais j'en sais rien, ça se passe comme ça, voilà tout. Par exemple, il y a très peu de bagarres mais quand il y en a, elles sont méchantes.

— Combien de gens vivent là ? demanda encore Tessa, alors qu'elles remontaient la rampe qui part de Bryant.

— Je sais pas. Et j'pense pas que quelqu'un le sache. Avant, tous ceux qui faisaient quelque chose ici, qui avaient un job, une boutique, habitaient sur place. Parce qu'ils y étaient obligés. Tu étais propriétaire de ton espace. Il y avait pas de loyer ni rien. Maintenant, il y a des commerces qui sont tenus comme des… commerces. Mauvais Secteur, par exemple. Quelqu'un possède le stock, ils construisent une boutique et je parie qu'ils payent ce jeune sumo pour dormir là et garder la baraque.

— Mais toi, quand tu habitais ici, tu n'y travaillais pas ?

— Non, j'ai dégagé dès que j'ai pu. J'me suis dégotté une bike et j'ai fait coursière en ville. »

Elles prirent le niveau inférieur, passèrent devant les étals de poissons, et arrivèrent à un endroit dont se souvenait Chevette. On pouvait y manger, mais pas toujours, et écouter de la musique, mais pas toujours non plus. Le lieu n'avait pas de nom.

« Ils font de bonnes ailes grillées, ici, dit Chevette. Tu aimes ça ?

— Je te dirai ça quand j'aurai bu une bière. » Tessa promenait son regard autour d'elle comme pour en mesurer le caractère interstitiel.

Il s'avéra qu'ils avaient une bière australienne que Tessa appréciait beaucoup, de la Redback, conditionnée dans des bouteilles ornées d'une araignée rouge, et elle expliqua à Chevette que ces bestioles étaient les équivalents australiens des veuves noires, peut-être encore plus venimeuses. Chevette était d'accord avec elle : la bibine était bonne et, après en avoir bu une, elles en demandèrent une autre. Tessa commanda un cheeseburger, et Chevette un plat d'ailes et une portion de frites.

L'odeur ambiante était bien celle d'un bar : relent de malt, de fumée de cigarette, de graisse frite, de sueur. Chevette se souvenait des premiers bars où elle était allée, des boîtes rustiques le long de routes de campagne dans l'Oregon, et ils avaient la même odeur qu'ici. Ceux dans lesquels Carson l'avait traînée à L.A. ne sentaient pas grand-chose. À part les bougies aromatiques.

Il y avait une petite scène dans le fond, rien qu'une estrade en bois, sur laquelle des musiciens étaient en train de brancher la sono. Il y avait une espèce de synthé, une batterie, un micro. Chevette n'avait jamais été très branchée musique, bien qu'elle eût pris son pied à danser dans les clubs, à San Francisco, quand elle était coursière. Carson, lui, se passionnait pour certaines musiques, et il avait essayé de les faire découvrir à Chevette, mais elle n'avait jamais accroché. Il s'était entiché du sound vingtième siècle et des chanteurs français, notamment un Serge quelque chose, un horrifiant trou-du-cul, qui avait l'air d'éjaculer lentement quand il chantait et de ne pas trop goûter à la chose. Elle avait acheté, presque dans un mouvement d'autodéfense, le nouveau Chrome Koran, *Ma guerre est ma guerre*, mais elle n'avait même pas aimé, et la seule fois où elle l'avait écouté en présence de Carson, il l'avait regardée comme si elle venait de faire ses besoins sur sa moquette.

Ces types, qui se préparaient sur la scène, ils n'étaient pas des gens du pont, mais elle se doutait qu'ils devaient être de bons musiciens, peut-être même célèbres, venus enregistrer ici, juste pour dire qu'ils l'avaient fait.

Il y avait parmi eux un grand type au visage joufflu et pâle et une espèce de chapeau de cow-boy relevé sur sa tête. Il accordait une guitare sèche en écoutant d'une oreille distraite ce que lui disait un petit homme blond portant un jean serré et la taille ceinte d'un ceinturon avec une énorme boucle en argent gravé.

« Hé, dit Chevette à Tessa en désignant le personnage, il y a cette fille qui s'est fait violer dans le noir et qui dit aux flics que c'est un tulle qui a fait le coup. Et les flics lui demandent comment elle le sait puisqu'il faisait nuit ? Parce qu'il avait une toute petite bite et une grosse boucle au ceinturon.

— Mais c'est quoi un… "tulle" ? » Tessa vida son reste de bière.

« Skinner les appelait les rednecks. Les culs-terreux du Sud. Et "tulle", ça vient du tulle de nylon pour la ventilation de ces casquettes de base-ball qu'ils quittent jamais. Ces casquettes, ma mère, elle, les appelait les "gratis".

— Pourquoi ?

— Parce qu'elles portaient toujours une pub, alors on te les donnait.

— Des pubs pour des groupes de country ?

— Non, plutôt pour les Giants ou les Barbarians, j'sais pas si c'est de la country, ça.

— La country, c'est la musique du prolétariat blanc, dit Tessa. De tous les laissés-pour-compte de l'Amérique postindustrielle. Enfin c'est ce que raconte Real One. Mais on a un équivalent de ta blague en Australie, sauf qu'à la place des tulles et des boucles de ceinturons, on a des aviateurs et des montres-bracelets. »

Chevette vit que l'homme au ceinturon lui rendait son regard et elle s'empressa de détourner les yeux, pour s'intéresser à la table de billard, autour de laquelle elle repéra deux ou trois casquettes à tulle de nylon, qu'elle montra à Tessa pour illustrer son propos.

« Excusez-moi, mesdames », dit une voix de femme, et Chevette se retourna pour faire face à une très impressionnante paire de nichons remontés par un corset noir brillant. Un épais nuage de cheveux blonds à la Ashleigh Modine Carter, une chanteuse qui n'était pas inconnue de Chevette et qu'écoutaient peut-être les rednecks entullés, si toutefois leur espèce écoutait les femmes, ce dont elle doutait fort. La blonde déposa sur leur table deux Redback. « De la part de monsieur Creedmore, dit-elle avec un sourire extatique.

— Monsieur Creedmore ? demanda Tessa.

— Buell Creedmore, chérie. C'est lui, là-bas, qu'est en train de vérifier le son avec le légendaire Randy Shoats.

— Creedmore est musicien ?

— Chanteur, ma belle, dit la femme en regardant Tessa avec une plus grande attention. Vous êtes A & R ?

— Non, répondit Chevette.

— Merde, dit la femme d'un air tellement dépité que Chevette crut qu'elle allait remporter les bières, je pensais que vous étiez d'une prode alternative.

— Alternative à quoi ? » demanda Tessa.

La femme sourit. « Le chant de Buell, chérie, c'est pas de la country, comme vous pourriez le penser. C'est quelque chose de beaucoup plus… enraciné. Buell veut faire renaître ces choses, il veut revenir à la terre, au primal. » Elle sourit, apparemment très contente d'elle, le regard un peu vague. Chevette avait dans l'idée que ce petit speech sur le retour aux origines avait été mémorisé, et sûrement pas très bien, mais que la femme était payée pour le débiter.

« Randy apprenait une chanson à Buell, tout à l'heure, une intitulée, *Il y avait du whisky et du sang sur la route, mais j'ai entendu personne prier.* C'est comme un hymne, chérie. Très traditionnel. Ça me file la chair de poule quand j'l'entends. Mais ce soir, ça va être plus électrique, plus enlevé.

— À la vôtre, dit Tessa. Et merci pour la bière. »

La femme eut l'air perplexe. « Mais t'es la bienvenue, chérie. S'il vous plaît, restez pour la musique. C'est les débuts de Buell à NoCal, et la première fois qu'il chante avec ses Compagnons Inférieurs.

— Ses quoi ? demanda Chevette.

— "Buell Creedmore et ses Compagnons Inférieurs". J'crois bien que ça vient de la Bible, mais j'saurai pas vous dire quels chapitre et verset. » La femme pointa sa paire de seins vers la scène et s'en fut résolument dans cette direction.

Chevette n'avait pas vraiment envie d'une autre bière. « Elle nous a offert ça parce qu'elle a cru qu'on était de chez A & R. » Elle tenait ça de Carson : dans le milieu musical, A & R était spécialisé dans la recherche et le développement des talents.

Tessa sirotait sa bière tout en observant la femme qui s'était arrêtée pour parler avec un des types du billard, un des tulles justement. « C'est des gens comme elle qui vivent ici ?

— Non, répondit Chevette, elle est sûrement pas du pont. Et j'ai jamais vu non plus ce genre de clientèle, du temps où j'habitais là. »

Pour vérifier le son, le gros type au chapeau joua de la guitare et le petit mec blond chanta. Ils s'arrêtèrent et reprirent plusieurs fois, pour trifouiller tout un tas de boutons, mais le guitariste était vraiment bon (et encore Chevette sentit-elle qu'il était loin de donner tout ce qu'il devait avoir) et le chanteur savait chanter. C'était une chanson qui parlait d'un type qui était triste et qui en avait marre d'être triste.

En attendant, le bar se remplissait de gens qui semblaient être des habitués et d'autres qui ne l'étaient pas et étaient seulement venus pour écouter le groupe. Les premiers inclinaient vers les tatouages, les piercings et les coupes de tifs asymétriques, alors que les autres portaient chapeaux (tulles et Stetsons, surtout), des jeans et (les hommes essentiellement) du ventre. Le genre de ventre qui s'était installé là sans que leur propriétaire s'en aperçoive ; le genre à dégueuler du ceinturon, gonflant le devant de la chemise de flanelle bien rentrée sous l'une de ces grosses boucles de ceinturon.

Chevette avait commencé de boire la Redback de Creedmore par ennui, quand elle vit le chanteur se frayer un chemin vers leur table. Il avait emprunté une casquette à quelqu'un et s'en était coiffé la visière à l'envers sur ses cheveux blond sable à l'aspect mouillé. Il portait une chemise de cow-boy d'un bleu électrique, si neuve que les marques du pliage lui barraient le torse à l'horizontale, les boutons de nacre à pression ouverts sur une poitrine concave dont la couleur blanchâtre tranchait avec la teinte brique du visage congestionné. Il tenait dans chaque main ce qui ressemblait à un jus de tomate dans un grand verre avec de la glace. « Salut, dit-il. J'ai vu la Maryalice par là-bas, alors j'ai pensé à lui apporter de quoi boire. J'suis Buell Creedmore. Vous aimez la bière, hein ?

— Oui, merci », dit Tessa et elle porta son regard dans la direction opposée. Creedmore procéda à un rapide calcul mental (qui n'échappa point à Chevette), avant de conclure qu'il aurait probablement plus de chances avec la petite brune. « Tu nous as déjà entendus en ville ou à Oakland ?

— Non, on est juste venues pour les ailes, dit Chevette, indiquant les restes de poulet dans son assiette.

— Et elles sont bonnes ?

— Plutôt, dit Chevette, mais nous allions partir.

— Partir ? » Creedmore avala une rasade de son jus de tomate. « Merde, on passe dans dix minutes. Restez pour nous écouter. » Il y avait un drôle de dépôt verdâtre sur le bord des verres et il en était resté un peu collé à la lèvre supérieure de Creedmore, remarqua Chevette.

« Que fais-tu avec ces Bloody, Buell ? » C'était le grand guitariste. « Tu m'as promis de pas picoler avant qu'on joue.

— C'est pour Maryalice, se défendit Creedmore en levant l'un des verres, et celui-ci est pour cette jolie fille. » Il posa celui qu'il avait goûté devant Chevette.

« Et c'est quoi, ce sel de céleri sur ta bouche ? » demanda le guitariste.

Creedmore sourit et s'essuya du revers de la main. « Les nerfs, Randy. Grande nuit. Ça va aller…

— Ça vaudrait mieux, Buell. Si j'vois que tu sais pas te tenir quand t'as bu, c'est la dernière fois que tu joues avec moi. » Le guitariste lui prit le Bloody des mains, prit une gorgée, fit la grimace, et s'en fut, emportant le verre avec lui.

« Fils de pute », grogna Creedmore.

Et ce fut à ce moment que Chevette vit Carson entrer dans le bar.

Elle le reconnut instantanément, et avec une totale certitude. Ce n'était pas le Carson fringué pour les salons fleurant bon le tilleul mais un Carson bardé pour l'exploration des bas-fonds.

Chevette était avec lui quand il avait acheté cette panoplie, et elle avait dû l'écouter vanter le cuir de l'Alaska, à la peau traitée plus épaisse en raison des hivers glacés, et comment cette veste avait été reproduite à l'identique sur un modèle original datant de 1940. Son jean aussi coûtait une petite fortune, avec un pedigree plus compliqué encore, la toile tissée au Japon sur un antique métier américain amoureusement préservé et puis peaufiné en Tunisie selon des critères établis par une équipe de designers hollandais et d'historiens du vêtement. C'était tout à fait le genre de merde qu'aimait Carson, cette réplique rigoureusement authentique, aussi ne douta-t-elle pas un centième de seconde que ce fût bien lui.

Et elle comprit aussi, sans qu'elle eût pu dire pourquoi, qu'elle était en danger. Peut-être, penserait-elle plus tard, que c'était parce qu'il ne s'était pas aperçu de sa présence et qu'il ne s'était pas soucié de paraître celui qu'il prétendait être quand il était avec elle, quand il savait qu'elle le regardait.

Elle avait le sentiment de voir un type différent, froid et dangereux, tout en sachant que c'était Carson. Carson qui se tournait maintenant pour regarder dans la salle…

Ce qu'elle fit ne manqua pas de l'étonner. Mais le plus surpris fut certainement Creedmore. La grosse boucle du ceinturon offrait une prise aussi bonne qu'une poignée de porte. Elle la saisit, la tira à elle, entraînant le bonhomme avec, autour duquel elle jeta ses bras, l'embrassant sur la bouche en espérant que la visière de son tulle ferait écran entre son propre visage et Carson.

Quant à Creedmore, il répondit à l'étreinte avec un enthousiasme qu'elle aurait pu prévoir, aurait-elle eu le temps de penser.

33
Durius

Rydell s'en retournait vers le Bed & Breakfast par le niveau inférieur, quand ses lunettes de soleil sonnèrent. Il s'arrêta dos au mur le plus proche et prit la communication.

« Rydell ?

— Ouais.

— C'est Durius, mec. Comment va ?

— Bien. » Les lunettes déjantaient de nouveau, balançant dans le champ de vision de Rydell des secteurs du plan de la ville de Rio étrangement étirés. « Où es-tu ? » Il percevait la plainte d'une perceuse, quelque part dans L.A. « Au Dragon ?

— Ouais, au Drag, dit Durius. On est en grands travaux, ici.

— Pour quelle raison ?

— Sais pas. Ils installent un nouveau module, dans le fond près de l'ATM, là où on avait les produits pour enfants, tu te souviens ? Park veut pas nous dire ce que c'est, et je pense qu'il le sait pas lui-même. Toutes les succursales s'équiperaient du bidule, à ce qu'il paraît. Alors, comment s'est passé ton petit voyage ? Creedmore t'a pas fait trop chier ?

— C'est un alcoolo.

— Tu m'étonnes. Et ton nouveau job, ça marche ?

— Ma foi, dit Rydell, j'ai pas encore saisi de quoi il s'agit au juste, mais ça devient intéressant.

— C'est bien, dit Durius. Je voulais juste savoir comme ça allait pour toi. Praisegod te salue. Elle demande si les lunettes te plaisent. »

Le plan de Rio frissonna, se contracta, s'épandit de nouveau.

— Ouais, dis-lui que j'peux plus m'en passer, dit Rydell. Et dis-lui que je la remercie.

— Promis. Prends soin de toi.

— Toi aussi, Durius. » La communication prit fin, et Rio disparut.

Rydell ôta les lunettes et les rangea dans une poche.

Soupe de bœuf. Il pourrait s'arrêter chez Ghetto Chef sur le chemin.

Puis il pensa à Klaus et au Coq, et décida de vérifier que la Thermos était toujours là, où il l'avait laissée.

34
Discontinuités du marché

« Alors, tu en penses quoi, Martial ? » demandait Fontaine à son avocat, Martial Matitse, de Matitse Rapelego Njembo, dont le cabinet tenait en trois portables, sans parler d'une antique bicyclette chinoise.

Martial suçait ses dents à l'autre bout de la ligne, et Fontaine savait que l'avocat était en train d'examiner les listes que le garçon avait sorties. « Il semblerait qu'on ait là les relevés de coffres bancaires de particuliers, tels que la loi l'exige. Une législation antiterroriste. Qui empêche les gens d'y mettre à l'abri de la drogue, des ogives nucléaires, que sais-je encore. C'était aussi censé prévenir les blanchiments d'argent, à l'époque du papier-monnaie. Mais à ta place, Fontaine, c'est une autre question que je poserais à mon avocat. À savoir : est-ce que la possession de tels documents est illégale ?

— Et elle l'est ? » demanda Fontaine.

Martial garda le silence pendant quelques secondes. « Et comment. Mais cela dépend du moyen employé pour y accéder. Et puis je viens juste de constater que les propriétaires de ces biens enregistrés sont tous morts.

— Morts ?

— Oui. Ces papiers sont des homologations de testaments. Toujours protégés par la loi, mais je dirais que certains de ces biens sont destinés à la vente aux enchères dans le cadre de l'exécution desdits testaments. »

Fontaine jeta un regard par-dessus son épaule et vit le garçon, toujours assis par terre, terminant sa troisième glace aux goyaves.

« Comment as-tu eu ces listes ? demanda Martial.

— J'en sais trop rien.

— Tu n'es pas habilité à décrypter de pareils documents, reprit l'avocat. À moins que tu sois agent fédéral. Si c'est quelqu'un d'autre qui les déchiffre, c'est alors une affaire privée qui ne te concerne pas. Mais si c'est toi qui en est l'auteur ou le complice averti, cela signifie que tu es en possession de moyens technologiques interdits, ce qui peut te valoir un séjour dans une de ces prisons extrêmement efficaces que le secteur privé s'est fait un devoir de construire.

— Ce n'est pas le cas, dit Fontaine.

— Mais admettons que tu sois capable, par je ne sais quel procédé judicieux et avec toute la discrétion requise, d'utiliser la technologie informatique pour découvrir de lucratives discontinuités dans le marché. Tu me suis, Fontaine ?

— Non.

— Disons que si tu avais découvert le moyen d'accéder à des documents réputés inaccessibles, tu serais peut-être tenté d'en parler avec quelqu'un qui saurait comment en tirer un profit…

— Hé, Martial, j'suis pas dans ce…

— Attends, Fontaine, attends. Un type qui vend de la coutellerie d'occasion et des vieux jouets rongés par les rats fait sûrement ça par vocation. C'est pas un commerce que tu tiens, mais un sacerdoce. Toutefois, si jamais tu t'étais découvert un talent parallèle, je te conseille vivement de me consulter, moi, ton avocat, et cela le plus tôt possible. Tu m'entends ?

— Martial, je ne...

— Clarisse a chargé un de mes collègues de se renseigner sur tes affaires, Fontaine. Je brise le secret professionnel en te confiant ça. »

Cette nouvelle ne réjouissait pas Fontaine.

« Elle parle de divorce, mon ami.

— Faut que je te laisse, Martial. J'ai des clients. »

Fontaine raccrocha. Il savait depuis longtemps que Clarisse envisageait une procédure, mais il avait réussi jusqu'ici à ne pas y penser.

Il perçut un doux cliquètement de touches dans son dos, et il se retourna, pour voir que le môme avait rechaussé les visiophones.

35
En pilote automatique

Chevette n'avait pas fermé les yeux quand elle avait attiré Creedmore vers elle pour l'embrasser et lui avait entouré le cou de ses bras pour se cacher de Carson. Ce fut ainsi qu'elle put capter entre la manche du blouson de Skinner et la joue et l'oreille gauches du chanteur une image adrénaline de Carson fendant l'atmosphère enfumée du bar. Le plus fort, c'est qu'elle était parvenue à ignorer l'activité de Creedmore, qui lui soumettait la bouche à un jeu de langue frénétique tout en cherchant désespérément un sein sous les pans du blouson.

Le zoom sur Carson fut éclipsé par un gros plan de Tessa, les yeux écarquillés de stupeur et au bord de l'éclat de rire, alors que Creedmore venait enfin de trouver le téton qu'il cherchait, et Chevette, par pur réflexe, lui fila avec autant de force que de discrétion un coup de poing noueux dans les côtes.

Creedmore ouvrit de grands yeux bleus injectés de sang, et Chevette, désormais en pilote automatique, le repoussa, glissa de sa chaise et plongea sous la table. Il lui sembla entendre la tête de Creedmore cogner durement le rebord de la même table, alors qu'il essayait de la suivre, mais à présent qu'elle n'avait plus sa bouche en ventouse sur la sienne, elle en éprouvait le goût, et celui-ci avait quelque chose de familier, mais tout cela se passait dans sa tête tandis que son corps l'emmenait hors de danger de la manière la plus rapide possible. D'abord à quatre pattes, puis courant accroupie, les bras tendus devant elle, prête à repousser quiconque essaierait de la retenir, jusqu'à la porte et l'air frais du pont.

Où l'instinct encore, associé à quelque souvenir, lui fit prendre à droite, vers Oakland.

Et ne ralentit pas sa course avant de se sentir en sécurité, mais elle savait maintenant comment s'appelait le goût emporté de la bouche de Creedmore : dancer. Elle se demanda quelle quantité elle avait pu elle-même en absorber. Très peu, certainement, mais assez pour que son cœur battît plus vite que de coutume, qu'un léger halo entourât chaque source de lumière et, surtout, pour que tout ce qui venait de se passer ne l'émût pas vraiment.

Ennuis, danger, tout prenait un tour abstrait avec du dancer.

Carson signifiait danger, pensa-t-elle, et cette expression qu'elle lui avait découverte – une qu'elle avait toujours soupçonnée en vérité, elle en prenait conscience maintenant, sans jamais parvenir à la saisir – l'avait proprement effrayée. Elle avait eu peur de lui la première fois qu'il l'avait frappée, mais elle n'avait pas compris les choses de la même façon. Il ne lui avait pas vraiment fait mal, physiquement du moins, en la battant. Elle venait d'un endroit où elle avait vu des gens sérieusement amochés, et ce beau jeune homme médiatique, qui ne savait même pas donner un coup de poing, jusqu'à quel point était-il dangereux ?

Mais elle voyait, maintenant que la drogue transmise par la salive de Creedmore exacerbait sa vision intérieure, que sa peur n'avait pas été motivée par les coups ou la possibilité qu'il récidive, mais par quelque sentiment obscur, inconscient qu'il y avait chez Carson une anomalie. Qu'il était dangereux, mais cachait son jeu avec plus de méticulosité encore qu'il n'en mettait à choisir ses fringues.

Elle marchait vers Treasure, et le pont se faisait spectral, monochrome, mais peut-être que c'était le dancer, elle n'en était pas sûre.

« J'ai perdu le contrôle », se dit-elle à voix basse. Cela devenait une constante dans sa vie depuis quelque temps. Elle dramatisait tout. Elle s'arrêta. Peut-être s'était-elle exagéré la dangerosité de Carson.

« Ohé, Chevette ! »

Elle se retourna. Vit un visage qu'elle connaissait mais sans pouvoir y accoler un nom. Des cheveux pâles en désordre sur une face mince et dure, une méchante cicatrice zébrant la joue gauche. Un coursier intérimaire du temps d'Allied, pas quelqu'un de sa petite bande, mais souvent rencontré dans les bars ou les fêtes. Et puis le nom lui revint : « Heron ».

« J'pensais que tu t'étais barrée d'ici », dit Heron, dévoilant des dents cassées. Peut-être quelque chose de cassé dans sa tête, pensa-t-elle.

« J'suis partie, dit-elle.

— Où çà ?

— SoCal.

— Tu courses là-bas ?

— Non.

— Pour moi, c'est fini, le pédalier. » Il fit un pas de côté sur une jambe gauche plus raide qu'une béquille. « J'me suis payé une cage. » Une voiture. Ça faisait longtemps qu'elle n'avait pas entendu ce mot.

« Tu as touché l'assurance ?

— Merde non, la cage elle appartenait à Doj City. » Le ministère de la Justice. « J'ai mis des baveux sur le coup, mais… » Haussement d'épaules désabusé. « L'un d'eux, Njembo, tu connais ces trois types ? Des réfugiés de l'Union Africaine ? Njembo, il connaît Fontaine. Tu vois qui c'est, Fontaine ?

— Ouais, dit Chevette en jetant un regard par-dessus son épaule. Il est toujours à Oakland avec ses deux femmes et sa marmaille ?

— Non, il a une boutique tout près d'ici, dit-il avec un geste vague de la main. Il y vit. Vend de la camelote aux touristes. Njembo dit que ses femmes veulent lui faire la peau. » Il se pencha légèrement vers elle pour mieux la regarder, la cicatrice accrochant la lumière d'un lampion. « Hé ! t'es en beauté. T'as une autre coiffure. »

La balafre nacrée sous la lueur jaunâtre lui arracha un frisson, et le dancer lui servit une carte prédisant l'arrivée de Carson, la même expression au visage, les mains dans les poches de son cuir.

« Contente de t'avoir revu, Heron.

— Ouais », dit-il, et sa voix charriait du désir et de la tristesse et quelque chose de menaçant. Il haussa les épaules, baissa les yeux et s'en fut dans la direction d'où Chevette venait, et elle le regarda s'éloigner en traînant comme un boulet sa jambe raide.

Elle referma son blouson et partit à la recherche de la boutique de Fontaine en se demandant à quoi elle pouvait bien ressembler.

36
Super look

Rydell acheta chez Ghetto Chef un bol de soupe au bœuf à emporter puis il dut trouver le moyen de tirer l'échelle d'une seule main, sans renverser le conteneur en plastique.

Grimper une échelle avec une soupe chaude dans une main était une de ces choses auxquelles on ne pense pas ordinairement, mais qui n'en était pas moins ardue. On ne pouvait glisser sa charge sous le bras et escalader allègrement les échelons. Mais Rydell se sortit honorablement de l'exercice, sans répandre une goutte et posa le bol pour ouvrir la grille défendant son réduit, un rectangle de grillage de cage à poule équipé de chaque côté d'un cadenas chromé fabriqué au Népal, dont il avait trouvé les clés accrochées à un clou. C'était une de ces installations éminemment inutiles en matière de sécurité, par ce qu'il aurait suffi à quiconque voulant entrer de cisailler les cadenas ou en arracher les pitons ou tout simplement défoncer le grillage. Par ailleurs, si vous partiez sans avoir fermé et qu'un cambrioleur vous dévalise sans effort, vous deviez avoir l'air encore plus bête.

La grille ouverte, Rydell s'installa au pied du lit avec son bol et la cuiller en plastique qu'ils lui avaient donnée. Il humait le fumet de son dîner, quand il lui vint à l'esprit qu'il ferait mieux de s'assurer que le projecteur, ainsi que l'appelait Laney, était toujours là. Il soupira, reposa sa soupe et se leva, ce qui vu la hauteur du plafond consistait à se mettre à quatre pattes.

Le colis GlobEx, avec son cylindre qui ressemblait à une Thermos n'avait pas bougé de sa place, dans l'espèce de placard, à côté de son sac.

Il se rassit au bord du lit, le colis à côté de lui, et se disposa à manger cette soupe au fumet éloquent. Il trouvait étrange que cette viande mystérieuse, tranchée fine comme des copeaux et certainement trop cuite, et qu'il supposait être tout de même du bœuf, fût en la circonstance plus goûteuse qu'un bon steak. Il ne laissa rien dans son bol, pas même un grain de riz ni une seule goutte de bouillon ; les trois étoiles accordées par le guide touristique n'étaient pas imméritées.

Puis il ouvrit le GlobEx et sortit la chose. Il considéra de nouveau l'autocollant SUPER LOOK, sans en tirer plus de sens qu'auparavant. Il posa l'objet sur la moquette vert orange, et rampa sur le lit pour prendre sa lame, qui lui servit à ouvrir les enveloppes de plastique contenant les deux câbles et examina ceux-ci avec attention.

Le premier avait deux fiches, l'une standard qui devait aller sur n'importe quelle prise murale, l'autre, plus complexe, connectant la Thermos. Le second, composé également de deux fiches, était une autre paire de manches. Il découvrit où entrer l'une des extrémités, mais à quoi pouvait bien se raccorder l'autre ? Si le sumo disait la vérité, c'était un câble fait sur mesure, un câble optique vraisemblablement, donc conçu pour une prise spéciale. Il le mit de côté. Il demanderait à Laney de l'éclairer.

Il trouva une prise électrique (en vérité un bout de rallonge gainée de jaune) dans le placard de rangement.

Il y brancha le cordon d'alimentation, revint s'asseoir sur le lit et considéra un instant le cylindre nickelé.

« Et puis merde », dit-il en insérant l'autre extrémité du cordon dans l'appareil. Au moment même où il faisait cela, il lui vint une vision d'une limpidité totale : cette chose sur ses genoux était bourrée de plastic et le détonateur n'attendait que le jus…

Mais non, si cela avait été, il serait mort. Il ne l'était pas.

Le cylindre ne réagissait pas non plus. Il crut entendre un léger bourdonnement, et ce fut tout.

« J'comprends pas », grommela Rydell.

Quelque chose clignota. Papillon de néon. Ailes déchirées.

Et puis cette fille était là, agenouillée, tout près, et il sentit son cœur bondir sur trampoline.

Comment pouvait-elle être là et ne pas être là ? Il ressentit une douleur croissante dans la poitrine, jusqu'à ce qu'il se souvienne de respirer.

Si Rydell avait dû la décrire, il aurait parlé de beauté, et il aurait été infiniment frustré de ne pas pouvoir décrire cette beauté. Il songea à la vigueur métis que prédisait Durius, mais jamais il n'aurait su dire quelles races s'étaient fondues en elle.

« Où sommes-nous ? » demanda-t-elle.

Il battit des paupières, ne sachant si elle le voyait et s'adressait à lui, ou à quelqu'un d'autre dans quelque autre réalité. « Un bed-and-breakfast, dit-il, pour vérifier. Sur la baie de San Francisco.

— Tu es un ami de Laney ?

— Je… euh… oui. »

Elle regardait à présent autour d'elle avec une curiosité manifeste, et Rydell sentit se dresser les poils de ses bras en découvrant qu'elle était vêtue exactement comme lui, à cette différence que chaque vêtement lui allait à la perfection et, bien entendu, semblait presque méconnaissable sur elle. Pantalon kaki en toile, chemise bleue, blouson de nylon noir avec un carré de velcro sur la pochette, là où vous accrochez le logo de la boîte qui vous emploie. Jusqu'aux chaussettes noires (avec des trous ? se demanda-t-il). Mais son émoi pileux sur ses avant-bras avait pour cause le fait de savoir pour l'avoir vu, de ses yeux vu, qu'à la première seconde où elle lui était apparue, elle s'était accroupie nue devant lui.

« Je suis Rei Toei », dit-elle. Elle avait des cheveux épais et brillants, coupés avec une sauvage perfection, et sa bouche pleine et généreuse esquissait l'ombre d'un sourire. Rydell étendit sa main et vit celle-ci traverser l'épaule de Rei Toei et le dessin de couleur cohérente qui constituait son être. « C'est un hologramme, dit-elle, mais je suis réelle.

— Où es-tu ?

— Là où je suis, dit-elle.

— Je voulais dire, où es-tu vraiment ?

— Ici. Ce n'est pas un programme holographique. Je suis engendrée par SUPER LOOK. Je suis ici, avec toi. Ta chambre est très petite. Serais-tu pauvre ? » Elle passa à quatre pattes devant lui (il pensa qu'elle aurait pu le traverser, s'il ne s'était pas légèrement déplacé) jusqu'à la tête du lit, pour regarder de plus près la bulle de plastique voilée de sel. Rydell constatait maintenant qu'elle était littéralement une source de lumière, une qui lui rappelait celle que diffusait la pleine lune par temps clair.

« C'est une chambre louée, et je ne suis pas riche, dit-il.

— Je ne voulais pas être blessante en disant cela.

— Ce n'est rien, dit-il. Des tas de gens pourraient dire que je suis pauvre.

— Et un plus grand nombre pourrait dire que tu es riche.

— Ça, je ne sais pas…

— Moi, oui. Il y a une multitude d'humains qui ne possèdent rien de ce que tu as. Cet endroit pour dormir, des vêtements. Je t'ai vu manger. Comment t'appelles-tu ?

— Berry Rydell », répondit-il, en proie à une étrange timidité. Et puis il se rappela enfin qui elle était ou, du moins, était supposée être. « Je te reconnais, maintenant. Tu es cette chanteuse japonaise, celle qui n'est pas… je veux dire qui…

— N'existe pas ?

— Je n'ai pas dit ça. Tu ne devais pas te marier avec cet Irlandais ou bien Chinois, que sais-je ? Celui de ce groupe de rock ?

— Oui. » Elle était allongée sur le ventre, le menton appuyé sur ses mains, le visage à quelques centimètres de la bulle de plastique. (Rydell eut une vision aussi brève qu'un flash… vue d'en bas, de l'eau, cette bulle devait ressembler à l'œil glauque de quelque Béhémoth. « Mais nous ne sommes pas mariés, Berry Rydell.

— Comment connais-tu Laney ? demanda-t-il, espérant l'amener sur un terrain où il pourrait de nouveau ressentir une impression d'équilibre.

— Laney et moi, nous sommes amis, Berry Rydell. Sais-tu où il se trouve ?

— Pas vraiment », répondit Rydell, et c'était la vérité. Elle se retourna, superbe et brillant réellement de mille éclats dans l'incongru miroir des vêtements d'un autre, qui avaient l'air sur elle d'un chef-d'œuvre absolu de haute couture, et le fixa d'un regard mélancolique. Il aurait en cet instant été heureux de pouvoir plonger dans ces yeux aussi longtemps qu'elle l'aurait désiré, et en vérité pour l'éternité. « Laney et moi, nous avons été séparés. Je ne comprends pas pourquoi, mais j'espère que c'est pour notre bien mutuel. Qui t'a donné le projecteur, Berry Rydell ?

— Je ne sais pas. Il a été expédié ici, par GlobEx, mais au nom de Laney. L'expéditeur serait de Melbourne, une entreprise du nom de Paragon-Asia. »

Elle haussa les sourcils. « Sais-tu pourquoi nous sommes ici tous les deux à San Francisco, Berry Rydell ?

— Non, et toi, tu le sais ?

— Laney croit que la fin du monde est pour bientôt », dit-elle avec un sourire lumineux.

Il ne put s'empêcher de lui sourire en retour. « Je pense qu'on a déjà eu notre fin du monde, quand on a changé de siècle.

— Laney dit que ce n'était rien d'autre qu'une date dans l'histoire. Il dit que ce qui vient est la véritable fin du monde. Mais ça fait des semaines, Berry Rydell, que je n'ai pas parlé avec lui. Je ne sais pas à quelle distance nous sommes maintenant… du point nodal. »

37
Un peu de blé pour le fun

Boomzilla, il va en claquer ce soir, un jeton de crédit à cinquante sacs elles lui ont filé les deux pétasses. Direction le Lucky Dragon. C'est là qu'il va quand il a les moyens, parce que c'est là qu'ils ont tout, quoi.

Il aime manger là-bas, c'est pas la merde du pont; c'est de la nourriture comme à la télé, ça sort de l'emballage. Et puis il y a tout, des tas de merdes à voir, et des jeux, il y a pas mieux que le Lucky.

Un jour il aura tout comme il faut. Il habitera une maison, et ça sera propre pareil le Dragon. Tout éclairé, et il aura des ballons caméras comme les greluches du van pourri. Matera le cul à tout le monde, et personne viendra le faire chier.

Il sort le jeton de sa poche, va direct à la porte, parce qu'avec ça dans la main, le vigile il ferme sa gueule. Le vigile il sait que t'as de quoi, que tu vas jouer. Si t'as rien, et que tu y vas, c'est pour voler, non? Boomzilla, il comprend ça.

Ce soir, il y a du nouveau. Ce soir, il y a un grand camion blanc devant le Lucky. Jamais il a vu un camion plus grand et plus nickel. Il y a pas une seule merde écrite dessus, des plaques SoCal, deux mastards qui font le piquet devant. Boomzilla se demande s'ils ont pas apporté des nouveaux jeux. Il a encore jamais vu ça.

Il passe les portes, le jeton à la main, et file tout droit au sucre.

Il y a ce candy japonais qu'il adore, c'est comme une petite drogue de labo. Tu mélanges les morceaux, et ça pétille, ça chauffe, ça devient frais. Tu le presses dans ta main et puis tu le regardes durcir. Quand tu le manges, c'est rien que du sucre, mais le faire, c'est le pied pour Boomzilla.

Six, il en prend, et deux ou trois chocos. Il passe du temps près de la machine qui fait les magazines, mate les écrans, toutes les merdes différentes que tu peux mettre dans ton magazine. Puis il va chercher ses nouilles, celles où on met de l'eau et on n'a plus qu'à tirer le cordon.

Là, il hésite. Bœuf ou poulet ? Il voit qu'ils ont enlevé toute une portion de la cloison du Lucky Dragon. Juste à côté de GlobEx et de la machine à fric.

Alors il pense que le camion, c'est pour ça qu'il est là, pour mettre un nouveau truc, et il se demande si c'est pas un nouveau jeu.

Des hommes en combinaison de papier blanc travaillent là.

Il les regarde, puis il va à la caisse, montre la merde qu'il a choisie. La caissière passe le sucre et les nouilles sur la fenêtre qui calcule, prend le jeton de Boomzilla et débite.

Emporte son sac dehors, trouve un rebord de trottoir où se poser. Il commencera par se taper son premier candy, le rouge.

Il regarde vers les écrans près de l'entrée, et il voit d'autres camions blancs, garés devant d'autres Lucky

Dragon, alors c'est sûrement quelque chose de nouveau qu'ils installent cette nuit dans tous les Lucky.

Boomzilla défait le papier du candy et étudie la notice entièrement non verbale.

Faut pas se tromper.

38
Une Vincent « Foudre noire »

Cette boutique étroite et rouge avec sa haute vitrine calfatée avec assez de silicone pour glacer une pièce montée devait être celle de Fontaine. La devanture entière avait été peinte de ce même pourpre mat, désormais craquelé par la pluie et le soleil, et Chevette avait vaguement le souvenir d'une précédente incarnation, quand l'échoppe était peut-être tapissée de vieux vêtements. Et ce rouge sourd recouvrait tout : les gouttes et les bavures de silicone, la vieille porte en bois dont les panneaux du haut avaient été remplacés par des carreaux de verre.

Si c'était là le commerce de Fontaine, il n'avait pas pris la peine de lui donner un nom. Et les quelques articles exposés dans la vitrine portaient sa marque : de vieilles montres aux cadrans mouchetés, un couteau de poche au manche en os qu'on avait poli jusqu'à ce qu'il brille, et une mocheté d'énorme téléphone gainé de caoutchouc noir. Fontaine était dingue de vieilleries et, dans le temps, il lui arrivait de débarquer chez Skinner pour lui montrer ses dernières trouvailles.

Chevette avait parfois pensé qu'il faisait ça pour égayer le vieil homme qui, en échange, déballait quelques-uns de ses souvenirs. Skinner n'avait jamais été très enclin à raconter sa vie mais, tournant et retournant dans ses mains l'un des trésors délabrés de Fontaine, il parlait, et Fontaine s'asseyait et écoutait et hochait de temps à autre la tête, comme si les histoires de Skinner confirmaient ce qu'il soupçonnait depuis longtemps.

Riche des révélations de Skinner, Fontaine considérait alors l'objet qui avait provoqué celles-ci avec un regain d'intérêt, et il pressait de questions le vieil homme.

Pour Chevette, Fontaine vivait dans le monde des choses, le monde des choses fabriquées par les hommes, et il était peut-être plus facile de les approcher, les hommes, à travers ces objets. Et quand un article n'évoquait rien chez Skinner, Fontaine se chargeait de lui fabriquer une histoire, lisait sa fonction à travers sa forme, lisait son usage à travers son usure, et cela avait le don de le rassurer.

Pour lui, tout devait avoir une histoire. Chaque chose, chaque élément fabriqué contribuant à l'ordonnance du monde. Un chœur de voix, le passé vivant dans tout objet, cette mer au large de laquelle croisait le présent. Quand il avait construit le funiculaire de Skinner, cet ascenseur qui rampait comme un petit tramway à crémaillère sur l'une des poutrelles inclinées de la tour, pour permettre au vieil homme que ses rhumatismes handicapaient de grimper chez lui plus facilement, Fontaine avait eu une histoire à propos de chaque élément composant son minuscule téléphérique. Et tissant ces histoires en une même trame, il installa l'électricité, et la chose s'éleva en bringuebalant jusqu'à la trappe ouvrant sur l'abri haut perché de Skinner.

Chevette se tient maintenant devant la vitrine et ses montres mouchetées de rouille, leurs aiguilles figées dans un temps qu'elles ne marquent plus. Le passé lui fait peur, à Chevette.

Et une histoire du passé, Fontaine en a une à lui conter, elle le sait, une qu'elle redoute d'entendre.

À travers l'épaisse vitre du haut de la porte, assez épaisse pour distordre la lumière, à la manière de l'eau dans un verre, elle distingue une lumière dans le fond du magasin, une remise probablement, dont la porte est entrouverte.

FERMÉ – CERRADO dit la pancarte de carton écorné accrochée derrière la vitrine à un crochet à ventouse.

Elle frappe.

Presque aussitôt la porte intérieure s'ouvre, une silhouette se découpe dans la vive lumière.

« Fontaine ! C'est moi. Chevette. »

La silhouette avance à petits pas, et elle le reconnaît, homme noir anguleux dont les cheveux grisonnants tombent en nattes irrégulières telles les branches d'une plante d'appartement en manque d'eau. Alors qu'il contourne l'éclat mat du comptoir recouvert d'une plaque de verre, elle remarque le pistolet qu'il tient à la main, un vieux colt dont le barillet tourne à chaque cartouche tirée, au coup par coup. « C'est moi, Fontaine ! »

Il s'arrête, regarde, fait un pas en avant, abaisse son arme. « Chevette ?

— Ouais.

— J'arrive. » Il se rapproche encore et scrute la pénombre derrière elle. « Tu es seule ?

— Oui, répond-elle en jetant un regard de chaque côté.

— Attends... » Cliquetis de serrures, claquements de verrous, la porte s'ouvre enfin, et il la regarde en clignant les yeux, vraiment surpris. « T'es revenue.

— Comment ça va, Fontaine ?

— Bien, dit-il, bien. » Il recule. « Entre. »

Elle entre. La pièce sent l'huile de machine, ce produit d'entretien pour les métaux, le café brûlé. Mille choses luisent au fond du port auquel est ancrée l'histoire de Fontaine.

« J'croyais que t'étais à L.A., dit-il.

— J'y étais. J'suis de retour... »

Il referme la porte, la verrouille de nouveau, une manœuvre complexe mais qu'il peut exécuter dans le noir et, peut-être même en dormant. « Le vieil homme n'est plus, tu le sais ?

— Je sais, dit-elle. Et comment il...

— La vieillesse, dit-il en rangeant son colt. Il sortait plus de son lit, à la fin. Couché là en chien de fusil comme un gosse. Clarisse elle venait le soigner. Elle a été infirmière, Clarisse. Elle dit que quand ils se tournent vers le mur, c'est qu'ils attendent la fin. »

Chevette avait désespérément envie de dire quelque chose, mais ça ne sortait pas.

« Elle me plaît, ta coiffure, môme, dit Fontaine en la regardant. Moins bronco qu'avant. »

« C'est en train de changer. » Fontaine parle du pont et comment on y vit. Il lui a déjà raconté que les commerces poussent partout, construits avec de l'argent extérieur, les propriétaires payant des gens pour tenir la boutique et loger sur place. « Ce Lucky Dragon, dit-il, serrant dans sa main un bol de porcelaine blanche rempli de son café amer, épais, il est là parce que quelqu'un a pensé qu'il y avait du fric à prendre aux touristes venus visiter le pont. Ça serait jamais arrivé, une chose pareille, avant.

— Et pourquoi les choses changent, à ton avis ?

— Parce que rien ne dure et que tout a un temps.

— Skinner, dit-elle, il a passé sa vie ici, n'est-ce pas ? Je veux dire qu'il était là quand ils ont construit tout ça.

— Non, pas toute sa vie. Ce blouson que tu portes, il l'avait déjà en Angleterre, quand il était jeune. C'est là-bas qu'il vivait, et il faisait de la moto. Il m'en a parlé. Il allait à moto jusqu'en Écosse, partout. Des vieilles bécanes.

— Oui, il m'en a parlé aussi, une fois. Puis il est venu en Amérique, et il y a eu Little Big One. Qui a ébranlé le pont. Et puis il a atterri ici.

— Tiens, je vais te montrer quelque chose », dit Fontaine. Il ouvre un placard. Sort un couteau dont la garde vert bronze est incrustée de billes de cuivre. Il le retire de la gaine de cuir façon sellier. Lame d'acier damassé, sillonnée de dessins noirs.

Le couteau des souvenirs de Chevette, dont le manche est bosselé par des segments de plaquettes d'ordinateurs.

« J'étais là quand il a été fabriqué, dit-elle en se penchant en avant.

— Forgé à partir d'une chaîne de moto, une Vincent "Foudre noire", 1952. Qu'il avait en Angleterre. Elle avait une bonne quarantaine d'années, à l'époque. Il disait qu'il y avait jamais eu une seule autre bécane pour battre la Vincent. Il a gardé la chaîne dans l'idée de la forger un jour. » Il lui tend le couteau. Quinze centimètres de lame, quinze centimètres de manche. « J'aimerais que tu l'aies. »

Chevette suit de son doigt sur le plat de la lame le dessin en écailles sombres et claires qui s'est imprimé dans l'acier quand les maillons ont été battus sur l'enclume. « Tu sais, j'ai pensé à ce couteau, dit-elle. Aujourd'hui. Je me suis souvenue du forgeron. Il faisait brûler du charbon dans un vieux fût.

— Oui, j'étais là aussi. » Il lui tend la gaine.

« Mais tu as besoin de le vendre. » Elle essaie de le lui redonner.

« Il n'a jamais été à vendre, dit-il. C'est pour toi que je le gardais. »

Il y a un garçon étrange dans la remise de Fontaine. Épais, hispanique, les cheveux coupés court. Il passe son temps assis, les jambes croisées, la tête coiffée de visiophones vétustes qui semblent avoir été ramassés dans une décharge de robotique militaire. Avec un vieux portable usé sur les genoux. Cliquant sans cesse, passant d'une rubrique à l'autre.

« Qui c'est ? demande-t-elle tout bas, pensant que le gosse peut l'entendre, tandis que Fontaine se prépare un bol de son imbuvable café.

— Je sais pas, dit Fontaine en se tournant pour regarder son protégé. Je l'ai surpris ce matin, le nez collé à ma vitrine. »

Chevette regarde Fontaine sans comprendre.

« Il aime les montres, dit Fontaine en allumant son réchaud au butane avec un allumeur électrique qui ressemble à un pistolet d'enfant. Je lui ai montré comment chercher des pièces sur le portable, et il n'a pas arrêté depuis. » Fontaine s'approche du môme, le regarde.

« J'suis pas sûr qu'il comprenne très bien l'anglais, dit-il. Ou s'il le comprend, c'est de manière bizarre.

— L'espagnol, peut-être ?

— J'ai demandé à Carlos de venir voir, mais ça n'a pas changé grand-chose.

— Tu habites ici maintenant, Fontaine ?

— Ouais, c'est pas l'entente cordiale avec Clarisse.

— Et tes enfants comment ils vont ?

— Bien. Et Tourmaline aussi est en forme, mais à sa manière. La vie est impossible avec elle, note bien, mais elle a une santé de fer. »

Chevette prend le couteau à lame damassée dans sa gaine et vérifie s'il peut tenir dans la poche intérieure du blouson de Skinner. Il y rentre aux trois quarts et s'y maintient droit, si on le bloque en tirant bien la fermeture éclair. « Qu'est-ce qu'il fait avec ton portable ?

— Il cherche des montres. J'ai commencé par lui montrer comment accéder aux mises en enchères mais, maintenant, il fouine dans tous les coins et tombe sur de ces trucs, que je me demande comment il fait.

— Il va vivre ici ? »

Fontaine plisse le front. « Je sais pas trop. »

Chevette se redresse, s'étire, et sa mémoire ressuscite le vieil homme, Skinner, assis dans son lit tout en haut de la tour des câbles. Les effets du dancer hérité de Creedmore se sont dissipés depuis longtemps, laissant derrière eux un sillage de fatigue. Longue journée. Très longue journée. « On dort dans un van en bas de Folsom, dit-elle.

— Toi et qui ?

— Une amie à moi. Tessa.

— Tu sais que tu es la bienvenue ici.

— Non, dit-elle, Tessa s'inquiéterait. Je suis heureuse de t'avoir revu, Fontaine. » Zip, elle referme le blouson. « Je te remercie d'avoir gardé son couteau. » Elle ne sait pas au juste ce qu'elle a cherché à éviter… quelle histoire, quel souvenir ? Impression présente de ne plus rien ressentir qu'un épuisement.

« C'est ton couteau. Il voulait que tu l'aies. Il me l'a dit. » La regardant à travers le rideau moins dense aujourd'hui de ses nattes grises. Puis ajoute, la voix tendre : « Il nous demandait où tu étais, tu sais ? »

Il était là le souvenir évité, et il fait mal.

39
Panopticon

La progression de Laney à travers toutes les données du monde (ou cette progression de données à travers lui) est depuis longtemps devenue non pas ce qu'il fait mais bien plutôt ce qu'il est.

Le trou, ce vide au cœur de son être, cesse de le troubler. Il est un homme porteur d'une mission, bien qu'il s'avoue volontiers ignorer la nature de cette mission.

Tout avait commencé, songe-t-il en ingurgitant son sirop antitussif dans l'obscurité amniotique de son ventre de carton, par cette "curiosité" que lui inspirait Cody Harwood. C'étaient là les premières manifestations du syndrome dit "du traqueur", censé affecter tous les sujets soumis au 5-SB. Bien entendu, sa première réaction avait été la dénégation : cela ne pouvait lui arriver, pas après toutes ces années. Oui, Harwood l'intéressait, et pour une bonne raison ; son intelligence des points nodaux, ces points à partir desquels se dessinait un changement, ramenait de façon répétée Harwood à son attention. Ce n'était pas tant le fait de se concentrer sur le personnage mais bien plutôt le constat que les choses s'orientaient vers Harwood, de façon gentiment inéluctable, comme l'aiguille d'une boussole marque invariablement le nord magnétique.

Sa vie s'était alors centrée sur un seul pôle d'attraction : employé par la direction de Lo/Rez, le groupe pop, pour faciliter le mariage de Rez le chanteur avec Rei Toei la star virtuelle japonaise, Laney avait mené à Tokyo une existence basée sur ses visites dans une île privée de la baie de Tokyo, une construction artificielle, coûteux petit morceau de terre rapportée sur lequel Rez et Rei Toei projetaient d'enfanter une espèce de réalité nouvelle. Que Laney n'eût jamais pu saisir la nature de cette réalité ne l'avait pas étonné. Rez était une loi en soi, très probablement la dernière des mégastars pré-posthumaines, et Rei Toei, l'idoru, était un système émergent, une boucle de données expérimentales perpétuellement itérée. Rez était Rez, donc difficile, et Rei Toei était cette rivière dans laquelle personne ne trempe les pieds deux fois. Alors qu'elle devenait de plus en plus elle-même, par l'entrée de données relatives à l'expérience et par l'interaction humaine, elle grandissait et changeait. Rez, non, et un psychologue appointé par la direction du groupe avait confié à Laney que Rez, qui souffrait d'un trouble de la personnalité narcissique, n'était pas prêt à évoluer vers la maturité. « J'ai rencontré des tas de gens, surtout dans ce milieu-là, qui "ont" ça, avait dit le spécialiste, mais je n'en ai encore jamais vu un qui "soit" ça, comme on est brun ou blond. »

Ainsi Laney était-il monté chaque jour dans un Zodiac, pour tailler à travers la peau gris métallique de la baie en direction de l'île sans nom et parfaitement circulaire, et là dialoguer ("enseigner" ne pouvait être le mot) avec l'idoru. Et ce qu'il avait fait, bien qu'aucun d'eux ne l'eût voulu ainsi, ç'avait été de l'emmener avec lui dans le flot de données où il était en quelque sorte chez lui (c'est-à-dire, en vérité, le plus loin possible de son propre vide intérieur). Il lui avait montré les ficelles, bien qu'il n'y en eût pas que lui ou quiconque d'autre eût pu nommer. Lui avait indiqué dans ce flux les points nodaux, et ensemble ils avaient observé les changements que ces points engendraient à destination du monde physique.

Et il ne lui avait jamais demandé pourquoi, au juste, elle projetait de "se marier" avec Rez, et d'ailleurs il doutait, au sens premier du terme, qu'elle le sût elle-même. Elle continuait simplement d'émerger, d'être, d'être "plus". Plus présente. Et Laney était tombé amoureux d'elle tout en comprenant qu'elle avait été conçue pour que le monde entier et lui-même se prissent de passion pour elle. Comme reflet amplifié du désir, elle était le résultat d'une œuvre collective, et ses concepteurs avaient parfaitement accompli leur tâche dans la mesure où elle était un rêve éveillé, un objet d'amour né d'une estimation de l'inconscient collectif. Et cela n'était pas, Laney le comprenait, seulement une question de désir sexuel (bien qu'il en ressentît un violent, à son grand embarras) mais plutôt une authentique et douloureuse ouverture de son cœur.

Il l'aimait et, l'aimant, comprenait que le sens qu'il avait toujours donné à ce mot avait changé, supplantant tous les concepts précédents. Ce tout nouveau sentiment, il l'avait gardé en lui, ne le partageant avec personne, et l'idoru encore moins.

Et c'était vers la fin de cette période que Cody Harwood, timide et souriant et un tantinet fuyant, un individu auquel il n'avait jamais prêté le moindre intérêt, avait commencé de l'obséder. Harwood, le plus souvent dépeint sous les traits d'une synthèse vingt et unième siècle de Bill Gates et de Woody Allen, n'avait jamais provoqué chez Laney qu'une vague source d'irritation, une de ces icônes familières qui surgissent régulièrement à l'horizon des médias, pour disparaître aussitôt jusqu'à la prochaine fois. Laney n'avait jamais eu d'opinion sur le personnage, rien que le sentiment de l'avoir entraperçu tout au long de sa vie, sans trop savoir ni pourquoi ni comment et s'en trouvant un rien lassé.

Mais en passant un peu plus de temps à parcourir les aspects du flot concernant Harwood et les activités de son entreprise, Harwood Levine, il lui avait paru évident qu'il y avait là un lieu géométrique de points nodaux, une espèce de métanode, et qu'il se passait là quelque chose de très gros, bien qu'il fût incapable de préciser son intuition. Son étude compulsive de Harwood et des choses harwoodiennes l'avait amené à reconnaître que l'histoire aussi était sujette à la vision nodale, et l'idée qu'il se faisait maintenant de celle-là avait peu, voire pas du tout, de relation avec celle généralement admise.

On lui avait enseigné, bien sûr, que l'histoire, en même temps que la géographie, était morte. Que l'histoire au sens vieilli du terme était un concept historique. L'histoire au sens vieilli du terme était narrative, des récits que nous nous faisions – d'où on venait et comment c'était – lesdits récits étant revus et corrigés par chaque nouvelle génération. L'histoire était plastique, matière à interprétation. Le digital n'avait jamais réalisé que des stocks de données, elles-mêmes objet de manipulations, d'exégèses.

Mais l'*histoire* que Laney avait découverte à travers les caprices de sa vision conditionnée par les prises répétées de 5-SB, était une chose radicalement différente. Elle était la *forme* composée de chaque récit, chaque version ;

elle était cette chose que lui seul (à sa connaissance, en tout cas) pouvait voir.

Au début, il avait été tenté de partager sa découverte avec l'idoru. Peut-être, s'il lui montrait, cette entité post-humaine émergente qu'elle représentait pourrait-elle partager avec lui la même vision. Et il avait été déçu quand elle lui avait finalement avoué ne pas voir ce qu'il voyait ; que cette capacité qu'il avait de saisir les points nodaux, ces systèmes émergents de l'histoire, lui était, à elle, étrangère, et le resterait probablement même quand elle aurait encore évolué. « C'est un phénomène humain, je pense, avait-elle répondu, pressée par les questions de Laney. C'est le résultat de ce que tu es, de ton métabolisme propre et du stress auquel tu es soumis. Mais c'est merveilleux, parce que c'est proche de ce que je suis. »

Peu de temps après cela, alors que la complexité grandissante de Rei Toei élargissait le fossé qui, Laney le savait, la séparait de Rez, elle était venue le voir et lui avait demandé d'interpréter les données circulant autour d'elle-même et de Rez. Et il avait consenti, à contrecœur, par amour. Sachant obscurément qu'en faisant cela il la perdrait.

Le flot autour de Rez et Rei était chargé de points nodaux, en particulier à ces croisements où des données étrangement occultes se déversaient de manière continue de la Cité fortifiée, cet ailleurs quasi mythique d'iconoclastes hors-la-loi. « Pourquoi t'être connectée avec ces gens-là ? » lui avait-il demandé. « Parce que j'ai besoin d'eux, avait-elle répondu. Je ne sais pas pourquoi mais ils me sont nécessaires. La situation l'exige.

— Nécessaires peut-être, mais certainement pas suffisants.

— Je sais. » Souriante.

Mais à mesure que son obsession pour Harwood s'enracinait, Laney avait ressenti une gêne croissante à chaque fois qu'il se rendait dans l'île pour razzier avec elle les champs de données. Il ne désirait pas qu'elle le vît ainsi, la concentration en porte-à-faux, accaparé qu'il était par cet unique et ô combien banal objet. Cette perception qu'il avait de Harwood et le nuage d'information que celui-ci générait hantaient ses rêves. Et un matin, se réveillant dans sa chambre d'hôtel où la direction de Lo/Rez l'avait installé, il avait décidé de ne pas aller travailler.

Et peu de temps après, il apprenait de Yamazaki, et de sa propre observation du flux, que l'idoru avait quitté Tokyo. Il avait ses propres théories à ce sujet, notamment les entretiens de Rei Toei avec les hôtes (comme ils aimaient se faire appeler) de l'obscure Cité fortifiée. Il était évident qu'elle était maintenant à San Francisco.

Il l'avait toujours su, parce que c'était là-bas qu'elle devait être. Parce que San Francisco, il pouvait le voir dans la forme des choses, se trouvait là où le monde s'achevait. Était en train de s'achever. Et l'idoru en était partie intégrante, ainsi que lui-même, sans oublier Harwood.

Quelque chose se décidait là-bas. Et c'est pourquoi il n'osait plus dormir. Pourquoi il devait envoyer Costume, immaculé et malodorant, avec ses chevilles gainées de goudron, pour des remontants et du sirop bleu.

Des fois, maintenant, au-delà du point d'épuisement, il a commencé d'entrer, pour quelques secondes qui pèsent autant que des heures ou des jours, dans un nouveau mode d'être au monde.

Impression de devenir une rétine unique, répartie de manière égale sur la surface intérieure d'une sphère. Et dans la fixité de cet œil singulier, il voit apparaître d'un iris invisible des images de Harwood, telles des cartes à jouer défilant l'une après l'autre.

Yamazaki lui a apporté des oreillers et un sac de couchage propres, des bouteilles d'eau minérale, et des vêtements de rechange. Il est vaguement conscient de ces choses, mais quand il devient l'œil qui se regarde lui-même dans une noria sans fin d'images, il n'a plus aucune perception au-delà de cette intériorité, à la fois infinie et fermée.

Et une voix en lui se demande si c'est là un effet de sa maladie, du 5-SB, ou bien si ce vaste regard intérieur n'est pas en fait quelque aspect caché de cette forme singulière, composée de chaque élément de donnée dans le monde ?

Cela, il le sent, est en partie confirmé par la répétition du phénomène de cette révolution de l'œil sur lui-même, dans une torsion de Möbius, car à ces moments-là c'est toujours cet indescriptible ruban qu'il contemple.

Mais maintenant, alors qu'il est tout entier l'œil, il commence à être averti d'une présence attentive. Quelqu'un d'autre s'intéresse beaucoup à ces images de Harwood et les enregistre toutes.

Comment est-ce possible ?

L'alarme de son réveil en plastique l'arrache au flot. Il trouve l'appareil à tâtons dans le noir et arrête la sonnerie.

Il est temps de téléphoner à Rydell à San Francisco. Il tâte délicatement de ses doigts les téléphones jetables sur l'étagère de carton, cherchant celui qu'il a déjà utilisé et qui compte encore dix minutes d'appel.

40
Ruban jaune

Rei Toei pouvait se faire très petite.

Haute de vingt centimètres, elle était assise sur le coussin de Rydell, dans le dôme de plastique givré de sel de la chambre du bed-and-breakfast, et lui se sentait comme un enfant.

Plus réduite était l'idoru, plus définie était sa projection ; plus brillante aussi, et elle lui rappelait les fées de ces vieux dessins animés, ces machins Disney. Elle aurait pu tout autant avoir des ailes, pensait-il, et voler à la ronde et laisser derrière elle un sillage de poudre d'or. Mais elle se contentait de rester assise là, plus parfaite que jamais du haut de ses centimètres, et de bavarder avec lui.

Et quand il eut fermé les yeux, non dans l'intention de dormir mais pour les reposer, il pouvait entendre la voix de Rei Toei provenir du projecteur posé au pied du lit. Elle lui parlait de Rez, le chanteur qu'elle avait voulu épouser, et pourquoi ça n'avait pas marché, mais il avait du mal à suivre. Rez ne s'était jamais intéressé qu'à Rez, comprit-il cependant, tandis que l'idoru s'ouvrait de plus en plus aux autres gens (ce qu'il traduisit par "aux autres choses", eu égard à la nature réifiée de Rei Toei). Mais son attention se délitait, alors qu'il succombait lentement au sommeil, et la voix de cette fée était tellement belle.

Quand elle eut montré comment elle pouvait rapetisser, il avait, avant de s'étendre sur le lit, remis en place la porte grillagée et baissé le rideau punaisé, un tissu passé imprimé d'un motif d'antiques clés ouvragées et de chats aux longs cous (si toutefois c'étaient des chats).

Il ne savait pas depuis combien de temps les lunettes sonnaient, et il dut chercher à tâtons sa veste dans le noir. Il était tout habillé, chaussures comprises, et se dit qu'il avait dû dormir d'un sommeil de plomb.

« Allô ? » Il chaussa les lunettes de sa main gauche en s'appuyant de la droite contre le plafond mais la retirant aussitôt quand il sentit le panneau céder légèrement sous la poussée.

« Où es-tu ? demanda la voix de Laney.

— Dans un bed-and-breakfast. » Avec les lunettes, l'obscurité était totale. Il observa la faible étincelle de son propre nerf optique, couleurs sans noms.

« Tu as les cordons ? s'enquit Laney.

— Ouais. » Rydell se souvenait d'avoir été rude avec le jeune sumo et il s'en voulut. Il avait perdu patience. C'était cette claustro qu'il chopait parfois dans la foule. Tara-May Allenby lui avait dit qu'il s'agissait d'agoraphobie, ce qui voulait dire crainte maladive des lieux publics, mais ce n'était pas vraiment les lieux publics qui lui faisaient cet effet. Il ne pouvait pas non plus supporter ces barbichettes. « Les deux.

— Et tu t'en es servi ?

— Seulement le cordon d'alimentation, répondit Rydell. L'autre, je ne sais pas où le brancher.

— Moi non plus, dit Laney. Est-ce qu'elle est avec toi ?

— Elle l'était », dit Rydell cherchant des yeux sa fée, puis se souvenant d'avoir les lunettes sur les yeux.

Sa main trouva la poire qui pendait à un fil au-dessus de sa tête. L'actionna. Cinquante watts d'ampoule nue s'allumèrent. Il glissa les lunettes sur son nez, regarda par-dessus leur bord. Le projecteur était là, encore branché. « L'espèce de Thermos n'a pas bougé.

— Ne le quitte pas des yeux, dit Laney. Et les câbles aussi. Je ne sais pas ce qu'on doit attendre de Rei Toei, mais tout tourne autour d'elle.

— Qu'est-ce qui tourne autour d'elle ?

— Le changement.

— Laney, elle m'a raconté que tu lui aurais dit que ce serait bientôt la fin du monde.

— C'est bientôt la fin du monde, corrigea Laney.

— Pourquoi tu lui as dit ça ? »

Laney soupira, et le soupir déclencha une toux, qui parut provoquer à son tour un étouffement. « Parce que je le sais, d'accord ? parvint-il à répondre. Je le sais, et c'est tout ce que moi ou quiconque d'autre pourra te dire. Et ce n'est pas une chose à laquelle je désire que tu penses. Tu travailles pour moi, tu t'en souviens ? »

Et tu es dingue, pensa Rydell, mais j'ai ta plaquette de crédit dans la poche. « D'accord, dit-il, qu'est-ce que je dois faire ?

— Te rendre sur le lieu d'un double meurtre, perpétré la nuit dernière, sur le pont.

— Et que veux-tu que je trouve là-bas ?

— Rien. Contente-toi de faire semblant d'y chercher quelque chose. Comme si tu enquêtais. Téléphone-moi quand tu seras prêt à y aller, je te donnerai une situation GPS de l'endroit.

— Dis-moi, et si je découvrais pour de bon quelque chose ?

— Alors, appelle-moi.

— Raccroche pas, dit encore Rydell. Comment se fait-il que tu n'aies pas encore pris contact avec elle, Laney ? Elle a dit que vous vous étiez séparés.

— Les gens à qui… euh… elle appartient, bien que ce ne soit pas le terme exact, ils aimeraient bien que je leur explique pourquoi elle a disparu. Et il y a aussi la bande de Lo/Rez. Alors, j'ai intérêt à jouer les abonnés absents pour le moment. Mais elle-même n'a pas essayé de me joindre, Rydell. Elle en a les moyens, et elle le fera, en cas de besoin. » Il raccrocha.

Rydell ôta les lunettes, les posa pliées sur l'oreiller, et gagna à quatre pattes le pied du lit. « Hé ! dit-il à la chose Thermos, tu es là ? » Rien.

Il se prépara. Vida son sac marin, tailla dans la solide toile deux ou trois fentes, enleva sa ceinture de nylon et la passa dans les fentes, de manière à en faire une bandoulière et pouvoir ainsi porter plus aisément le sac à l'épaule.

« Hé ! t'es là ? demanda-t-il une fois de plus à SUPER LOOK. Je vais te débrancher. » Il hésita puis sortit la fiche de la prise murale, rangea projecteur et câbles dans le fourre-tout, disposant en dernier le gilet de protection, qui lui avait déjà sauvé la peau. Il enfila son blouson, glissa les lunettes dans la pochette, plaça prudemment le couteau dans la poche droite de son pantalon puis, l'imaginant qui s'ouvrait accidentellement, faute d'un cran de sûreté, le ressortit avec un surcroît de précaution pour le mettre dans la poche latérale du blouson.

Et trouva l'endroit sans trop de mal, en dépit du repérage GPS plutôt grossier que lui adressa Laney. Celui-ci avait la position du lieu (Rydell ignorait comment) mais pas de carte du pont, aussi il triangula les lunettes de Rydell de manière à ce que celui-ci puisse suivre ses indications et lui dit, prends le niveau inférieur, avance direction la ville, avance encore, tu chauffes maintenant, tourne à droite.

Et Rydell se retrouva face à une cloison de contreplaqué placardée de prospectus délavés par la pluie et rédigés dans une langue européenne qu'il ne reconnut pas, annonçant le concert d'un dénommé Ottoman Badchair. Il décrivit à Laney ce qu'il voyait.

« C'est pas ça, répondit Laney, mais tu brûles. »

Il y avait une boutique à côté, fermée, et il ne pouvait savoir ce qu'elle vendait quand elle était ouverte, et puis juste après, un espace vide. Avec des rouleaux de bâches plastique. Des piles de planches. Quelqu'un construisait une autre échoppe, se dit-il. Si c'était là le lieu du crime, il aurait dû y avoir un ruban jaune marqué SFPD, et puis il se rappela que la police venait rarement ici et se demanda ce qu'elle faisait quand il y avait un cadavre à ramasser. Le balancer à la flotte du haut du pont ne plairait guère à la municipalité, bien qu'il n'y eût aucune preuve qu'un macchabée flottant dans les eaux de la baie fût venu du pont. Ça l'ennuyait, toutefois, Rydell, cette absence de ruban jaune. Il se disait que ç'aurait été une marque de respect.

Il s'avança, passant devant les rouleaux de plastique, grimpant par-dessus un tas de planches de contreplaqué, et repéra, dans la lumière crue des néons de récupe éclairant l'allée piétonne, deux taches blanches à l'aspect glacé, un produit qu'on avait répandu à l'aérosol sur deux taches plus sombres, et il savait ce que c'était. Kil'Z, ce machin qu'on diffusait sur les fluides corporels, sang ou autre, histoire de vérifier si l'individu qui les avait perdus était séropositif. Il savait à quoi ressemblait le Kil'Z sur une flaque de sang, et ceci en était.

Peu de chose sur ce lieu du crime. Il était là le regard rivé au sol, songeant à ce que lui avait demandé Laney : faire semblait de mener une enquête. Il posa son fourre-tout avec le projecteur à l'intérieur sur les rouleaux de plastique.

Le résidu de Kil'Z était imperméable, et la pluie ne l'avait pas dissous. Tout ce qu'il savait, c'était que les victimes étaient mortes la nuit d'avant.

Il se sentait comme un idiot. Il avait eu une fois l'ambition d'être flic, et il avait rêvé d'enjamber le ruban jaune pour examiner le lieu du crime. Et être capable de découvrir quelque chose. Or voici que le décor était planté.

Il sortit les lunettes et appela Laney. Mais Laney, quelque part dans la belle chambre d'un grand hôtel, ne dédaigna pas décrocher.

« Déconne pas, Sherlock », se dit-il tout bas en écoutant un téléphone sonner à Tokyo.

41
Transam

« Il s'appelle Rydell, dit Harwood. Il a été brièvement associé avec *Flics en peine*.

— Avec qui ? » Le couteau, avec gaine et harnais, était en lieu sûr dans un coin sombre près de la cage d'escalier de l'ascenseur central, environ deux cent quarante mètres plus bas.

« *Flics en peine*, dit Harwood. Un trésor culturel. Vous ne regardez pas la télévision ?

— Non. » Il contemple l'est depuis le quarante-huitième et dernier étage de l'immeuble le plus haut de la ville, l'est où se dessine l'ombre de l'embarcadère en ruine, l'éclat bohème du pont, l'obscurité sauvage de Treasure Island.

Se rapprochant de la fenêtre, il porte la main à sa ceinture. Cousu entre deux épaisseurs de veau noir se trouve un ruban d'un matériau très spécial et très cher. Sous certaines conditions, ce matériau cesse de se conduire comme s'il n'était qu'une pièce de tissu à trame lâche, une fine étoffe fragile qu'un enfant pourrait déchirer menu sans le vouloir, et il devient alors un mètre de quelque chose de souple, à double tranchant, et incroyablement effilé. Sa texture, dans cet état, sa fluide transparence, a toujours évoqué chez lui l'os de seiche quand il est frais.

« Vous avez le sens de l'humour, dit Harwood, derrière lui. Je le sais. »

Se penchant vers la fenêtre, regardant en bas. Perspective réduite sur le côté de cet obélisque, cet prétendue pyramide, et, à mi-chemin, le sombre renflement de cette substance d'origine japonaise, destinée à parer aux dommages sismiques. Une nouveauté que ce pansement, qui a remplacé les anciennes éclisses en fibre de carbone, mais aussi la cause d'un scandale architectural et esthétique. Brièvement fasciné, il observe les reflets des lumières des constructions environnantes qui frissonnent légèrement, la surface lustrée du matériau antisismique se raidissant en réponse à des vents qu'il ne peut sentir. Cette bande herniaire est vivante.

Se tournant pour faire face à Harwood, assis derrière une large plaine de bois sombre et mat, à travers laquelle une accumulation de maquettes et de collines de documents suggèrent les méandres de fleuves imaginaires : une topographie dans laquelle on pourrait décrypter le changement dans le monde vu de la fenêtre, si les intentions étaient connues, et que l'on fût suffisamment concerné par les résultats.

Les yeux de Harwood sont le seul élément présent dans toute sa personne, le reste donnant une impression de n'exister qu'à un certain degré de parenté dans une autre dimension. Grand par la taille, il semble occuper un espace relativement minime. Il est mince, sans âge comme les riches qui vieillissent, son long visage libéré de toute tension. Ses yeux, agrandis par des lunettes archaïques, sont rarement immobiles. « Pourquoi faites-vous semblant de ne pas vous intéresser à cet ancien policier visitant les lieux de vos récentes activités ? » Au poignet, or et titane captent la lumière ; quelque babiole à multifonction aux cadrans complexes.

« Je ne fais pas semblant. » Sur le grand écran à gauche du bureau, quatre caméras diffusent des angles différents d'un homme grand et solide, qui se tient, le menton rentré, l'air de ruminer. Les caméras ne devaient pas être plus grosses que des cafards, mais les quatre images, en dépit de la lumière médiocre, offraient une excellente résolution. « Qui a placé ces caméras ?

— Mes brillantes jeunes choses.

— Pourquoi ?

— Mais pour pallier précisément cette éventualité : que quelqu'un vienne sur le lieu de ces deux morts regrettables et se mette à réfléchir. Regardez-le. N'est-ce pas qu'il réfléchit ?

— Il n'a pas l'air heureux.

— Il est en train d'essayer de vous imaginer.

— C'est vous qui l'imaginez.

— Le fait qu'il soit venu jusque-là prouve une connaissance et un motif. Il sait que deux hommes sont morts là. »

Parmi les diverses maquettes encombrant la table de Harwood, il en est une aux rouge et blanc brillants, reproduite avec le pylône emblème de la compagnie et ses écrans vidéo miniaturisés à cristaux liquides sur lesquels bougent et alternent de lilliputiennes images.

« Vous possédez la boîte qui a construit ces machins à travers le monde ? » Indiquant la maquette de son index.

Les yeux derrière les grosses lunettes enregistrent la surprise de son interlocuteur, puis sa curiosité. « Non. Nous les conseillons. Nous sommes une entreprise de relations publiques. Nous avons, je crois, insisté sur l'impact. Et nous avons aussi avisé la ville.

— C'est horrible.

— Oui, dit Harwood, esthétiquement, je vous l'accorde. Et les autorités municipales ont exprimé leur inquiétude, mais nos études ont montré que l'installation du module là où il est encouragerait le tourisme piétonnier, ce qui est un aspect crucial de la normalisation.

— Normalisation ?

— La ville projette de ramener la communauté du pont à la normalité. Mais c'est un problème sensible. Une question d'image en vérité, et c'est là que nous intervenons. » Harwood sourit. « Un certain nombre de grandes villes ont ces zones autonomes, et la manière avec laquelle une cité donnée traite cette situation est susceptible d'avoir un impact décisif sur sa propre image. Copenhague, par exemple, a été l'une des premières à le faire, et elle a parfaitement réussi. Atlanta, je suppose, devrait être l'exemple à ne pas suivre. » Harwood cligne des yeux. « C'est ce que nous faisons maintenant, à la place des bohémies.

— À la place de quoi ?

— Les bohémies. Les sous-cultures alternatives. Elles ont constitué un aspect essentiel de la civilisation industrielle de ces deux derniers siècles. Elles étaient le lieu où la civilisation industrielle allait rêver. Une espèce de R & D[3] de nature inconsciente, explorant les stratégies sociétales parallèles. Chacune avait son code vestimentaire, ses formes particulières d'expression artistique, une ou des substances de prédilection, et un éventail de valeurs sexuelles en rupture avec la morale traditionnelle. Et elles avaient le plus souvent annexé des lieux, devenus leurs territoires. Mais ces enclaves s'éteignirent avec le temps.

3. Recherche et Développement. (N.d.T.)

— S'éteignirent.

— Nous les avons cueillies avant même qu'elles aient le temps de mûrir. Elles furent privées d'une certaine période de croissance, alors que le marketing évoluait et que les mécanismes d'accommodation se faisaient plus rapides et plus voraces. Les sous-cultures authentiques ont besoin d'eau stagnante et de temps. Elles suivent en général la même voie que la géographie. Les zones autonomes offrent une alternative réelle à la monoculture, mais elles semblent rebelles à la nécessité d'adaptation, et nous ne savons pas pourquoi exactement. »

Désignant d'un regard froid les petites images s'agitant sur les minuscules écrans de la maquette. « Ils n'auraient jamais dû implanter ça à cet endroit-là », dit l'homme.

Le regard de Harwood sort de sa position habituelle de retrait. « Je ne crois pas vous avoir jamais entendu proférer une opinion personnelle. »

Pas de réponse.

« Vous aurez de nouveau l'occasion de passer devant. Je veux que vous découvriez à quoi peut bien penser notre ami Rydell.

— Cela a-t-il un lien avec ce dont nous avons déjà parlé ? Que quelque chose était sur le point de se produire ?

— Oui.

— Et ce serait quoi, selon vous ? »

Harwood le considère d'un regard qui prend du recul. « Croyez-vous aux forces de l'histoire ?

— Je crois à ce qui précède et mène au moment présent.

— J'en suis venu à croire moi-même au moment présent. Et je crois que nous approchons d'un de ces moments, attirés vers lui par la force de gravité de son étrangeté. C'est un moment où tout et rien ne changera. Je suis seulement occupé à chercher une issue qui me permette de conserver une viabilité. Une issue faisant que Harwood Levine ne sera pas devenu quatre syllabes dénuées de sens. Si le monde doit renaître, je veux renaître avec lui, et de manière similaire à ce que je suis aujourd'hui. »

Il pense au nombre et à la diversité des plates-formes de tir téléprésentes qui l'ont pris dans leur ligne de mire depuis qu'il est entré dans cette pièce. Il ne doute pas, toutefois, qu'il pourrait tuer Harwood, si la situation l'exigeait, bien qu'il sache aussi qu'il mourrait presque certainement avant lui, ne serait-ce que d'une fraction de seconde. « Je pense que vous êtes devenu plus compliqué depuis notre dernière rencontre.

— Plus complexe », rectifie Harwood, souriant.

42

Fantômes rouges du temps universel

Fontaine se prépare une tasse de miso sur la plaque chauffante. C'est ce qu'il boit avant d'aller au lit, un goût salé apaisant et quelques morceaux d'algue dans le fond du bol. Pensant à la fille de Skinner, qu'il vient de revoir. D'habitude quand les gens quittent le pont ils ne reviennent pas. Une histoire pas très claire que ce départ mais il ne se souvient plus très bien de ce qui s'est passé. Une douleur pour le vieil homme mais celui-ci n'en avait plus pour longtemps de toute façon.

Tic, tic, tic du garçon silencieux sous les visiophones, inlassable guetteur de montres. Fontaine verse son miso dans une tasse à laquelle il manque l'anse, savourant la vapeur parfumée. Il est fatigué, se demande où pourra bien dormir le gosse ici ou si seulement il dormira. Peut-être qu'il restera toute la nuit à cliquer de tocante en tocante. Fontaine secoue la tête. Le cliquetis s'arrête.

Tasse à la main, Fontaine se tourne pour voir ce qui a pu arrêter la quête incessante.

Là sur l'écran du portable, sur les genoux du môme, s'étale un scan d'une Rolex "Victoire" bien abîmée, un modèle pas cher du temps de la Seconde Guerre mondiale destiné au marché canadien, qui a pris de la valeur aujourd'hui mais pas dans cet état-là. Le boîtier en acier est abîmé et le verre du cadran est rayé. Les chiffres arabes de un à douze sont noirs et bien lisibles mais leurs doubles en rouge de un à vingt-quatre, temps universel, sont presque effacés.

Fontaine sirote son miso, se demandant ce que voit le garçon pour s'être arrêté parmi les fantômes rouges du temps universel.

Puis la tête du garçon s'affaisse sous le poids des visiophones, et Fontaine l'entend qui commence à ronfler.

43
Libia & Paco

Laney se retrouve sur une île dans ce flot vaste comme l'esprit qu'il ne cesse de parcourir.

Ce n'est pas une construction, ce lieu, un environnement attendu, mais plutôt un nœud, une inclusion d'information enracinée dans les substrats des codes les plus anciens. Cela tient du radeau de fortune, bricolé de pièces assemblées au hasard, mais une chose ancrée, stable. Il sait que ce n'est pas un hasard, que cela a été mis sur son chemin pour une raison précise.

Cette raison, il le découvre vite, s'appelle Libia et Paco, et ces deux-là veulent lui parler.

Ils sont les associés du Coq, hôtes juniors de la Cité fortifiée, et présents ici et maintenant sous la forme d'une sphère de mercure en gravitation zéro et un chat noir à trois pattes. La sphère (Libia) a une jolie voix de jeune fille, et le chat à qui il manque une patte et aussi un œil et une oreille (Paco) s'exprime par un miaulement habilement modulé qui rappelle à Laney un dessin animé mexicain. Ils sont certainement de Mexico, l'un et l'autre, si la géographie doit être prise en considération, et appartiennent sans doute à cette fraction de jeunesse flamboyante partisane de la remise en eau des lacs asséchés du district fédéral, une reconfiguration urbaine radicale qui, pour des raisons inconnues, avait obsédé Rei Toei pendant son dernier mois à Tokyo. Elle s'était prise de fascination pour les grandes implantations humaines en général, et Laney l'avait guidée à travers plusieurs des étranges perspectives passant en ce siècle pour de la planification urbaine.

Aussi se tient-il là, au croisement de ces vieilles racines codées, en un lieu vide de toute forme spécifique ou texture, en dehors de Libia et Paco, dont il perçoit les voix.

« Le Coq nous a dit que tu avais l'impression d'être épié pendant que tu épiais toi-même Cody Harwood, dit la sphère de mercure, pulsant à chaque mot, sa surface réfléchissant des véhicules passant dans une rue animée.

— Il se peut que ce soit un artefact, réplique Laney, se demandant s'il a bien fait de faire part de ses soupçons au Coq, dont la paranoïa est légendaire. Une altération produite par le 5-SB, ajoute-t-il.

— Ce n'est pas notre avis », dit le chat dont la tête crasseuse avec son œil unique est posée sur une congère de données. Il baille, révélant des gencives grisâtres, de la couleur du porc bouilli, et une seule canine orange. Son œil est jaune et rempli de haine. « Nous avons pu établir qu'en vérité ton observation est sous surveillance.

— Mais pas en ce moment, intervient Libia.

— Parce que nous avons pris soin d'installer ce brouillage, dit le chat.

— Et vous savez qui c'est ? demande Laney.

— Harwood, répondit Libia, la sphère frissonnant légèrement.

— Harwood ? Harwood me surveille en train de le surveiller ?

— Harwood, reprend le chat, s'est inoculé lui-même du 5-SB. Trois ans après ta sortie de l'orphelinat de Gainesville. »

Laney est subitement et horriblement conscient de son être corporel et de sa condition physique. Son système respiratoire flanchant dans une caisse en carton quelque part dans les entrailles de béton de la station Shinjuku.

Harwood. C'est Harwood qu'il lui est arrivé parfois de regarder comme une incarnation divine.

Harwood qui est…

Comme lui.

Harwood qui repère – il le comprend maintenant – les points nodaux. Qui discerne les formes d'où émerge l'histoire. Et c'est pourquoi il est au cœur de cet avènement que Laney ne peut encore parfaitement saisir. Oui, Harwood est là, c'est évident.

Parce que Harwood, dans un sens, en est l'agent, l'initiateur.

« Comment le savez-vous ? s'entend-il demander, s'arrachant à l'asthénie assiégeant son corps. Comment pouvez-vous en être sûrs ?

— Nous avons découvert un moyen d'entrer, carillonne Libia, la sphère se distordant comme un support d'apprentissage topographique, transformant les reflets d'une circulation automobile en fragments à la Escher, voletant ensemble, se reflétant les uns les autres. « Le Coq nous a mis sur la piste, et on a fait le reste.

— Et Harwood, est-ce qu'il sait ? demande Laney.

— Nous ne pensons pas qu'il ait remarqué quoi que ce soit, miaule le chat, cratère de croûtes brunâtres à la place de l'oreille manquante.

— Regarde ça, Laney », dit Libia, ne cachant pas sa fierté. La surface convexe et miroitante de la sphère frissonne et ondule de rides, et Laney plonge son regard dans les yeux gris d'un homme jeune à l'expression glacée.

« Vous voulez qu'on le tue, dit l'homme jeune. Ou bien vous ai-je mal compris ?

— Vous m'avez très bien compris, dit Harwood, sa voix familière, reconnaissable entre mille, bien qu'empreinte de lassitude.

— Vous savez, je pense que c'est une excellente idée, reprend l'autre, mais cela pourrait être exécuté avec un plus grand soin si vous nous donniez le temps de préparer le terrain... si cela est possible.

— Ça ne l'est pas, dit Harwood. Faites-le dès que po sible.

— Vous n'avez pas à me donner de raison, bien entendu, poursuit l'homme jeune, mais comprenez ma curiosité. Nous vous avons suggéré nous-mêmes son effacement dès que vous avez pris contact avec nous.

— Eh bien, le moment est venu, répond Harwood.

Le vent soulève l'écharpe noire de l'homme jeune. Elle flotte un instant, imprimant à l'image un effet stroboscopique. Et que fait-on de l'autre, le flic à louer ?

— Tuez-le, si jamais il s'apprêtait à quitter la scène. Cependant, il serait plus utile de le questionner d'abord. Il est lui aussi dans le cœur de l'événement, mais je ne sais vraiment pas de quelle façon. »

Libia redevient une sphère, tournant sur elle-même.

Laney ferme les yeux et tend la main dans le noir vers le flacon de sirop bleu. Il sent peser sur lui l'œil félin chargé de haine, mais il imagine que c'est celui de Harwood.

Harwood sait.

Harwood a pris du 5-SB.

Harwood est comme lui.

Mais Harwood a un projet personnel, et c'est dans le cadre de ce projet que le monde s'apprête à tourner la page.

Laney craque le bouchon scellé. Boit le sirop bleu. Il doit réfléchir, maintenant.

44
Juste quand vous croyez…

Il ne se remettrait pas à pleuvoir, pensa Chevette, soulevant d'un haussement d'épaules le lourd blouson de Skinner.

Elle était assise sur un banc, derrière un empilement de cages à poules vides, et elle savait qu'elle devait bouger de là, mais s'en sentait incapable. Pensant à Skinner qui était mort ici et à ce que Fontaine lui avait dit. Se tenant voûtée, le manche du couteau dans la poche intérieure lui pressant la clavicule. Elle se redressa pour s'adosser à la paroi de contreplaqué derrière elle et essaya de se ressaisir.

Elle devait rejoindre Tessa et regagner le van, et le faire sans croiser le chemin de Carson. Il était possible, se disait-elle, qu'il ne l'ait même pas vue s'enfuir, même si à l'instant où elle l'avait aperçu, elle avait eu la certitude qu'il ne cherchait personne d'autre qu'elle. Mais s'il ne l'avait ni vue ni trouvée, alors ce bar était peut-être le dernier endroit où elle risquât de tomber sur lui. Et s'il l'avait repérée au moment où elle se sauvait, il penserait de son côté qu'elle ne reviendrait pas là-bas et, donc, n'y retournerait pas lui-même. Et il était possible que Tessa, qui aimait la bière, fût encore là, d'autant qu'elle ne devait pas être pressée d'aller se coucher sur un plancher inondé. Enfin pour Tessa ce bar devait avoir bien des atouts interstitiels, aussi Chevette pourrait-elle, si elle se montrait prudente, retrouver là son amie, et regagner avec elle le van. Il y avait peu de risques que Carson s'en aille traîner au bas de Folsom, où il pourrait bien tomber sur des prédateurs qui verraient en lui une proie facile.

Mais ce n'était pas prudent de rester assise ici, aussi près des cages à poules, c'était un coup à se choper des poux, et rien que l'idée lui donna des démangeaisons au crâne. Elle se leva, s'étira, reniflant le léger relent d'ammoniac que dégageaient les fientes des gallinacées et prit vers la ville par le niveau supérieur, le regard en radar.

Pas beaucoup de monde dehors maintenant, et pas de touristes parmi eux. Elle se rappelait que c'était toujours ainsi quand il pleuvait. Une fois de plus elle eut le sentiment d'aimer ce lieu, mais qu'elle n'en faisait plus partie. Soudaine constriction dans la gorge. Et soupir au souvenir de ces matins brumeux quand elle descendait de la tour des câbles avec sa bike sur l'épaule et poussait sur les cale-pieds jusque chez Allied en se demandant si Bunny aurait tout de suite une course pour elle, une bonne, ou bien s'il lui filerait ce qu'ils appelaient un roule-à-vide : un ramassage à la périphérie de la ville. Quoique, parfois, elle avait aimé ça, parce que ça lui faisait visiter des zones qu'elle n'avait pas encore cyclées. Et des fois aussi, elle finissait clean, comme ils disaient quand on avait plus rien à livrer, et que c'était le pied de se ramener à l'Alcoholocaust ou l'un des autres bars de coursiers et de boire un expresso en attendant que Bunny la page. Ç'avait été chouette de rouler pour

Allied. Elle n'avait jamais mangé le macadam ni ramassé une seule gamelle, et les flics vous prunaient moins si vous étiez une fille ; vous pouviez monter sur les trottoirs sans finir au bagne. Bien sûr, elle ne se voyait plus remonter en selle, et cette idée lui redonna le cafard, parce qu'elle se demandait ce qu'elle pourrait bien faire d'autre. En tout cas, elle ne jouerait pas les stars dans le docu de Tessa.

Elle se souvenait de cette crevette de technicienne nommée Tara-May, que quelqu'un de *Flics en peine* avait chargée de faire passer un bout d'essai à ce pauvre Rydell, qui avait toujours voulu figurer dans un épisode de ce machin. Non, elle avait tort de dire cela, se reprit-elle, parce que Rydell avait réellement désiré être flic et l'avait même été, quoique pas longtemps, dans le Tennessee. Mais ça n'avait pas marché avec *Flics en peine*, ni l'épisode prévu ni les miniséries dont il avait été aussi question. Et cela, pensait Chevette, parce qu'au vu des rushes filmés par Tara-May, les gens de la production avaient considéré que Rydell souffrait d'un léger embonpoint. Lui qui n'avait pas une once de graisse et qui était tout en muscles et longues jambes n'avait, à l'écran, rien de l'athlète qu'il était. Et ça l'avait rendu fou, Rydell, ça et Tara-May qui n'arrêtait pas de dire que Chevette devrait prendre des cours d'élocution et de comédie, apprendre tous ces arts martiaux, et arrêter la came. Quand Chevette lui avait fait entendre clairement qu'elle ne touchait pas à la drogue, Tara-May avait répondu que ça ne facilitait pas l'entrée dans le milieu de la télé, de ne pas avoir un vice quelconque à abandonner, mais qu'il y avait des groupes thérapeutiques pour toutes choses et que c'était encore le meilleur moyen de rencontrer des gens susceptibles de vous aider dans votre carrière.

Mais Chevette ne désirait pas faire une carrière, en tout cas pas de la manière suggérée par Tara-May, et celle-ci avait été incapable de le comprendre. À la vérité, il y avait une flopée de gens comme cette Tara-May à Hollywood, pour ne pas dire presque tous ; chacun avait quelque chose qu'il faisait "réellement". Les chauffeurs de taxis écrivaient, les barmen jouaient la comédie ; elle avait été massée par une fille qui était "réellement" une cascadeuse et doublait une actrice dont Chevette n'avait jamais entendu parler, sauf que la masseuse en question n'avait encore jamais été engagée, mais ils avaient son numéro de téléphone. Tout le monde avait le numéro de tout le monde, mais il semblait à Chevette que le jeu avait leurs numéros à tous, un jeu auquel on ne gagnait jamais, mais personne n'avait envie d'entendre ça ni même de vous parler si vous ne gobiez pas leur histoire et ce qu'ils faisaient "réellement".

Maintenant qu'elle y pensait, cela avait été en partie la cause de sa mésentente avec Rydell qui, lui, avalait tout ce que les gens prétendaient être en réalité. Et de leur dire à son tour combien il voulait faire cet épisode de *Flics en peine*, et comment ç'avait l'air bien parti, vu que la production lui payait déjà son loyer. Chose que personne n'avait envie d'entendre, parce que cela avait justement l'air bien trop réel, mais Rydell n'avait jamais pigé ça. Alors ils l'assaillaient de demandes de numéros de téléphone, d'adresses, d'introductions, lui remettaient leurs C.V. avec l'espoir qu'il serait assez bête pour essayer de les montrer à quelque producteur. Et il le faisait, par gentillesse, et cela n'avait guère favorisé ses relations avec les gens de *Flics en peine*.

Et voilà comment elle s'était retrouvée avec Carson. Rydell vautré sur le canapé dans l'appartement, les lumières éteintes, regardant l'un après l'autre de vieux épisodes de *Flics en peine*, l'air perdu, et elle n'avait plus supporté de le voir ainsi. Ç'avait été rudement bien quand ils avaient eu des choses à faire ensemble, mais quand leur vie s'était résumée à se tenir compagnie, que ça n'avait plus marché, Rydell glissant lentement dans cette tristesse une fois qu'il était devenu évident qu'il n'apparaîtrait jamais à l'écran…

Mais elle était arrivée devant le bar, il y avait une petite foule autour de la porte et la musique qu'elle avait entendue sans vraiment l'écouter, s'arrêta alors qu'elle allait franchir l'entrée.

C'était plein à craquer à l'intérieur. Elle se glissa entre un couple de Mexicains qui ressemblaient à des chauffeurs de poids lourds, ils avaient ces bouts de ferraille ouvragée rivés à la pointe de leurs santiags noires. Pardessus le tapis de têtes bosselant l'espace, elle pouvait voir Creedmore, un micro à la main, souriant d'une oreille à l'autre à la foule. Un sourire dancer, dix mille watts de mauvaise électricité, et elle vit aussi qu'il commençait à avoir ce que le dancer vous fait aux gencives.

Applaudissements et sifflets, les gens en redemandaient, et Creedmore, le visage ruisselant de sueur, avait l'air prêt à leur redonner encore.

« Merci, merci du fond du cœur, disait la voix amplifiée de Creedmore. Et maintenant, le morceau suivant je l'ai écrit moi-même, et il sera bientôt sur notre premier single, Buell Creedmore et ses Compagnons Inférieurs, et il s'intitule *Juste quand vous croyez que vous l'avez enfoncé bien au chaud…* »

Ce fut du moins ce qu'elle crut entendre, et puis le groupe se mit à jouer, fort, avec le guitariste lâchant des accords serpentins sur une grande et rouge et brillante steel, et si elle ne distinguait pas les paroles, elle devait s'avouer que Creedmore savait chanter.

Ils étaient tellement serrés dans la salle qu'il lui était difficile de guetter Carson, mais, fût-il là, il aurait eu tout autant de mal à la repérer.

Elle continua d'avancer, comme elle pouvait, cherchant des yeux Tessa.

45
Le coup du valet

Rydell avait suivi un cours de filature à l'école de police, et il avait bien aimé la partie travaux pratiques… suivre quelqu'un dans la rue. Ce n'était pas quelque chose que vous meniez seul, mais avec un collègue au moins, car plus vous étiez nombreux, mieux ça valait. Vous appreniez à passer le relais, quelqu'un d'autre prenant votre place, et aussi comment dépasser l'individu filé, quand venait le moment d'échanger votre place avec votre relayeur. De cette façon, le sujet n'avait jamais la même personne derrière lui pendant trop longtemps. Tout un art en vérité et, quand vous le maîtrisiez, c'était comme une espèce de danse.

Il n'avait pas eu l'occasion de le mettre en œuvre au cours de sa très brève carrière d'officier de police, et même plus tard quand il avait travaillé pour IntenSecure, mais il estimait avoir été assez bon à cet exercice, qui lui avait donné une idée de ce que pouvait être une filature, quand on en faisait soi-même l'objet, surtout si vous étiez suivi par des gens connaissant leur boulot.

Et c'était à cela qu'il réfléchissait alors qu'il enfilait la bretelle de son sac contenant le projecteur de Rei Toei et s'apprêtait à repartir. Il avait fait ce que Laney lui avait demandé : visiter le lieu de ce double meurtre dans le but d'attirer l'attention sur lui. Et s'il avait maintenant la fugitive impression d'être observé, se dit-il, c'était sans doute dû au fait que Laney lui avait assuré que sa visite ne resterait pas inaperçue.

Les nerfs, peut-être. Mais il ne ressentait pas de nervosité, juste de la fatigue. Il avait remonté toute la côte en voiture la nuit précédente avec Creedmore et n'avait grappillé un peu de repos de toute la journée qu'en s'endormant au doux timbre de la voix de Rei Toei. Il n'avait plus qu'une envie, à présent, et c'était de regagner sa chambre, allumer le projecteur pour voir si la fée était de retour et se coucher.

Mais il était bien là, ce picotement sur la nuque. Il se retourna. Personne. Rien que cet espace vide entre deux boutiques et la tache blanchâtre du Kil'Z sur le sang séché.

Quelqu'un, toutefois. Allant dans la même direction que lui, vers Oakland.

Un type jeune, coupe de cheveux militaire, manteau noir, écharpe noire. Semblait ne prêter aucune attention à Rydell, continuant de marcher, mains dans les poches. Rydell le suivit, à une quinzaine de pas.

Il essaya d'imaginer ce pont quand il n'était qu'un pont, avec un flot ininterrompu de voitures passant sur cette même chaussée qu'il foulait présentement de ses pieds. La structure entière était ouverte alors, rien que les câbles, les tabliers et les parapets. Maintenant ce n'était plus qu'un tunnel, un patchwork de tout de ce que l'on pouvait déterrer des décharges et assembler avec l'espoir que ça tiendrait, et d'une certaine manière ça tenait, en dépit des vents rageurs qui soufflaient sur cette ruche. Il était allé dans les bayous une fois, en Louisiane, et ce qu'il y avait vu s'apparentait à ce qu'il avait sous les yeux : des trucs pendant de partout, conduits, câbles, choses innommables aux fonctions occultes, et c'était comme cette mousse espagnole, une douceur aux contours de toutes choses. Et la lumière maintenant était faible, aquatique, rien que ces fluos de récupe accrochés tous les dix mètres, certains grillés et d'autres grésillant.

Il contourna une flaque où un vendeur avait déversé dix kilos de glace pilée.

Devant lui, il vit le type à l'écharpe noire tourner en direction d'un café, une de ces minuscules gargotes qu'on trouvait là, avec peut-être deux petites tables et un comptoir avec quatre ou cinq tabourets. Un grand blond avec un cou et des épaules d'altérophile en sortit au moment où l'autre entrait, et ce fut ce regard fugitif qu'il coula vers Rydell qui éclaira ce dernier.

Les deux venaient de se passer le relais. Rydell se savait désormais suivi, par deux et probablement trois personnes.

Le blond partit en direction du bed-and-breakfast de Rydell, Treasure Island, Oakland. Alors qu'il passait devant le bar, Rydell jeta un coup d'œil à l'intérieur et vit l'écharpe commander un café. L'air détaché, naturellement. Aussi se garda-t-il bien de regarder derrière lui, car ce serait vendre la mèche. Ils comprendraient qu'il se savait suivi, tout comme il avait eu la confirmation de ses soupçons au passage du relais qu'avait dénoncé le coup d'œil involontaire de l'altérophile.

La bretelle du sac lui sciait l'épaule à travers son blouson de nylon, et il pensa à Laney et à Klaus et au Coq, qui avaient insisté sur l'importance du projecteur. Était-ce pour cela qu'il était filé ou bien à cause de cet homme mystérieux dont Laney lui avait parlé ? À part ça, il ne se connaissait pas d'ennemi particulier dans le coin, mais allez savoir. Par ailleurs, il ne pensait pas que ces types soient des braqueurs ordinaires, parce qu'ils avaient l'air de bien connaître leur affaire.

Il glissa la main dans sa poche et sentit le couteau. Il était bien content de l'avoir là, bien que l'idée d'avoir à couper quelqu'un le mît mal à l'aise. Ceux qui avaient l'intention de jouer de la lame ignoraient le plus souvent à quel point c'était salissant. Ce n'était pas comme au cinéma ; dans la réalité, les gens saignaient comme des porcs. Il avait vu plus d'une estafilade au Lucky Dragon de Sunset. Et ça pouvait être dangereux, parce qu'on ne pouvait pas savoir si le type était séropositif ou pas. Durius et lui avaient des lunettes spéciales pour se protéger des giclées de sang dans les yeux, mais les choses se passaient évidemment de façon si soudaine et inattendue qu'ils se souvenaient des lunettes une fois qu'il était trop tard.

Le plus ennuyeux, toutefois, avec les couteaux, même ceux capables de faire de la dentelle d'un pneu à carcasse radiale, c'était leur totale inefficacité face à une arme à feu.

Quelqu'un avait accroché un vieux miroir antivol au-dessus d'une boutique fermée, et comme il approchait il essaya de repérer celui qui le suivait mais il y avait encore trop de piétons à cette heure pour singulariser l'un d'entre eux.

Ce qui l'inquiétait réellement, c'était d'être en train de faire exactement ce qu'ils attendaient de lui : regagner le lieu où il allait passer la nuit (en espérant qu'ils n'aient pas déjà repéré sa crèche). Et une fois arrivé là-bas, il serait piégé, là-haut dans sa chambre, sans autre issue qu'une échelle, et ils lui tomberaient dessus. Bien sûr, il pouvait continuer de marcher, mais il ne voyait pas non plus à quoi ça l'avancerait.

Il lui fallait, réfléchit-il, tenter une manœuvre à laquelle ils ne s'attendaient pas. Tromper leur vigilance et leur échapper, quels qu'ils soient. Puis il pourrait appeler Laney et obtenir peut-être qu'il l'éclaire sur ces types.

Il avait eu un instructeur à Knoxville, qui aimait débattre de la réflexion latérale. Ce qui n'était pas si éloigné de ce que Durius entendait quand il parlait des junkies virant latéraux, sur le trottoir devant le Lucky Dragon. Il vous suffisait parfois de déplacer votre fou, d'une manière que personne, pas même vous, ne prévoyait.

Il s'aperçut qu'il passait, à sa droite, le long d'un mur en toile de tente ou de voile de bateau, fortement tendue sur un solide encadrement de bois et épaissi d'un bon centimètre par les innombrables couches de peinture qu'il avait reçues depuis son installation. Une espèce d'œuvre d'art murale primitive, mais ce n'était pas ce qui retint son attention.

Le claquement du cran lui parut faire un boucan d'enfer quand il ouvrit le couteau, et il était sûr qu'ils l'avaient entendu, aussi s'empressa-t-il de poursuivre son mouvement, passant la lame sur la toile, d'abord à la verticale, puis à l'horizontale, découpant ainsi un L à l'envers. À travers lequel il s'engouffra en se baissant, comme dans un rêve, la peinture craquelant à son passage. Se retrouvant dans une atmosphère réchauffée et une lumière différente et le spectacle pour le moins inattendu de ces gens assis autour d'une table, des cartes à la main, un tas de jetons de nacre devant eux. Et l'une de ces personnes, une femme, les mamelons de ses seins nus percés d'anneaux en acier chirurgical, le mégot potelé d'un petit cigare serré au coin de sa bouche, rencontra le regard de Rydell tout en disant : « Je relance d'un. »

Rydell s'entendit répondre : « Faites pas attention à moi », tandis qu'un homme au crâne tatoué, tenant toujours son jeu dans une main, leva l'autre de sous la table, serrant la crosse d'un revolver. Et Rydell réalisa qu'il tenait toujours le couteau ouvert avec sa lame noire. Une étrange sensation de froid dans le dos, il poursuivit, contourna la table et passa devant l'homme et l'orifice noir à la dimension de gouffre éternel du canon de l'arme en acier inoxydable que celui-ci braquait sur lui.

À travers un épais rideau de velours brun à l'odeur de vieille salle de cinéma, il continua, apparemment indemne. Sentit ses doigts trouver la pression, replia la lame contre sa hanche tout en marchant et glissa le couteau dans sa poche, série de gestes accomplis en automate. Devant lui, une échelle en bois. Qu'il grimpa, aussi vite qu'il le put.

Et déboucha à travers une écoutille rectangulaire sur un pont de lattes, un passage étroit entre des parois d'affiches pelées, parmi lesquelles une femme semblait contempler l'infini de son œil de papier délavé.

S'arrêter. Respirer. Cœur battant. Écouter.

Rires. Les joueurs de cartes ?

Il avança dans le passage avec un sentiment croissant de triomphe : il avait réussi. Les avait semés. Où qu'il fût, là-haut, il retrouverait son chemin vers le niveau inférieur, et il verrait bien ensuite. Il avait le projecteur avec lui et il leur avait faussé compagnie et ne s'était pas fait truffer le cul de plomb pour avoir interrompu une partie de poker. « Réflexion latérale », dit-il à voix haute alors qu'il atteignait le bout du passage et tournait le coin.

Il sentit craquer l'une des ses côtes sous le coup de poing que lui balança l'haltérophile, et il comprit que le gant noir, comme ceux qu'il avait chaussés à l'entraînement à Nashville, était armé de plomb.

La force du coup le projeta contre le mur, la tête cognant la première, et tout son côté gauche refusant de bouger quand il essaya.

Le blond ramena son poing en arrière pour une nouvelle tournée, au visage cette fois. Et sourit.

Rydell secoua la tête.

Faible lueur de stupeur, peut-être même de perplexité, dans le regard et sur le visage du cogneur. Puis un blanc. Et le sourire qui fond.

L'haltérophile tomba soudain et très lourdement sur les genoux, chancela et s'abattit de côté sur le pont de bois gris. Révélant derrière lui cet homme élancé aux cheveux gris, dans un long manteau couleur vieux lichen, qui replaçait quelque chose sous le pan du vêtement que tenait ouvert son autre main. Yeux regardant Rydell à travers des lunettes cerclées d'or. Un pli profond à chaque joue, comme creusé par les sourires. L'homme ajusta son beau manteau et baissa les mains.

« Vous êtes blessé ? »

Rydell inspira entre ses dents et grimaça de douleur en sentant bouger sa côte.

« Oui, une côte défoncée, parvint-il à articuler.

— Vous êtes armé ? »

Rydell rencontra les yeux clairs et brillants qui le regardaient sans ciller. « Couteau dans ma poche droite.

— S'il vous plaît, laissez-le où il est, dit l'homme. Vous pouvez marcher ?

— Sûr, dit Rydell en faisant un pas en avant et manquant tomber sur l'altérophile.

— Venez avec moi, je vous prie », dit l'homme en se détournant, et Rydell le suivit.

46

Pine box

La chanson de Creedmore approchait de l'orgasme, quand Chevette aperçut Divin Joujou passer dans l'air enfumé. Le bar, comme beaucoup d'espaces élevés sur le tablier d'origine, avait pour tout plafond le plancher des constructions bâties au-dessus, avec pour résultat de présenter différents niveaux de hauteur. La direction avait à une époque peint tout ça en noir, si bien que Chevette n'aurait jamais repéré la plate-forme caméra si son ballon de mylar n'avait accroché les lumières de la scène. Divin Joujou était assurément sous contrôle humain et amorçait une habile manœuvre pour prendre un gros plan de Creedmore. Puis Chevette repéra deux autres ballons d'argent, ceux-là garés dans une cavité créée par une inégalité des planchers du dessus.

Cela signifiait, se dit Chevette, que Tessa avait trouvé quelqu'un pour la conduire jusqu'au bas de Folsom et soit elle était revenue avec le van soit elle s'était fait ramener en voiture. (Elle était sûre que Tessa n'était pas revenue ici à pied, pas avec les ballons de toute façon.) Chevette espéra que la deuxième hypothèse était la bonne, car elle n'avait pas envie de se remettre en quête d'une place où se garer. Quels que soient les projets de Tessa, il leur faudrait bien trouver un endroit où dormir.

La chanson de Creedmore s'acheva sur une note tyrolienne de pur défi écervelé, que la foule des tulles prolongea d'un rugissement d'enthousiasme. Étrange, pensa Chevette, que cette musique soulevât de telles passions. Mais chaque genre avait ses fanatiques, et si vous les réunissiez dans un même lieu, comme ce bar, ça pouvait être marrant.

Elle se frayait un chemin à travers la masse, esquivant les pelotages hasardeux, cherchant Tessa et gardant l'œil aux aguets côté Carson, quand elle tomba sur Maryalice. L'amie de Creedmore avait donné du mou à son bustier, et ses deux énormes seins menaçaient à tout moment de passer par-dessus bord. Elle avait l'air vraiment heureuse, du moins aussi béate qu'on peut l'être quand on est ivre, ce qu'elle était sans l'ombre d'un doute.

« Chérie ! beugla-t-elle en empoignant Chevette par les épaules. Mais où t'étais passée ? Tous les verres sont gratuits pour nos amis du métier ! »

Maryalice ne devait pas se rappeler que Tessa et elle n'étaient pas de chez A & R, mais elle se dit qu'il devait y avoir une foule de choses dont ne se souvenait pas Maryalice.

« C'est extra, dit Chevette. T'aurais pas vu Tessa ? La fille avec qui j'étais ? Une Australienne…

— Là-haut, chérie, dans la cabine d'éclairage avec Saint Vitus. Elle est en train de filmer tout le concert de Buell avec ses petits ballons ! » Sourire extatique de Maryalice. Elle colla sur la joue de Chevette un baiser rouge à lèvres gras comme une plaquette de beurre et puis l'oublia sur le coup, toute expression effacée de son visage, alors qu'elle se tournait dans la direction où, de l'avis de Chevette, devait se trouver le bar.

La cabine d'éclairage, elle pouvait la voir, maintenant : une espèce d'énorme caisse en bois peinte noir mat, là-haut, sous le plafond dans l'angle du mur en face de l'estrade, avec une longue fenêtre rectangulaire fermée d'un plastique assez translucide pour qu'elle pût distinguer assez nettement les visages de Tessa et d'un garçon au crâne lisse et à l'air méchant avec ses lunettes noires en arc étroit. Rien que leurs deux têtes, là-haut, comme celles des marionnettes. Elle vit qu'on accédait à la cabine par une échelle en alu maintenue contre le mur par des colliers de serrage rouillés.

Tessa avait enfilé ses lunettes spéciales, avec lesquelles elle visionnait ce qu'enregistrait Divin Joujou, faisant le point avec son gant de contrôle. Creedmore avait attaqué une nouvelle chanson, au tempo plus rapide, et les gens marquaient le rythme, tapant du pied et se balançant.

Deux types coiffés de tulles, boîtes de bibine à la main, squattaient le bas de l'échelle, mais Chevette leur passa sous les bras et grimpa, ignorant celui qui riait et lui claquait les fesses du plat de la main.

Débouchant par une trappe, le nez à hauteur d'un bout de moquette poussiéreuse et humide de bière. « Ohé, Tessa !

— Chevette ? » Tessa ne se retourna pas, tout entière au spectacle que lui transmettaient les lunettes. « Pourquoi es-tu partie comme ça ?

— J'ai vu Carson, répondit Chevette en prenant pied sur le plancher. Alors, j'ai filé.

— C'est incroyable ce que je suis en train de capter, dit Tessa. Les gens ont de ces tronches. C'est du Robert Frank[4]. Ça sera génial en noir et blanc et en travaillant sur le grain…

4. Photographe américain, né en 1924, en Suisse. (N.d.T.)

— Tessa, dit Chevette, j'pense qu'on devrait s'en aller.

— Non, mais qui t'es, toi ? » dit le chauve. Chemise tube sans manches qui découvrait des bras pas plus gros que les poignets de Chevette et des épaules nues d'apparence aussi fragile qu'une ossature d'oiseau.

« Je te présente Saint Vitus, dit Tessa, en prévention des hostilités, son attention ailleurs. C'est lui qui fait l'éclairage, ici, mais il s'occupe du son dans deux ou trois autres clubs sur le pont, les Dissidents Cognitifs et puis… » La main de Tessa dansait dans le gant de contrôle noir.

Chevette avait connu les Diss Cog. « C'est un bar à dancer, Tessa.

— On y va quand le concert sera fini, dit Tessa. Saint Vitus dit que ça sera beaucoup plus intéressant qu'ici.

— N'importe quoi le serait, lâcha Saint Vitus avec une lassitude extrême.

— Blue Ahmed a fait un single là-bas, reprit Tessa. *Ma guerre est ma guerre.*

— Chiant, dit Chevette.

— Tu parles de la version de Chrome Koran, dit Saint Vitus, la voix dégoulinant de mépris. T'as jamais écouté la version d'Ahmed.

— Putain, qu'est-ce t'en sais ? répliqua Chevette.

— Parce que le disque est jamais sorti, dit Saint Vitus, gluant de suffisance.

— Peut-être bien qu'il a été piraté », dit Chevette, qui avait envie de lui rentrer dedans, à ce ouistiti, se disant que ça ne devrait pas être trop difficile, bien qu'on ne sût jamais à quoi s'attendre en face d'un type qui a fait le plein de dancer. Toutes ces histoires de gosses de douze ans tellement survoltés qu'ils pouvaient vous soulever une cage de flics et la renverser avec ses poulets dedans, un exploit à se faire arracher les muscles et les tendons, et une chose qu'elle espérait impossible, en tous les cas. Qui devait l'être : ce que Carson appelait les légendes urbaines.

La chanson de Creedmore s'acheva sur un accord de guitare dur comme l'acier qui attira l'attention de Chevette sur l'estrade. Creedmore semblait remonté comme une pendule, maintenant, du triomphe plein les yeux, comme s'il contemplait une mer de visages dans quelque immense stade.

Le grand guitariste se défit de sa guitare rouge, la tendit à un garçon à rouflaquettes et veste de cuir noir, qui lui passa en échange une gratte noire à la caisse plus étroite.

« Ce morceau s'appelle *Pine Box* », dit Creedmore, et le guitariste commença à jouer. Chevette n'arrivait pas à saisir toutes les paroles, un vieille chanson lugubre qui parlait de finir dans une boîte en sapin, ce qu'elle traduisit par cercueil, ces caisses dans lesquelles on mettait les morts dans le temps, mais qui, se dit-elle, pouvait aussi bien décrire cette saleté de cabine dans laquelle elle se trouvait coincée, avec Tessa et cette tête de nœud osseuse. Elle balaya le petit espace des yeux et vit un tabouret au pied chromé rongé et au capitonnage fendu rafistolé à l'adhésif et elle se posa dessus, décidant de se tenir tranquille jusqu'à ce que Tessa ait fini d'enregistrer tout ce qu'elle voulait de Creedmore. Puis elle veillerait à ce qu'elles bougent de là.

47
Sai Shing Road

Libia et Paco ont indiqué à Laney une boutique de coiffeur pour homme dans Sai Shing Road. Bien entendu, il est arrivé là sans avoir à connaître l'itinéraire ; Sai Shing Road est située dans la Cité fortifiée, et il n'est qu'un visiteur, pas un résident. Les coordonnées de même que les mécanismes conceptuels à l'aide desquels ses citoyens ont choisi de se séparer du paysage informatique universel font l'objet d'un secret jalousement gardé. La Cité fortifiée est un univers en soi, une rumeur subversive, la mère des légendes.

Laney y est déjà venu mais pas ici, dans cette boutique, et le lieu lui déplaît énormément. Quelque chose dans le code sous-jacent de la création de la Cité fortifiée induit un vertige métaphysique, et la représentation visuelle est agressive jusqu'à l'ennui. Rien n'est jamais direct, ici ; rien n'est jamais donné à voir comme écrit, mais filtré à travers une demi-douzaine d'espèces de racines de données soigneusement cultivées, comme si ses habitants étaient décidés à exprimer leur impériale position dans la moindre texture fractale des lieux. Là où un site web pourrait donner l'intuition d'une usure matérielle, la Cité fortifiée, elle, regorge d'une franche et excessive érosion, qui se répand sur les cartes qui constamment se déroulent, révélant d'autres textures, toutes mangées aux mites.

Cette boutique de coiffeur pour hommes, par exemple, a un toit de bardeaux qui se chevauchent de telle façon qu'ils n'offrent jamais le moindre raccord, détruisant ainsi toute illusion de surface ou de plan. Et tout ici est rendu dans une palette de néons ville chinoise sous la pluie : rose, bleu, jaune, vert pâle, et l'incontournable rouge fané.

Libia et Paco le quittent aussitôt après l'avoir guidé, laissant Laney se demander comment, si jamais il s'en donnait la peine, il choisirait de se présenter lui-même dans cet environnement : peut-être sous la forme d'un grand carton ?

Klaus et le Coq mettent fin à ses interrogations, apparaissant abruptement dans deux des fauteuils du magasin. Ils ressemblent au souvenir qu'il a gardé d'eux, à cette différence que Klaus porte maintenant une version cuir de son feutre, dont le bord est entièrement relevé, genre clown, et le Coq, lui, fait plus que jamais pape hurlant de Francis Bacon.

« Les règles du jeu ont changé, dit Laney.

— Comment cela ? demande Klaus avec un bruit de succion.

— Harwood a pris du 5-SB. Et vous le savez aussi, sinon je ne l'aurais pas appris de vos petits copains mangeurs de chili. Depuis quand en êtes-vous informés ?

— Notre modus operandi est basé sur la nécessité de savoir », commence le Coq, pontifiantissime, mais Klaus l'interrompt sèchement : « Nous l'avons su dix minutes avant vous, Laney, et nous sommes maintenant impatients de savoir ce que vous en pensez.

— Ça change tout, répond Laney. Tous ces succès qu'il a rencontrés ces dernières années : son entreprise de relations publiques devenant un empire, ce bruit qui court qu'il aurait été l'artisan de l'élection du président Millbank, qu'il a été derrière la partition de l'Italie…

— Je pensais que c'était sa petite amie, dit le Coq, boudeur, cette princesse padanienne…

— Vous voulez dire qu'il ne choisirait jamais que les gagnants ? demande Klaus. Autrement dit, qu'il est en mode nodal et se contente d'être en bonne place à chaque fois qu'un changement se dessine ? Si c'est le cas, mon ami, pourquoi n'est-ce point vous, l'homme le plus riche du monde ?

— Ce n'est pas ainsi que ça marche, proteste Laney. Le 5-SB permet de repérer les points nodaux, les discontinuités dans la texture des données. Et s'ils signalent en vérité un changement imminent, ils ne peuvent en dévoiler la nature.

— Exact, approuve Klaus, l'air pincé.

— Que complote Harwood ? C'est cela qu'il me faut savoir, et tout de suite, poursuit Laney. Harwood est au cœur d'une potentialité de bouleversements sans précédent. Et il semble qu'il en soit l'un des instruments. Rei Toei aussi en est un et cet effaceur free-lance dont Harwood s'est attaché les services et enfin un flic à louer au chômage… Ces quatre-là sont destinés à changer l'histoire humaine d'une manière radicale. Il n'y a pas eu une telle configuration depuis 1911…

— Que s'est-il passé en 1911 ? » demande le Coq.

Laney pousse un soupir. « Je ne le sais pas clairement. C'est une affaire complexe, et je n'ai pas eu le temps de m'y pencher. L'époux de madame Curie a été renversé par une voiture à cheval, à Paris, en 1906. Il semblerait que cela commence là. Mais si Harwood est ici l'agent attracteur, la pièce essentielle autour de laquelle les choses les plus étranges se nouent, et s'il est conscient du rôle qu'il joue, que cherche-t-il donc à faire qui ait le pouvoir de changer littéralement toutes choses ?

— Nous ne le savons pas avec certitude, commence de répondre le Coq, mais…

— Nanotechnologie, dit Klaus, lui ravissant la parole. Harwood a été un acteur principal à Sunflower Corporation. Tout un plan de reconstruction de San Francisco. Une reconstruction très radicale, employant la nanotechnologie de la même manière qu'on a pu le voir à Tokyo, après le séisme. Ça n'a pas marché, et il semblerait que votre ami Rydell ait eu plus que sa part dans cet échec, mais cela est une autre histoire. Ce que je veux dire, c'est que Harwood a témoigné d'un profond intérêt pour la nanotechnologie et que cela s'est récemment concrétisé dans une collaboration entre Nanofax AG de Genève…

— Dont Harwood se sert de couverture, dit le Coq, sise à Antigua et…

— Ta gueule, grogne Klaus, réduisant le Coq au silence. Je disais donc, entre Nanofax AG de Genève et la société Lucky Dragon de Singapour. Lucky Dragon étant, comme tout le monde sait, le client de Harwood Levine.

— Nanofax ?

— Tout ce que ce nom implique, dit Klaus, et infiniment moins.

— Qu'est-ce que cela veut dire ?

— Que Nanofax offre une technologie qui reproduit digitalement les objets et les matérialise à distance. Sous certaines restrictions, cependant. Une poupée d'enfant, placée dans une unité nanofax d'un Lucky Dragon à

Londres pourra être reproduite dans l'unité nanofax d'un Lucky Dragon à New York…

— Mais de quelle manière ?

— Avec des pièces et des assembleurs disponibles sur place. Mais le système a fait l'objet de sévères contraintes, légalement parlant. Il ne peut, par exemple, reproduire du hardware. Et, bien entendu, il ne peut surtout pas, reproduire les nanoassembleurs.

— Je croyais que la preuve était faite que ces machins ne fonctionnaient pas, dit Laney.

— Oh, seulement parce qu'ils ne veulent pas que cela fonctionne, dit le Coq.

— Qui ça ?

— Les États-Nations. Vous vous souvenez d'eux ? »

48
Sur le moment

Rydell regardait cet homme marcher devant lui, et il ressentait un sentiment complexe, quelque chose qu'il ne pouvait saisir mais qui toutefois lui parvenait à travers la douleur dans ses côtes, cet élancement qui éclatait au moindre pas mal assuré. Il avait toujours rêvé d'une certaine grâce dans les gestes, Rydell : de se mouvoir sans y penser. Alerte et cependant détendu, serein. Et voilà qu'il avait ce don – là sous les yeux –, dans la personne de celui qu'il suivait : cet homme qui devait avoir cinquante ans et qui se déplaçait sans paraître en avoir conscience, d'une manière qui lui faisait épouser infailliblement la moindre parcelle d'ombre. Droit dans son long manteau de laine, les mains dans les poches, il allait, et Rydell suivait, maladroit dans la douleur de son corps mais aussi dans celle de son cœur adolescent, le garçon en lui aspirant depuis si longtemps à ressembler à cet homme, qui qu'il fût.

Un tueur, se rappela Rydell, songeant au blond haltérophile qu'ils avaient laissé derrière eux; Rydell savait que tuer n'était pas cette explosive poignée de mains chère au cinéma mais un terrible et sombre mariage qui peut-être (il espérait bien que non) durait au-delà de la tombe, comme semblait en témoigner les visites oniriques que lui rendait l'ombre de Kenneth Turvey, le seul homme qu'il eût jamais occis. Même s'il n'avait jamais douté de la nécessité de tuer Turvey, qui avait amplement démontré sa dangerosité en tirant au hasard dans la porte du placard où il avait enfermé les enfants de sa maîtresse. Tuer quelqu'un était un acte terrible, éternel comme la vérité, pensait Rydell, qui savait aussi que les criminels violents étaient dans la réalité aussi romantiques qu'un tas d'entrailles fraîches. Et pourtant il était là, à suivre de son mieux cet homme aux cheveux gris, qui venait de donner la mort d'une manière que Rydell n'aurait pu préciser, mais en silence et sans une goutte de sueur ; qui venait de supprimer une vie comme un autre aurait changé de chemise ou décapsulé une bouteille de bière. Et il y avait en Rydell un tel désir d'en être le jumeau qu'il en rougissait, à présent qu'il en prenait conscience.

L'homme s'arrêta dans la pénombre et le regarda. « Comment vous sentez-vous ?

— Bien, dit Rydell, qui répondait presque toujours ainsi à cette question.

— Vous n'allez pas "bien". Vous êtes blessé. Il se peut même que vous ayez une hémorragie interne. »

Rydell s'arrêta devant lui, la main pressée sur sa cage thoracique. « Que lui avez-vous fait, à ce type ? »

Vous n'auriez pu affirmer que l'homme souriait, mais les rides dans ses joues parurent se creuser légèrement. « J'ai complété le mouvement qu'il amorçait pour vous cogner de nouveau.

— Vous l'avez frappé avec quelque chose.

— Oui. C'était la conclusion la plus élégante, en l'occurrence. La position décalée de son centre de gravité rendait possible le sectionnement de la moelle épinière sans même toucher les vertèbres. » Cela dit sur le ton de quelqu'un qui vous décrirait sa découverte d'un nouvel itinéraire d'autobus.

« Montrez-moi. »

La tête de l'homme bougea, d'une fraction. Avec cette acuité propre aux oiseaux. La lumière accrocha un bref instant les lunettes rondes, cerclées d'or. Il plongea la main sous le pan ouvert de son long manteau et sortit d'un geste où le gracieux le disputait au désinvolte une lame courbe, profilée, à la pointe taillée en ciseau. Rydell reconnut ce qu'on appelait un tanto, la version courte d'un des sabres japonais. La même lueur qui avait dansé sur les lunettes passa en un fin arc-en-ciel fugitif le long de la courbe du tranchant et du bout relevé, puis l'homme inversa le mouvement qui avait sorti l'arme, et celle-ci disparut sous le manteau, comme si un court segment de bande magnétique avait été repassé en arrière.

Rydell se rappelait qu'on lui avait appris à se défendre d'une arme blanche, au cas où on se trouvait soi-même désarmé. On pouvait entre autres ôter sa veste et l'enrouler autour de son poignet afin de s'en faire un bouclier. Il imagina qu'il pourrait utiliser le projecteur dans son sac, pour parer les coups de cette formidable lame, une idée qu'il jugea en vérité bien risible.

« Pourquoi souriez-vous ? demanda l'homme.

— Je ne saurais vous l'expliquer, répondit Rydell, reprenant son sérieux. Qui êtes-vous ?

— Je ne peux pas vous le dire.

— Je m'appelle Berry Rydell. Vous venez de me sauver la peau.

— La peau mais pas vos côtes.

— Il aurait pu me tuer.

— Non, il vous aurait d'abord réduit à l'impuissance, emmené dans quelque lieu écarté pour vous faire parler, et alors seulement vous aurait achevé.

— En tout cas, dit Rydell, ébranlé par l'accent de vérité d'une telle prédiction, je vous remercie.

— De rien, le plaisir était pour moi, dit l'homme d'un ton exempt de toute ironie.

— Mais, reprit Rydell, pourquoi avez-vous fait cela ?

— Parce que c'était nécessaire.

— Je ne comprends pas.

— Ils sont plusieurs à vous chercher cette nuit. Je ne sais pas combien au juste. Ce sont des mercenaires.

— Auriez-vous déjà tué quelqu'un d'autre, ici, sur le pont, la nuit dernière ? Là où il y a ces taches de sang sur lesquelles on a répandu du Kil'Z ?

— Oui.

— Et j'aurais moins à redouter de vous que de ces… mercenaires ?

— Oui, je le pense, dit l'homme avec un pli songeur au front, comme s'il considérait cette question avec le plus grand sérieux.

— Vous en avez tué d'autres encore durant ces dernières quarante-huit heures ?

— Non, répondit l'homme.

— Bien, dit Rydell. Je pense que je resterai de votre côté et ne tenterai sûrement rien contre vous.

— Voilà qui est sage.

— Et je ne pense pas pouvoir courir assez vite avec cette côte cassée.

— Ce qui est vrai.

— Alors que faisons-nous ? demanda Rydell avec un haussement d'épaules qu'il regretta amèrement, car la douleur fut crucifiante.

— Nous allons quitter le pont et vous faire soigner. J'ai moi-même une parfaite connaissance de l'anatomie, si jamais cela s'avérait nécessaire.

— Euh… merci, dit Rydell. Si seulement on pouvait trouver une large bande et quelques emplâtres analgésiques au Lucky Dragon je pense que cela suffirait. » Il jeta un regard autour de lui, se demandant où était passé l'homme à l'écharpe noire. Il avait l'intuition que c'était lui dont il se devait se méfier. « Et si jamais ces mercenaires nous repèrent ?

— N'anticipons pas la suite, dit l'homme. Attendons plutôt le déroulement des événements. Restons dans le moment présent. »

Pour ce qui était du moment présent, Rydell ne savait qu'une chose : il était dans la merde.

49
Ombre de radium

Fontaine déniche pour le gosse un vieux tapis de camping, laissé peut-être là par ses enfants, et il allonge dessus son hôte toujours ronflant. Il remarque en ôtant les lourds visiophones que le garçon dort les paupières mi-closes, découvrant le blanc de l'œil ; peut-être voit-il défiler des montres, imagine Fontaine. Il le recouvre d'un vieux sac de couchage au tissu imprimé de montagnes et d'ours voilés par la brume de l'usure, puis il reprend son bol de miso et regagne le comptoir pour réfléchir.

Il sent une faible vibration, sans qu'il sache si cela vient de la construction aléatoire de la boutique ou de l'ossature du pont ou des plaques tectoniques, mais toujours est-il que de petits bruits se font entendre sur les étagères et dans les vitrines où de minuscules survivants du passé réagissent à cette trépidation. Un soldat de plomb s'abat en avant dans un fracas miniature, et Fontaine se promet de racheter de la cire adhésive pour prévenir ce genre d'accident.

Fontaine, assis sur son tabouret derrière le comptoir, sirotant pensivement son miso, se demande ce qu'il découvrirait s'il consultait ce que le portable a enregistré de la croisière du môme en mer de données. Cette histoire de coffre en banque, et Martial qui monte sur ses grands chevaux. Où le gosse a-t-il pu encore fouiller ? Oh, nulle part où cela pourrait être dangereux, s'il n'a cherché que des montres, se rassure Fontaine. Mais comment a-t-il fait pour accéder à ces listes ? Fontaine pose son bol pour sortir la Jaeger LeCoultre de sa poche. Lit ce qui est gravé au dos du boîtier :

G6B/346
RA/AF
172/53

Il sait que 6B indique le degré de précision dans le mouvement des aiguilles, mais le 346 est un mystère. Royal Australian Air Force, ça, il connaît. 53 est l'année de fabrication, mais 172 ? Est-ce que le garçon pourrait tirer quelque chose de ces chiffres, s'il pouvait lui poser la question ? Fontaine sait que quelque part chaque information taille son chemin vers le grand courant des données. Il pose la montre sur le petit tapis Rolex et reprend son bol de miso. Comme il regarde à travers le verre rayé du comptoir, il remarque une acquisition récente, qu'il n'a pas encore examinée. Une Helbros des années 40, faite sur le modèle des horlogeries militaires mais sans être une "création". Une qu'il a achetée à un des ces pilleurs de poubelles des collines d'Oakland. Il tend la main sous le comptoir et en retire la montre, une chose bien terne après la G6B.

Le boîtier est bien trop abîmé pour qu'on se donne la peine d'un polissage, et le phosphore sur la grande aiguille noire a pris une teinte cendrée. Il sort sa loupe de son autre poche, la visse à son œil et fixe la Helbros d'un regard cyclopéen. La cuvette a été dévissée puis remise en place sans la revisser. Il l'ôte du bout de ses ongles pour voir s'il y a une quelconque marque attestant de sa réparation.

Août 1945, discerne-t-il dans son œilleton.

Il retourne la montre dans ses doigts et l'examine. Le verre est synthétique, une espèce de plastique, très vraisemblablement d'origine. Parce que, découvre-t-il en orientant la montre selon un certain angle sous la lumière, le radium composant la matière des chiffres a obscurci le foyer du verre, qui a joué le rôle de plaque sur laquelle les nombres se sont ainsi photographiés eux-mêmes.

Et cela, ajouté à la date cachée, donne le frisson à Fontaine. Il remet en place la Helbros, vérifie que tous les verrous sont bien fermés, finit son miso, et s'apprête pour la nuit.

Le garçon, sur le dos, ne ronfle plus, et c'est une bonne chose.

Quand Fontaine s'allonge enfin sur son étroite couche, le Smith & Wesson est, comme toutes les nuits, à portée de sa main.

50
C'est reparti pour un tour

Le père de Rydell, qui se mourait d'un cancer, avait raconté à son fils une histoire. Il prétendait l'avoir lue dans une anthologie de ces dernières paroles prêtées aux moribonds.

On procédait à l'exécution d'un condamné à mort anglais, au temps où la peine capitale était la plus cruelle possible, et après l'avoir brûlé au fer rouge, lui avoir brisé les membres sur la roue et fait subir moult supplices, on traîna le malheureux jusqu'au billot, pour y avoir la tête tranchée. Le supplicié, qui avait subi d'une impassibilité sans pareille ces diverses tortures, considéra le billot, la hache et le bourreau sans un mot ni plainte.

Puis un autre tortionnaire arriva, transportant un assortiment de terribles instruments, et l'homme fut informé qu'il serait d'abord éventré avant d'être décapité.

Alors il soupira et eut ce mot : « C'est reparti pour un tour. »

« Si c'est après moi qu'ils en ont, dit Rydell, qui suivait en grimaçant l'homme au tanto, pourquoi ne me tombent-ils pas dessus une bonne fois pour toutes ?

— Parce que vous êtes avec moi.

— Qu'est-ce qui les empêche de vous flinguer ?

— Le fait que nous ayons, ces hommes et moi, le même employeur. En un sens, du moins.

— Et cet employeur... n'accepterait pas qu'ils vous éliminent ?

— Je le pense... sans en être sûr. »

Ils se rapprochaient maintenant du bar sans nom où il avait entendu Buell Creedmore chanter cette vieille chanson. Bruit et agitation, là : musique à fond, rires, toute une foule qui buvait de la bière et fumait sans se cacher.

Il avait mal à chaque pas, et il pensait à Rei Toei, perchée scintillante sur son oreiller. Que représentait pour elle le projecteur, qui pesait à son épaule, se demandait-il. Était-ce le seul moyen dont elle disposait pour se manifester et communiquer avec les autres ? Un hologramme était-il capable d'éprouver des sentiments ? (Il en doutait.) Ou bien les logiciels qui la généraient créaient-ils en elle quelque formidable illusion d'exister ? Mais que pouvait bien être la conscience d'exister, quand on était par définition une irréalité ?

Toutefois, ce qui l'inquiétait maintenant au plus haut point était précisément la très grande importance que Laney et Klaus et le Coq prêtaient à ce projecteur, alors qu'il était là, lui le gardien de ce sésame, à boitiller à côté de ce tueur, qui travaillait manifestement pour ceux-là mêmes qui non seulement voulaient sa peau mais devaient aussi convoiter ce qu'il avait dans son sac. Bref, il était en train d'aller à l'abattoir comme un vulgaire mouton.

« Je voudrais entrer dans ce bar une minute, dit-il.

— Pourquoi ?

— Voir un ami.
— Serait-ce une tentative d'évasion ?
— Je n'ai pas envie de vous suivre. »
L'homme le regarda de derrière les deux ronds cristallins de ses lunettes. « Vous compliquez les choses, dit-il.
— Alors, tuez-moi », dit Rydell en grinçant des dents alors qu'il pivotait sur sa jambe gauche et, passant d'un pas mal assuré au milieu des fumeurs massés devant la porte, pénétrait dans la sonore et chaude odeur de bière et de bacchanale.
Creedmore était en scène avec Randy Shoats et un bassiste au visage encadré de rouflaquettes, et ce qu'ils jouaient arrivait à sa conclusion naturelle à cet instant précis, Creedmore bondissant en lâchant une dernière trille, la musique retombant en fracas autour de lui, la foule rugissant et battant des pieds et des mains. Rydell avait vu les yeux de Creedmore étinceler comme ceux d'une poupée électrique sous la lumière des feux de la rampe. « Hé! Buell! cria Rydell. Creedmore! » Jouant de l'épaule et du coude, il continua d'avancer et se retrouva à quelques pas de l'estrade. « Buell! » C'était une bien petite chose que cette scène, de cinquante centimètres de haut, et puis la foule était moins compacte qu'il ne l'avait estimée depuis l'entrée.
Creedmore le vit enfin et descendit de son perchoir. Sa chemise de cow-boy aux pressions de nacre était ouverte jusqu'au ceinturon, laissant voir la pâleur du torse luisant de sueur. Quelqu'un lui lança une serviette et il s'essuya le visage avec un sourire féroce qui découvrait de longues dents jaunes et pas de gencives. « Rydell, enfant de pute, où t'étais passé ?
— Je te cherchais, Buell. »
L'homme au couteau posa une main sur l'épaule de Rydell. « Ce n'est pas sage, dit-il.

— Dis-moi, Buell, tu veux bien me trouver une bière ? demanda Rydell.

— Tu m'as entendu, Rydell ? Putain, j'suis mieux que Jésus, mec. Mieux que Hank Williams, cet enculé. » Creedmore avait la joie vibrante, et cependant Rydell voyait bien que ça pouvait virer dans la seconde à la rage pure. Quelqu'un passa deux grandes boîtes de bière déjà décapsulées à Creedmore, qui en fila une à Rydell tout en s'éclaboussant la poitrine de liquide ambré et s'en frottant. « Putain, c'est bon. »

L'homme derrière Rydell dit de nouveau : « On risque de se faire coincer, ici.

— Hé ! tu laisses mon pote tranquille, toi, dit Creedmore, remarquant le type pour la première fois. Pédé, ajouta-t-il, après un bref coup d'œil au bonhomme et une classification plus hâtive encore.

— Buell, dit Rydell, saisissant la main que l'homme faisait toujours peser sur son épaule, j'aimerais te présenter un ami à moi.

— Les pédés, c'est à coups de pelle qu'il faut s'les farcir, lâcha encore Creedmore, les yeux plissés en meurtrières maintenant, le vent de la rage soudain levé.

— Lâchez-moi l'épaule, dit calmement Rydell au tueur. Ça la fout mal. »

L'homme ôta sa main.

« Je suis désolé, lui dit encore Rydell, mais je reste ici avec Buell et une centaine de ses potes. » Il regarda la boîte de bière qu'il tenait à la main. De la King Cobra. Il sirota une gorgée. « Si vous voulez vous en aller, libre à vous. Sinon, tuez-moi.

— Putain de toi, Creedmore. » C'était Randy Shoats, descendant lourdement de l'estrade. « Putain de toxico de merde. Non seulement t'es bourré mais encore il faut que tu te farcisses de dancer. »

Creedmore regarda le guitariste en roulant des yeux qui n'étaient plus que des pupilles. « Bon Dieu, Randy, tu sais bien qu'j'avais besoin de relâcher la pression quoi…

— La pression ? La pression ? Putain, t'as oublié les paroles de *Drop that jerk et come with me !*[5] Le putain de public, il connaît la chanson, mec, et il chantait avec toi. Enfin, il essayait. » Pour faire bonne mesure, Shoats enfonça son pouce calleux dans la poitrine de Creedmore. « Je t'ai dit que je travaillais pas avec des défoncés. T'es grillé, t'entends ? Tu dégages. Terminé. »

Creedmore parut plonger dans les profondeurs de son être pour y puiser quelque marque de sincérité, afin de faire face à ce moment difficile. Il parut avoir trouvé quelque chose qui lui permit de se redresser de toute sa taille. « Va te faire mettre, grogna-t-il. Fils de pute », ajouta-t-il à l'adresse de Shoats qui, écœuré, tourna les talons.

« Buell, dit Rydell, t'aurais pas une table réservée où je pourrais me poser ?

— Maryalice », dit Creedmore, la tête ailleurs, faisant un signe vague vers le fond de la salle, avant de se détourner pour courir après Shoats.

Rydell ignora l'homme au tanto et, gagnant l'endroit désigné, rejoignit Maryalice assise seule à une table, sur le plateau de laquelle une petite pancarte en carton où on avait écrit avec des feutres de plusieurs couleurs : *** BUELL CREEDMORE *** et ses COMPAGNONS INFÉRIEURS, chacun des O représentant un rouge et souriant petit visage. La table était encombrée de verres vides, et Maryalice avait l'air d'avoir pris un coup sur le crâne avec une masse qui ne laissait pas de marque. « T'es de chez A & R, toi ? dit-elle à Rydell avec l'air de sortir d'un rêve.

5. *Laisse tomber ce con et viens avec moi.* (N.d.T.)

— Je suis Berry Rydell, dit-il, tirant une chaise et se défaisant de son sac. On s'est déjà rencontrés. Tu es Maryalice.

— Oui. » Elle sourit, comme si ça lui plaisait d'être reconnue. « Est-ce que Buell n'est pas merveilleux ? »

Rydell s'assit en essayant de trouver une position qui ne le clouât pas de douleur. « Tu sais s'il y a une prise de courant, ici, Maryalice ? » Il ouvrit le sac, écarta la toile autour du projecteur et tira le cordon d'alimentation.

« T'es d'A & R, répéta Marylice, en découvrant d'un regard enchanté le projecteur. Je le savais. Quelle maison ?

— Tu veux bien me brancher ça, s'il te plaît ? » Rydell désigna de son index la prise qui se trouvait juste à côté d'elle, sur le mur décrépi, et lui passa la fiche du cordon. Elle porta celle-ci à ses yeux, la considéra jusqu'à ce qu'elle en saisisse la nature, chercha la prise et, la découvrant, brancha le cordon, enfin se tourna vers Rydell d'un air apparemment décontenancé par ce qu'elle venait de faire.

L'homme au tanto apporta une chaise et s'assit en face de Maryalice. Il fit cela d'une manière qui retint le minimum d'attention de quiconque se trouvait là. « Et toi, lui dit Maryalice avec un bref coup d'œil vérificateur dans l'échancrure de son corsage, tu dois être, si je ne me trompe, d'une maison importante.

— Une maison ?

— Je le sais », dit Maryalice.

Rydell sentit plus qu'il n'entendit le bourdonnement du projecteur.

Et puis Rei Toei apparut, à côté de leur table, et Rydell sut qu'une fois de plus il la voyait nue le temps d'une seconde, brillante, blanche, juste avant qu'elle ne revête

la même tenue que Maryalice. « Salut, Berry Rydell, dit-elle en refermant le laçage de son corsage noir.
— Salut, répondit Rydell.
— Eh bien, qu'on me tète à mort avec une pompe à sein, dit Maryalice avec une voix que la stupeur étouffait, alors qu'elle contemplait Rei Toei. Je jure sur Dieu que j'avais pas vu que t'étais là… »
L'homme au tanto regardait aussi Rei Toei, dont l'éclat jouait sur les verres de ses lunettes.
« Nous sommes dans un night-club, Rydell ?
— Un bar.
— Rez aimait les bars, dit-elle en promenant son regard sur la foule. J'ai l'impression que les gens dans les bars, bien qu'ils aient l'air de s'adresser la parole les uns les autres, ne parlent en vérité qu'à eux-mêmes. Est-ce parce qu'on a sacrifié une plus grande capacité intellectuelle à des fins récréatives ?
— J'adore ton bustier, dit Maryalice.
— Je m'appelle Rei Toei.
— Maryalice », dit Maryalice en tendant la main. L'idoru fit de même, sa main passant à travers celle de Maryalice.
Maryalice frissonna. « J'crois que j'ai assez bu, ce soir », dit-elle, comme à soi-même.
« Rei Toei, disait maintenant l'idoru à l'homme au tanto.
— Bonsoir.
— Je connais votre nom, reprit-elle d'une voix suave. Et je sais beaucoup de choses sur vous. Vous êtes quelqu'un de fascinant. »
Il la regarda sans que son expression ne change. « Merci, dit-il. Monsieur Rydell, avez-vous toujours l'intention de rester ici, parmi vos amis ?
— Pour le moment, dit Rydell, je dois téléphoner à quelqu'un.

— Comme vous voudrez. » L'homme se tourna de manière à pouvoir surveiller l'entrée et, au même instant, l'homme à l'écharpe noire passait la porte et les repérait immédiatement.

C'est reparti pour un tour, pensa Rydell.

51
La Raison de la vie

Les deux bars préférés de Laney, à Tokyo, durant les jours heureux de son travail pour Paragon-Asia Dataflow, avaient été Fleur de pêcher, un coin feutré où boire un coup près de la station de métro Shimo-kitazawa et La Raison de la vie, un bar artistique, au sous-sol d'un immeuble de bureaux dans Aoyama. Cette épithète d'*artistique* était, selon Laney, due aux clichés noir et blanc grand format qui décoraient les murs : de jeunes femmes en train de se photographier elles-mêmes l'entrejambe avec de vieux appareils reflex. En vérité, ces photos étaient tellement pudiques qu'il vous fallait un moment pour comprendre ce qu'elles représentaient. Se tenant le plus souvent dans des paysages urbains très passants, l'appareil posé entre leurs pieds sur le trottoir, elles souriaient à l'objectif en appuyant sur un déclencheur manuel. Elles portaient des pulls et des jupes à carreaux et souriaient avec plus d'innocence que de malice. Personne n'avait jamais expliqué à Laney où ces clichés se situaient dans l'art dit photographique, mais il savait reconnaître une création artistique quand il en voyait une, et c'était justement elle qu'il avait de nouveau sous les yeux, gracieuseté du Coq, qui apparemment avait appris le goût de Laney pour ce bar dans Aoyama et décidé de le reproduire, au pied levé, ici entre les murs de la Cité fortifiée.

En tout cas, Laney préfère cela à la boutique de coiffeur pour hommes et sa structure perverse, alors que ces filles, rendues dans un doux monochrome de laine et de chair et d'autres textures *city*, composent à ses yeux un tableau bien reposant, même s'il lui paraît un rien étrange d'être assis dans un bar, sans y être présent de corps.

« Ils sont extrêmement discrets sur ce point, dit le Coq, au sujet de Libia et Paco et de leur piratage réussi du système de communication le plus secret de Cody Harwood. Peut-être ont-ils introduit un agent physique dans le satellite de communications de Harwood Levine. Quelque chose de petit, de très petit. Mais comment ont-ils pu le contrôler ? Et combien de temps aura-t-il fallu à l'agent pour produire une altération dans le hardware sans se faire repérer ? Mystère.

— Je suis persuadé qu'ils ont mis au point une solution plus élégante, intervient Klaus, mais au fond peu importe. Accéder est accéder. Les moyens de le faire relèvent de la rhétorique. Bref, nous tenons la hotline de Harwood. Son téléphone rouge.

— Et vous avez tendance à vous en féliciter vous-mêmes, dit Laney. Nous savons que Harwood a pris du 5-SB, mais nous ignorons ce qu'il fait de sa capacité à saisir les points nodaux. Vous semblez convaincus que cela concerne le Lucky Dragon et ce lancement nanofax d'objets précuits.

— Pas vous ? demande Klaus. Des unités nanofax sont

installées en ce moment même dans le monde entier. La plupart sont déjà prêtes à fonctionner.

— Oui, prêtes à faxer le premier ourson en peluche de Des Moines à Seattle ? Que peut-il espérer gagner avec ça ? » Laney concentre son attention sur la fille qu'il préfère, imaginant qu'elle presse un déclencheur en forme de seringue hypodermique.

« Pensez network, dit le Coq. Ce n'est pas la fonction ou son apparence qu'il faut considérer, en la matière. Toute fonction, de ce point de vue, est feinte, temporaire. Ce que veut Harwood, c'est mettre en place une toile. Alors il pourra décider de ce qu'il en fera.

— Mais pourquoi aurait-il besoin du réseau dont vous parlez ?

— Parce qu'il est entre le marteau et l'enclume, répond Klaus. Il est certainement l'homme le plus riche du monde, et il est en tête dans le virage. Il est un agent d'évolution et, en même temps, profondément investi dans le statu quo. Il incarne des propositions paradoxales. Trop dans le vent pour vivre, trop puissant pour mourir. Vous comprenez ?

— Non, répond Laney.

— Nous pensons qu'il est comme nous, fondamentalement, reprend Klaus. Il est en train de pirater la réalité, mais il le fait en grand et, quoi qu'il arrive, il entraînera derrière lui le reste de l'humanité.

— On ne peut qu'admirer ça, n'est-ce pas ? » dit le Coq d'une voix arrachée aux profondeurs de son cri de pape baconien.

Laney n'est pas vraiment de son avis.

Il se demande si la reconstitution de La Raison de la vie, dont le Coq est le maître d'œuvre, comprend le petit comptoir à six tabourets, celui auquel on peut s'asseoir sous les immenses clichés pris par les filles : de grands triangles abstraits de petites culottes de coton blanc lumineux.

« Pourriez-vous me faire voir ces nanomachins de Harwood ?

— Nous le pouvons… jusqu'à ce qu'il vous repère. »

52
Le retour de mon mec

Quand elle habitait le pont, Chevette avait eu un mec du nom de Lowell, qui carburait au dancer.

Lowell avait eu un ami qui s'appelait Codes, parce qu'il vous déchiffrait comme pas un les codes des mobiles et des portables, et ce Saint Vitus lui rappelait Codes. Codes non plus ne l'avait pas aimée.

Chevette haïssait le dancer. Elle détestait être en compagnie de gens qui en prenaient, parce que ça les rendait égoïstes, trop contents d'eux-mêmes, et nerveux ; méfiants et prompts à s'imaginer des choses, soupçonnant tout le monde de leur en vouloir, de leur mentir, de parler dans leur dos. Et elle détestait particulièrement les voir se frotter cette merde sur leurs gencives comme ils faisaient, un truc grossier, tout simplement dégueulasse. Ça leur insensibilisait les lèvres au début, alors ils bavaient un peu et ils trouvaient ça marrant. Mais ce qu'elle vomissait par-dessus tout, c'était d'y avoir touché elle-même et, en dépit de toute la répugnance que lui inspirait la chose, de se découvrir un besoin urgent d'en demander un peu à Saint Vitus qui était en train de s'en tartiner une bonne pincée sur les gencives.

Elle se demanda si c'était cela qu'ils entendaient par "être accro". Elle n'en avait jamais eu que des miettes avec le patin qu'elle avait roulé à ce chanteur de country (et si c'était la seule manière d'en avoir de ce désossé de Saint Vitus, elle passerait son tour), mais il semblait bien que les molécules de cette saloperie étaient en train de lui chatouiller les récepteurs de son cerveau en disant donne-moi, donne-moi. Et encore elle n'avait jamais été accro au truc, pas au sens où on l'entendait dans la rue.

Carson avait traité de l'histoire des stimulants sur Real One, et Chevette savait ainsi que le dancer était une espèce de supercrack en termes de pure dépendance. Le rythme des prises était cependant moins rapide. Lowell lui avait longuement expliqué comment il avait organisé sa conso dans le but d'optimiser son fonctionnement dans le monde sans jamais s'accrocher et se retrouver à dealer comme tous ces connards. Il fallait savoir comment le faire et, surtout, pourquoi on le faisait. Un produit aussi puissant, vous expliquait-il, ne devait pas servir à prendre son pied quand l'envie vous en prenait. Il était là pour vous permettre d'entreprendre des choses et de les mener jusqu'au bout.

Sauf qu'une fois défoncé, Lowell n'avait jamais été capable de faire autre chose que baiser, et encore la dope le rendait-elle incapable de parvenir jusqu'à l'orgasme. Monsieur faisait peine à jouir. Ce qui ne gênait pas Chevette, parce qu'à jeun le fiancé avait plutôt l'éjaculation précoce. Elle ne savait plus qui avait avancé, sur Real One, que le dancer pouvait permettre aux hommes d'expérimenter ce que pouvait être l'orgasme chez la femme, une espèce de jouissance plus diffuse, moins localisée, et, ma foi, moins salissante.

Le dancer était une substance assez mortelle, dans le sens où elle invitait au sexe. Deux étrangers prenant du dancer ensemble se découvraient, sur la base d'une vague attirance, enclins à penser que ce serait somme toute une excellente idée de s'accoupler, et une à concrétiser sur-le-champ, à cette réserve près que la raideur phallique se terminait parfois par une rigidité cadavérique.

Car les gens mouraient du dancer; les cœurs cessaient de battre, les poumons oubliaient de respirer, de minuscules et cruciaux territoires du cerveau grillaient comme des lampes en surtension. Certains, emportés par le délire, s'entretuaient, d'autres tuaient de sang-froid pour s'en procurer plus.

C'était une très sale drogue, pas de doute là-dessus.

« T'en aurais pas un peu pour moi ? » s'entendit-elle demander à Saint Vitus, qui s'essuyait les coins de la bouche avec un mouchoir de papier maculé de petites taches de sang séché.

Saint Vitus tourna vers elle le bandeau noir de ses lunettes. « Tu rigoles, dit-il.

— Ouais, c'est ça », dit Chevette en se levant du tabouret. Ce devait être l'heure tardive. Comment avait-elle pu seulement penser une chose pareille ? Elle pouvait renifler l'haleine métallique de Saint Vitus dans la cabine.

« C'est bon, dit Tessa en enlevant ses lunettes. Le bar commence à se vider. Chevette, j'aurai besoin de toi pour m'aider à récupérer les plates-formes. »

Saint Vitus ricana. Probablement à la pensée, se dit Chevette, que quelqu'un d'autre écope de la corvée.

« Tu n'as pas vu Carson ? » demanda Chevette en s'approchant de la fenêtre de la cabine. La foule, vue d'en haut, opérait un mouvement pour lequel il y avait probablement un logarithme : tournant sur place et se dispersant.

« Carson ? »

Chevette repéra Buell Creedmore, juste devant l'estrade. Il était en conversation avec un grand type en blouson de vinyle noir, le dos tourné à la cabine d'éclairage. Puis le grand guitariste, celui avec le grand chapeau de cow-boy, descendit de la scène et parut sermonner Creedmore. Creedmore essaya de discuter, se tut, puis réussit à dire deux ou trois brèves paroles qui, à en juger par son expression, ne devaient pas exprimer de l'amour, et le guitariste tourna les talons, pas content du tout. Chevette vit encore Creedmore ajouter quelque chose à l'adresse de l'autre type tout en désignant le fond de la salle, et le grand se retourna, mais elle ne put voir son visage que lui masquait l'une des poutres du plafond.

« Il était là tout à l'heure, dit Chevette. C'est pourquoi j'ai roulé une pelle à l'autre con, avant de mettre les bouts. Ça t'as pas étonnée de me voir faire ? »

Tessa la regarda. « Oui, bien sûr mais j'ai pensé que c'était un aspect de ta personnalité que je ne connaissais pas encore. » Elle rit. « Tu es sûre que c'était lui ?

— C'était lui, Tessa.

— Comment a-t-il pu apprendre qu'on était ici ?

— Quelqu'un le lui aura dit, là-bas, à L.A. Tout le monde savait que tu voulais faire un docu sur le pont.

— Peut-être bien, dit Tessa, son intérêt se dissipant. Aide-moi à attacher les plates-formes, tu veux ? » Elle tendit à Chevette quatre longes de nylon noir, chacune d'elle terminée par un élastique et une pince métallique.

« Écoute, dit Chevette, je me sens pas d'attaque pour une nuit chez les Dissidents Cognitifs, d'accord ? Toi non plus, à mon avis. Et puis je viens de voir ton copain ici présent s'envoyer assez de dancer pour défoncer une mule.

— Chevette, dit Tessa, on est ici pour filmer, non ? On fait de l'interstitiel. »

Saint Vitus ricana.

« Et moi, je dis qu'on devrait aller dormir. Où est le van ?

— Là où on l'a garé.

— Comment t'as fait pour apporter tes ballons jusqu'ici ?

— Elmore, dit Tessa. Un de ces types avec casquette, et un 4X4 pour aller avec.

— Vois s'il est dans le coin, dit Chevette en commençant à descendre l'échelle. Ce serait pas un luxe de se faire raccompagner. »

Chevette n'était pas certaine de dissuader Tessa de se rendre aux Dissidents Cognitifs. Dans le pire des cas, elle devrait y aller, ne serait-ce que pour veiller sur Tessa. Les Cogs étaient craignos, et y traîner la tête casquée d'une paire de lunettes vidéo n'était pas vraiment recommandé.

Elle descendit l'échelle et gagna l'endroit où Divin Joujou atterrissait déjà sous le contrôle de Tessa. Elle attacha la plate-forme et se tourna vers la cabine pour faire signe à son amie de lui amener les deux autres ballons.

Et se retrouva, le temps d'une longue seconde de stupeur, juste avant qu'il ne la frappe, nez à nez avec Carson.

Sec et au visage, comme il l'avait déjà fait, et elle revit les mêmes couleurs, comme un flashback ; se vit tomber à la renverse, en travers du grand canapé beige du loft, du sang giclant de son nez, et ne croyant toujours pas qu'il ait pu lui faire ça.

Sauf qu'ici, ce fut sur deux amateurs de la musique de Creedmore qu'elle s'écroula, et les deux types la rattrapèrent en riant et s'exclamant « Waouh ! », et Carson était déjà sur elle, l'empoignant par le blouson de Skinner…

«Hé, mec», dit l'un des hommes qui la tenait en levant sa main pour bloquer le deuxième coup de poing que Carson, avec cette expression lisse qu'elle lui avait vue sur le plateau de Real One, lui destinait. Et comme elle le regardait dans les yeux, elle découvrit qu'il n'y avait dans ce regard ni haine ni colère, seulement un besoin désincarné et presque mécanique.

Carson frappa de nouveau, mais le coup fut dévié par la main levée de l'étranger qui poussa un cri de douleur en se faisant tordre un doigt. Chevette en profita pour se libérer de la prise de Carson.

Elle recula de deux pas en secouant la tête, tentant d'éclaircir sa vision, qui était floue.

Carson revint sur elle, avec cette même absence d'expression et, cette fois, elle se demanda ce qui pouvait bien le posséder.

«T'as pas compris, hein?» dit-il ou ce fut du moins ce qu'elle crut entendre. Une larme coulait de son œil tuméfié, et sa tête bourdonnait encore.

Elle recula. Il avança.

«T'as pas compris, hein?»

Puis une main s'abattit sur l'épaule de Carson, et il se retourna. Et tomba, le type derrière lui ayant fait quelque chose qui échappa à Chevette.

Et elle vit que c'était Rydell.

Non, pas lui.

Oui, lui.

Rydell dans un blouson noir en vinyle, qui la regardait d'un air stupéfait.

Et Chevette se dit avec certitude qu'elle était en train de rêver, et en éprouva un immense soulagement, parce que maintenant elle allait se réveiller, et dans un monde qui aurait enfin du sens.

Sur le sol, Carson roula sur le côté, se redressa un instant sur les genoux avant de se relever, brossa un mégot de cigarette qui s'était collé à la manche de sa veste, et frappa d'une droite Rydell, qui vit le coup venir et essaya de s'écarter, de telle manière qu'il encaissa dans les côtes au lieu du plexus, qu'avait visé Carson.

Et Rydell hurla d'une douleur purement animale et se plia en deux…

Ce fut à cet instant précis qu'un type en trois-quarts de cuir noir, le cheveu en brosse, une écharpe noire nouée serrée autour du cou, un mec que Chevette n'avait jamais vu, s'approcha de Carson. « Erreur », dit-il. Puis il sortit quelque chose de sa poche. « T'es pas dans le menu », ajouta-t-il.

Et il tira sur Carson, à bout portant, sans même regarder le revolver dans sa main.

Et ce n'était pas une détonation bruyante, davantage le bruit d'un gros pistolet pneumatique à clous, mais cela avait quelque chose de terminal et formidablement destructeur, et était accompagné d'un éclair jaune et bleu, et Chevette aurait toujours du mal à s'en souvenir, bien qu'elle en eût été le témoin visuel : Carson projeté en arrière par plusieurs centaines de tonnes d'énergie se donnant un rendez-vous cinétique dans son corps.

Mais cette vision, telle une mauvaise colle, n'adhéra jamais à sa mémoire, et elle s'en féliciterait toujours.

Et elle se féliciterait encore, pour d'autres raisons toutefois, que là-haut, dans la cabine, Tessa eût éteint au même moment toutes les lumières.

53

(Tu sais que je ne peux pas) te laisser glisser entre mes mains

Rydell connaissait ce bruit : celui d'un projectile subsonique tiré à travers un silencieux qui le ralentissait encore en affaiblissant l'expansion des gaz de la charge, et cependant la vélocité initiale restait intacte, et l'impact, là il se produisait…

Il reconnaissait ces choses à travers le voile de sa douleur, qui lui procurait l'impression d'avoir une hache chauffée à blanc plantée entre les côtes ; il les reconnaissait au cœur même de sa stupeur (et stupéfait, il l'était de bien des manières) de retrouver Chevette (cette version d'elle, avec une tout autre coiffure, une comme il avait toujours désiré la voir porter). Il savait dans l'obscurité qui suivit la détonation, la nuit qui accompagna la mort (il en était sûr) de l'homme qui avait frappé Chevette, de l'homme que lui-même avait mis à terre, et qui s'était relevé et lui avait enfoncé, il en était également sûr, sa côte cassée dans le diaphragme. Il savait enfin que le type à l'écharpe noire était un professionnel aguerri, et non pas un gus ayant pété les plombs dans un bar.

Ainsi Rydell comprit-il dans ces premières secondes

d'obscurité qu'il avait une chance face à un professionnel. Un dingue, un mec ivre, un connard ordinaire, dans une salle plongée dans le noir, pouvait arroser large. Un pro ferait tout pour minimiser le facteur hasard.

Facteur qui était considérable en l'occurrence, avec cette foule, dans laquelle se trouvait Chevette, hurlant et fonçant vers la porte. C'était moche, Rydell le savait bien, et mortel ; il avait été du service d'ordre dans bien des concerts, et les paniques laissaient toujours des cadavres derrière elles.

Il ne bougeait pas, supportant sa douleur du mieux qu'il pouvait, et attendait que l'écharpe fasse mouvement.

Où était Rei Toei ? Elle aurait dû apparaître dans ces ténèbres telle la marquise enluminée d'une salle de cinéma, mais non.

Et puis filant par-dessus l'épaule de Rydell, vers l'endroit où il avait aperçu l'écharpe pour la dernière fois, l'idoru passa, davantage comète que fée, et projetant une lumière intense. Elle tourna deux fois autour de la tête du pro, vite, et Rydell le vit qui tentait de la chasser de sa main armée, comme il l'aurait fait d'une luciole bourdonnante. Elle n'était qu'une boule de brillance argent, se déplaçant avec une vitesse propre à laisser des traces dans la rétine de Rydell. L'écharpe esquiva, alors qu'elle le chargeait dans les yeux ; il pivota sur lui-même et s'élança sur sa gauche. Rydell vit la lumière s'épandre légèrement, pour parcourir telle une grosse balle froide le périmètre de la salle, moissonnant cris et gémissements sur son passage, tandis que la sortie faisait toujours l'objet d'une âpre lutte et que déjà des corps jonchaient le sol.

Et toujours aucun signe de Chevette.

Mais tandis que Rei Toei virait et fusait de nouveau, Rydell repéra enfin Chevette qui, à quatre pattes, tentait de se diriger vers la porte. Il se précipita vers elle comme il le put, avec l'impression que toute sa cage thoracique allait s'ouvrir, et se pencha et se saisit d'elle et essaya de la relever. Et comme dans sa terreur elle résistait, il lui dit tout en éprouvant un sentiment d'irréalité à la revoir, à la toucher : « C'est moi. Rydell.

— Rydell ? Mais qu'est-ce que tu fais ici ?

— J'essaie de sortir. »

L'éclair bleu et le *tchuut* du pistolet furent simultanés mais Rydell eut toutefois l'impression que le chuintement du projectile au-dessus de sa tête précéda le son. En réaction instantanée, des boules de lumière zébrèrent l'espace, en provenance du projecteur, réalisa-t-il, et tout droit dans les yeux du tireur.

Rydell empoigna Chevette par le bras et l'entraîna avec lui, l'adrénaline noyant sa douleur costale. Le faisceau du projo derrière lui était suffisant pour lui éclairer le chemin jusqu'au mur à la droite de la porte. Il espéra que la cloison était en contreplaqué, et pas trop épais, quand il sortit son couteau, l'ouvrit et en planta la lame dans la paroi à peu près au niveau de ses yeux. Il sentit la céramique s'enfoncer jusqu'à la garde et il tailla en descendant jusqu'à hauteur de sa ceinture, sentant dans sa main les fibres du bois céder au passage du tranchant. Il poursuivit sa découpe en allant vers la gauche et puis en remontant de l'autre côté jusqu'à ce qu'il perçoive nettement le claquement vitreux que fit la lame en se rompant.

« Vas-y, savate-moi ça, dit-il à Chevette en indiquant du moignon de céramique le centre de la grossière fenêtre. Prends appui contre moi, et tape ! »

Ce qu'elle fit. Elle pouvait ruer comme une mule, Chevette. La plaque céda au deuxième coup, et il la poussa à travers l'ouverture en se retenant de hurler de douleur. Il ne sut véritablement jamais comment il se retrouva dehors, alors qu'il s'attendait à ce qu'une de ces balles subsoniques touche enfin sa cible.

Devant l'entrée du bar, certains avaient perdu connaissance et d'autres, agenouillés à côté d'eux, essayaient de les ranimer.

« Par là », dit Rydell en se dirigeant d'un pas claudicant vers la rampe et le Lucky Dragon. Mais elle n'était pas avec lui. Il se retourna et la vit qui partait dans la direction opposée. « Chevette ! »

Il essaya de courir après elle mais elle poursuivait son chemin sans ralentir. « Chevette ! »

Enfin elle se tourna vers lui. L'œil droit tuméfié et empli de larmes, le gauche grand ouvert, gris, fou. Comme si elle découvrait Rydell pour la première fois sans vraiment le reconnaître. « Rydell ? »

Et après ce temps passé à penser à elle, à se souvenir d'elle, voilà que c'était une chose bien différente de l'avoir devant lui : son nez droit et parfait, l'ovale de son visage et le relief de ses lèvres, vues de profil, et qu'il connaissait si bien.

« T'inquiète pas, parvint-il à articuler, alors qu'il lui semblait avoir perdu toute capacité de parler.

— Je ne rêve pas ?

— Non.

— Ils ont flingué Carson. Quelqu'un. J'ai vu un homme lui tirer dessus.

— Qui était Carson ? Pourquoi il te frappait ?

— Il était... » Elle se mordit la lèvre inférieure. « Quelqu'un avec qui j'étais. À L.A.

— Ah, fit Rydell, car c'était tout ce que lui inspirait le fait que le type à l'écharpe venait d'effacer le nouveau compagnon de Chevette.

— Mais on n'était plus ensemble, ajouta-t-elle. Je l'avais quitté, et il m'a suivie mais, merde, Rydell, pourquoi ce type est arrivé comme ça et lui a tiré une balle ? »

Parce que c'est moi qu'il cherchait, pensa Rydell. Parce que je lui appartiens, et qu'il ne supporte pas les interférences. « Ce type avec le pistolet, dit-il, c'est après moi qu'il en a. Il n'est pas seul. Ça veut dire que tu n'as pas intérêt à être là quand ils me tomberont dessus.

— Pourquoi te recherche-t-il ?

— Parce que j'ai quelque chose… » Non, il ne l'avait plus, il avait oublié le projecteur dans le bar.

« C'est moi que tu cherchais… dans le bar ? »

Je te cherche depuis que tu es partie. J'ai passé chaque jour la surface du monde au peigne fin, pour te retrouver. Et chaque jour je suis revenu de ma quête les mains vides. Et il perçut dans sa mémoire le bruit mat que faisaient ces cailloux qu'il lançait dans le polymère derrière le Lucky Dragon, dans Sunset. Pierre après pierre. « Non, j'étais là pour le travail. Une enquête privée pour un dénommé Laney. »

Elle ne le crut pas. « Carson m'a suivie jusqu'ici. Je ne voulais plus le voir. Et maintenant, tu es là. Que se passe-t-il ? »

Laney dit que la fin du monde approche. « Il ne se passe rien. Je suis ici, tu es ici. Et il faut que je retourne…

— Où ?

— Dans le bar. J'ai laissé quelque chose là-bas. C'est important.

— Va pas là-bas !

— Il le faut.

— Rydell… » Elle tremblait, maintenant. « Tu es… tu es… » Elle baissa les yeux sur ses mains ouvertes, les paumes noircies, et il comprit que c'était du sang séché, celui du petit ami, qu'elle avait dû poser la main dessus quand elle tentait de s'échapper à quatre pattes. Elle se mit à sangloter en se frottant les paumes sur son jean, essayant d'effacer ces taches.

« Monsieur Rydell ? »

L'homme au tanto, portant le sac de Rydell dans le creux de son bras, comme il l'aurait fait d'un petit enfant.

« Monsieur Rydell, je ne vous conseillerais pas de tenter de quitter le pont. Ils ont certainement mis en place une surveillance et vous tueront plutôt que de risquer que vous leur faussiez compagnie. » La lueur pâle des néons au-dessus se reflétait dans les verres ronds ; cet homme élancé et concis avec de parfaites et circulaires absences à la place des yeux. « Êtes-vous avec cette jeune femme ?

— Oui, répondit Rydell.

— Alors, nous devons aller en direction d'Oakland », dit l'homme en tendant à Rydell le sac alourdi par le projecteur. Rydell espéra que le cordon d'alimentation y était aussi. « Sinon, ils nous dépasseront et nous couperont la route. »

Rydell se tourna vers Chevette. « Ils ne nous ont peut-être pas vus ensemble. Tu devrais t'en aller.

— Je ne le conseillerais pas, reprit l'homme. Moi, je vous ai vus ensemble, et ça ne leur a pas échappé non plus. »

Chevette leva les yeux vers Rydell. « À chaque fois que tu entres dans ma vie, Rydell, je me retrouve dans... » Elle fit la grimace.

« La merde », acheva pour elle Rydell.

54

Il y a des choses qui n'arrivent jamais

L'alarme du réveil scotché à la paroi de carton lui fait quitter momentanément la Cité fortifiée. La sonnerie lui annonce l'arrivée imminente de Costume. Dépourvu de montre, celui-ci n'en est pas moins d'une ponctualité maniaque, ses allées et venues quotidiennes calquées sur les pendules du métro, qui sont maintenues à l'heure par radio, depuis une horloge atomique à Nagoya.

Laney a un goût de sang dans la bouche. Cela fait longtemps qu'il ne s'est pas brossé les dents, et elles lui semblent être artificielles et mal ajustées, comme si en son absence on les avait remplacées par celles d'un étranger. Il crache dans une bouteille réservée à cet effet et envisage de tenter le voyage jusqu'aux toilettes publiques. Importance de la toilette. Ses joues sont envahies de barbe, et il mesure l'effort requis par la tonte. Il pourrait demander à Costume de lui fournir un rasoir électrique jetable, mais il préfère de loin une lame. Il est de ces hommes qui n'ont jamais laissé pousser leur barbe, pas même pour une courte période. (Et maintenant, une petite voix, une qu'il vaut mieux ignorer, lui souffle : cela ne t'arrivera pas.)

Il entend le vieil homme, dans le carton limitrophe, prononcer quelques mots en japonais, et il sait que Costume est arrivé. Il se demande quel modèle le vieil homme est en train de fabriquer, et voit, avec l'œil de son esprit et une clarté hallucinante les dernières touches apportées à une figurine qui n'est autre que lui-même, Colin Laney.

C'est un kit dit « réserve » que ces Laney, une production très limitée et destinée à une poignée d'amateurs passionnés, l'*otaku* des statuettes prêtes à monter, taillée – plastique oblige – dans un styrène d'un mauve parfaitement nauséeux. En effet, le matériau employé pour ce genre de série spéciale présente le plus souvent des teintes livides, car le fabricant enthousiaste est certain que tout kit, une fois assemblé, sera invariablement peint.

Le Laney que le vieil homme sculpte est un Laney plus jeune, le Laney de l'époque L.A., quand il travaillait, en qualité d'analyste quantitatif pour Slitscan, un programme tabloïde télévisé d'une perversité assez monumentale : ce Laney est vêtu avec le dernier chic padanien et porte une très coûteuse paire de lunettes de soleil, dont la monture est en ce moment même reproduite par la brosse en poil de martre la plus fine que possède le vieil homme, dessinant un trait argent aussi fin qu'un cheveu.

Mais cette rêverie s'interrompt avec l'apparition de Costume, du moins de sa tête, les cheveux coiffés en une impeccable banane de lointaine époque rock-and-roll. Laney devine, plus qu'il ne la vérifie de près, la précision avec laquelle Costume a récemment réparé ses lunettes noires, et tandis que celui-ci rampe à l'intérieur du carton en passant sous la couverture couleur melon, Laney hume l'odeur de vieille chose âcre qu'exhalent les effets de son visiteur. Il est étrange qu'une odeur dégagée par un corps à sang chaud suggère un froid intense, mais Costume y parvient, lui.

Il rapporte à Laney du sirop bleu, des vitamines, plusieurs grandes barres de chocolat enrichies de saccharose et de caféine et deux litres de cola ordinaire. Le devant de sa chemise peinte semble animé d'une lueur, comme les chiffres d'une montre de plongeur vus dans les profondeurs d'une fosse marine ou de quelque puits maya, et Laney se laisse à son insu emporté pendant un bref instant parmi les fragments de souvenirs qu'il a gardés de vacances passées jadis dans le Yucatan.

Quelque chose cloche, pense Laney ; quelque chose d'anormal avec ses yeux, parce que voilà que la chemise de Costume brille maintenant de la lumière de mille soleils, et que tout le reste est noir, du noir de ces anciens négatifs. Et cependant il parvient à remettre à son fidèle coursier deux de ces jetons de crédit anonymes et de répondre par une inclination de la tête à la courbette raidie de l'employé modèle que lui adresse Costume, agenouillé parmi les sacs de couchage et les emballages de sucreries, avant de se retirer, emportant avec lui les métamorphoses lumineuses de sa chemise, sans doute quelque effet secondaire du processus dans lequel Laney est désormais immergé.

Laney boit la moitié d'un des flacons de sirop antitussif, mastique et avale le tiers d'une des barres de chocolat, qu'il fait passer de quelques gorgées de cola tiède.

Au moment où il ferme les yeux, avant même d'enfiler les lunettes, il lui semble plonger dans le flot des données.

Il est aussitôt conscient de la présence de Libia et Paco, ses deux guides. Ils ne prennent pas la peine de parler ni de se présenter, mais il les reconnaît d'après une certaine signature et un style particulier de navigation. Il se laisse conduire là où ils le veulent et, bien entendu, il n'est pas déçu de la randonnée.

Un losange s'ouvre devant lui.

Il a sous les yeux ce qui doit être le bureau de Harwood, à San Francisco, avec Harwood assis derrière une immense table chargée de maquettes et de piles de documents. Harwood en conversation téléphonique.

« C'est un lancement absurde, dit-il, et, qui plus est, d'une commodité dénuée de sens. Ça marche, parce que ça ne sert à rien, vous comprenez ? C'est trop bête pour que ça n'ait pas de succès. »

Laney n'entend pas la réponse, et en déduit que Libia et Paco ont piraté une caméra de surveillance dans le bureau de Harwood. Le son est un son d'ambiance, pas un son sur bande.

Harwood roule les yeux au plafond.

« Ce qui fascine les gens, c'est justement l'inutilité de la chose. C'est ça qu'ils apprécient. Oui, c'est fou, mais c'est fun. Vous voulez envoyer un jouet à votre neveu à Houston, et vous êtes à Paris, vous l'achetez, l'emportez au Lucky Dragon le plus proche et vous avez votre cadeau reproduit, à une molécule près, dans un Lucky Dragon à Houston… Quoi ? Qu'est-ce qu'on fait du jouet acheté à Paris ? Vous le gardez, le donnez, le déchirez avec vos dents, espèce d'ennuyeuse et prosaïque salope. Quoi ? Non, sûrement pas. Je suis désolé, Noriko, ce doit être une erreur de votre logiciel de traduction. Comment pouvez-vous seulement imaginer que je puisse dire une chose pareille ? » Harwood regarde devant lui, apparemment accablé par l'ennui. « Naturellement que j'accepte cette interview. Et vous en avez même l'exclusivité. Ne vous ai-je pas choisie en premier ? »

Harwood sourit en cajolant la journaliste, mais son sourire disparaît à l'instant où elle lui pose la question suivante.

« Les gens ont peur de la nanotechnologie, Noriko. Nous le savons bien. Même à Tokyo, soixante-dix-huit pour cent de votre population pourtant technofétichiste a refusé jusqu'ici de franchir le seuil d'une seule structure nanotech. Ici même, sur la côte, je vous citerai l'exemple de Malibu, où s'est produit dernièrement un très grave accident biotechnique, qui n'est lié d'aucune façon à la nanotech. Le désastre est en train d'être réparé avec une combinaison de trois algues intelligentes, mais tout le monde est convaincu que les plages grouillent d'invisibles nanobots qui n'attendent qu'une chose, c'est de grimper votre chatte rébarbative. Quoi ? "Une chatte inamicale" ? Non. Décidément, vous avez un problème de traduction, Noriko. Et j'espère que ce sont des notes que vous prenez, parce que je vous rappelle que nous sommes convenus d'un entretien non enregistré. Si jamais une seule de mes paroles se retrouvait sur une bande magnétique quelconque, vous n'aurez plus jamais rien de moi. Quoi ? Bon. Je suis heureux de l'entendre. » Harwood bâilla, silencieusement. « D'accord, une dernière question. »

Harwood écoute, fait la moue.

« Parce que Lucky Dragon est essentiellement utile. Lucky Dragon vous permet d'acheter tout ce dont vous avez besoin, quand vous en avez besoin, vingt-quatre heures sur vingt-quatre, sept jours sur sept. Mais Lucky Dragon est aussi amusant. Et les gens s'amuseront beaucoup avec ces unités. Nous avons fait un tas de recherches pour découvrir que nous ne savons pas vraiment ce que les clients des Lucky Dragon feront de cette technologie, mais cela fait partie du jeu. » Harwood explore le conduit de sa narine gauche du bout de l'ongle de son petit doigt mais ne semble rien y trouver d'intéressant. « Une petite pipe ? dit-il, soudain espiègle. "Pipette" ? Non, Noriko, ce n'est pas ça et, à votre place, je ferais réviser ce logiciel de traduction. Au revoir. » Harwood raccroche, regarde devant lui. Le téléphone sonne. Il décroche, écoute. Fronce les sourcils.

« Pourquoi cela ne me surprend-il pas ? Et pas le moins du monde ? » Il semble à Laney que Harwood est au bord d'éclater de rire. « Bien. Vous pouvez essayer. Vous le pouvez certainement. Mais si vous échouez, alors c'est lui qui vous tuera. Tous. Jusqu'au dernier. Mais je ne devrais pas m'en inquiéter, n'est-ce pas ? Parce que j'ai votre press-book sur mon bureau, et c'est assurément une belle brochure, imprimée à Genève, parfaitement documentée et qui me garantit que j'ai loué les services du meilleur. Et je crois sincèrement que vous êtes le meilleur. Nous avons scanné le marché avant d'arrêter notre choix sur vous. Mais je sais aussi qu'il est ce qu'il est. Aussi que Dieu vous vienne en aide. »

Harwood raccroche.

Laney sent Libia et Paco qui le tirent par la manche, le pressant de filer.

Il aurait bien aimé rester là, avec Harwood. Il regrette que Harwood et lui ne puissent s'asseoir l'un en face de l'autre et partager leur expérience de la compréhension nodale. Il aimerait, par exemple, entendre de Harwood son interprétation du nodus de 1911. Il aimerait discuter avec Harwood du lancement de ces nanoreproductions dans les Lucky Dragon. Il s'imagine envoyer un fac-similé de la figurine Laney – bien que le mot "envoyer" ne soit pas le plus adéquat – mais où et à qui ?

Libia et Paco l'emmènent dans cet endroit où cette chose est en train de grandir, et il remarque qu'elle a changé. Il se demande si Harwood l'a examinée récemment, cette forme d'un monde nouveau, si l'on peut dire toutefois d'un monde qu'il est nouveau. Il se demande encore s'il aura jamais l'occasion de s'entretenir avec Harwood.

Il y a des choses qui n'arrivent jamais, se rappelle-t-il.

Sauf la mort, lui souffle la petite voix.

Casse-toi, lui dit Laney.

55
Brillantes jeunes choses

Plus tard Fontaine se souviendrait que, réveillé par les coups frappés à sa porte, il n'avait pas pensé à son Smith & Wesson mais à ce pistolet à chaîne, de fabrication russe, emmuré quatre mois plus tôt sous une couche de plâtre dans la cloison, hors de sa vue et de son esprit.

Et il s'étonnerait d'avoir eu cette pensée pour cette chose particulièrement laide alors qu'il prenait conscience de ce tapement pressant à la vitre.

Une voix chuchotant comme un souffleur, au théâtre.

« Fontaine !

— Qu'on me foute la paix », grommela Fontaine en se redressant. Il se frotta les yeux et jeta un regard clignotant aux aiguilles phosphorescentes d'un réveil sans âme, à quartz noir, d'origine japonaise, que lui avait offert Clarisse, qui aimait lui faire remarquer qu'il était souvent en retard, surtout pour l'entretien du dernier-né, alors qu'il possédait tant de vieilles montres.

Il n'avait pas dormi plus d'une heure.

« Fontaine ! » Voix féminine, mais pas celle de Clarisse.

Il enfila son pantalon, glissa les pieds dans la froide humidité de ses chaussures et prit son revolver. « Je dirai que c'était de l'autodéfense », dit-il en jetant un regard à ce môme étrange échoué comme un petit cachalot sur le tapis de sol, ronflant de nouveau mais doucement.

Et il pénétra dans la boutique et reconnut derrière la vitre de la porte la fille de Skinner, avec un œil au beurre noir et l'air franchement paniquée.

« C'est moi ! Chevette ! Tapant sur le verre avec un objet métallique.

— Me casse pas ma fenêtre, petite. » Fontaine tenait l'arme contre sa hanche, comme il le faisait toujours en allant ouvrir, et il vit que Chevette n'était pas seule ; deux hommes blancs étaient derrière elle, un balèze, le cheveu brun et l'air d'un flic, l'autre rappelant à Fontaine un professeur de musique connu il y a bien longtemps, à Cleveland. Ce dernier provoquant chez Fontaine un picotement à la nuque, sans qu'il pût en déceler la cause. Un homme étrangement impassible.

« Je dormais, Chevette, dit-il.

— On a besoin d'aide.

— Qui ça, on ?

— J'suis avec Rydell. Tu te souviens de lui ? »

Oui, Fontaine s'en souvenait, bien que vaguement : l'homme avec lequel elle avait filé à Los Angeles. « Et qui d'autre ? »

Elle ouvrit la bouche, parut troublée, jeta un regard derrière elle.

« Un ami », dit celui qui s'appelait Rydell, mais sans trop de conviction. Il portait une espèce de fourre-tout, dont la toile moulait un objet ressemblant à une grosse bouteille Thermos ou peut-être un de ces autocuiseurs de riz. (Fontaine espéra qu'il n'allait pas revivre l'un de ces pathétiques épisodes où on l'avait pris pour un prêteur sur gages.)

« Laisse-nous entrer, Fontaine. On a des ennuis. »

Il ne doutait pas que Chevette en eût, car son œil était vraiment dans un sale état. Il entreprit de déverrouiller la porte tout en remarquant que la môme jetait de fréquents regards derrière elle, comme si elle attendait de la compagnie indésirable. Rydell aussi faisait la même chose. Seul le professeur, remarqua Fontaine, le regardait, lui, Fontaine, et il était bien content de sentir la crosse de son Smith & Wesson dans sa main.

« Referme derrière nous, dit Chevette en entrant, suivie des deux autres.

— J'suis pas sûr d'en avoir envie, dit Fontaine, parce que vous la repasserez plus facilement. Je dormais, tu comprends ?

— Fontaine, il y a des types armés sur le pont.

— En effet », dit-il en passant son pouce sur le chien de son revolver.

Le professeur referma la porte.

« Hé ! protesta Fontaine.

— Y a-t-il une autre sortie ? demanda l'homme, examinant les verrous.

— Non » répondit Fontaine.

L'étranger jeta un regard dans le fond de la boutique, au-delà des orteils du gosse endormi. « Et de l'autre côté de la cloison, il n'y a que le vide ?

— Exact, dit Fontaine, quelque peu contrarié par la facilité avec laquelle l'inconnu avait obtenu cette information.

— Y a-t-il des gens qui habitent au-dessus ? » L'homme leva les yeux vers le plafond de contreplaqué.

« Je ne sais pas, dit Fontaine. S'il y en a, ils ne font pas de bruit. Je les ai jamais entendus. »

Ce Rydell, il semblait avoir du mal à marcher. Il gagna le comptoir et posa son sac sur la plaque de verre.

« Dites, faites gaffe à pas me casser ma vitrine ! »

Rydell se tourna vers lui, une main pressée sur son côté. « Vous n'auriez pas de l'adhésif ? Du large ? »

Fontaine avait une trousse de secours, mais celle-ci ne contenait rien qui pût servir à quiconque, hormis deux ou trois vieilles compresses stérilisées un demi-siècle plus tôt et un bandage oculaire accompagné d'un mode d'emploi rédigé en finlandais.

« J'ai de l'adhésif. Pour colmater les fuites de conduits. Il colle bien à la peau. Vous en voulez ? »

Rydell se débarrassa péniblement de son blouson et commença de déboutonner d'une main sa chemise de toile bleue. La fille l'aida et, quand l'homme fut torse nu, Fontaine vit la chair tuméfiée qui, sur tout le côté, avait viré au brun jaunâtre. Une méchante ecchymose.

« Un accident ? » dit Fontaine, en glissant son arme dans la poche de son pantalon, la vieille crosse en noyer sortant juste assez pour qu'il puisse s'en saisir facilement, en cas de besoin. Il sortit un rouleau d'adhésif gris argent d'une vieille commode. « Vous voulez que je vous bande ? J'ai soigné des boxeurs à Chicago.

— S'il vous plaît », dit Rydell en levant son bras avec une grimace de douleur pour découvrir son flanc.

Fontaine déchira une longueur de bande et examina la cage thoracique de Rydell. « L'adhésif, c'est mystique, savez-vous ? » Il tendit la découpe entre ses deux mains, la face collante de couleur plus foncée vers Rydell.

« Comment ça, mystique ? demanda Rydell.

— Parce qu'elle a une face sombre, dit Fontaine, et une claire. » Montrant l'envers, gris argenté. « Et il vous recolle l'univers entier. » Rydell dut se retenir de crier quand la bande fut appliquée. « Respirez, dit Fontaine. Jamais accouché une femme ?

— Non, parvint à répondre Rydell.

— Eh bien, dit Fontaine en préparant une nouvelle bande, plus longue celle-ci, il faut respirer comme on dit aux femmes de le faire quand les premières contractions surviennent. Voilà… comme ça… »

Le reste se passa vite et, quand Fontaine eut fini, il vit que Rydell était capable de reboutonner sa chemise sans l'aide de personne.

« Bonsoir », dit le professeur dans son dos et, se retournant avec le rouleau dans sa main, il vit que le gosse s'était réveillé ; assis sur sa couche, il ouvrait de grands yeux vides en contemplant l'homme au manteau gris-vert. « Tu m'as l'air en forme. C'est chez toi, ici ? »

Quelque chose bougea, derrière les yeux du garçon ; brève reconnaissance et tout aussi brève retraite.

« Vous vous connaissez ? demanda Fontaine.

— Nous nous sommes rencontrés la nuit dernière, dit l'homme. Ici, sur le pont.

— Attendez une minute, dit Fontaine. Vous lui avez donné une montre ? »

L'homme se tourna vers Fontaine et le regarda avec ce calme étrange, sans rien dire.

Fontaine éprouva un sentiment de culpabilité. « Ça va bien, dit-il. Je la lui garde.

— Je vois.

— C'est une montre rare, reprit Fontaine. Où l'avez-vous eue ?

— Singapour. »

Le regard de Fontaine alla du visage carnassier de l'homme qui ne devait pas être un professeur de musique à celui sans expression du garçon, sous sa nouvelle coupe de cheveux.

« Je vois que vous avez un revolver dans votre poche, dit l'homme.

— Et moi, je suis seulement content de vous voir, répliqua Fontaine, mais personne ne releva.

— De quel calibre.

— 22 long rifle.

— Longueur du canon ?

— Douze centimètres.

— Précis ?

— C'est pas un pistolet de tir à la cible, mais douze centimètres de canon, c'est pas mal. » Cet échange le rendait nerveux, et il avait très envie de sortir son arme de sa poche, mais il pensait que son geste entraînerait une réaction, il en était sûr, et il n'avait pas envie de savoir ce qu'elle serait.

« Donnez-le moi, dit l'homme.

— Pas question, dit Fontaine.

— Il y a un certain nombre de gens armés qui sont à la recherche de monsieur Rydell, cette nuit. Ils veulent le capturer vivant afin de le faire parler mais le tueront certainement si jamais il tente de s'échapper. Et ils tueront aussi tous ceux qu'ils trouveront avec lui, ce qu'ils appelleront "faire le ménage". Vous comprenez ?

— Qui sont-ils ?

— De jeunes choses brillantes.

— Quoi ?

— Des mercenaires, engagés par quelqu'un qui considère monsieur Rydell comme l'employé d'un concurrent, d'un ennemi. »

Fontaine le regarda. « Pourquoi voulez-vous mon revolver ?

— Afin d'en tuer le plus grand nombre que je pourrai.

— Mais je vous connais ni d'Eve ni d'Adam.

— C'est exact.

— C'est dingue... » Fontaine se tourna vers Chevette. « Tu connais ce type ?

— Non, répondit Chevette.

— Et vous, Rydell ? »

Rydell regarda tour à tour les deux hommes. « Non, dit-il à Fontaine, je ne le connais pas, mais vous savez quoi ?

— Quoi ?

— Je lui donnerais ce qu'il demande, si j'étais vous.

— Pourquoi ?

— Je ne sais pas, mais je sais que je le ferais.

— C'est dingue, dit Fontaine, se répétant et élevant malgré lui la voix. Alors, Chevette, dis-moi un peu pourquoi tu as débarqué ici avec ces types ?

— Parce que Rydell ne pouvait pas marcher plus vite. Je suis désolée, Fontaine, mais on avait besoin d'aide. »

« Putain », dit Fontaine. Il sortit le Smith & Wesson de sa poche, l'acier bleu réchauffé par la chaleur de son corps. Il ouvrit le barillet et éjecta les cinq cartouches dans sa paume. Fragiles morceaux de cuivre pas plus épais qu'un crayon, chacune coiffée d'une balle de plomb à l'extrémité creusée d'un minuscule puits. « Voilà toutes les munitions que j'ai. » Il tendit l'arme à l'homme en tenant le canon orienté vers le plafond, le barillet ouvert, puis lui remit les cartouches.

« Merci, dit l'homme. Puis-je le recharger, maintenant ?

— Messieurs, dit Fontaine, ressentant une frustration dont le sens lui échappait, vous pouvez démarrer vos putains de moteurs.

— Je suggère, dit l'homme, insérant l'une après l'autre les cinq cartouches, que vous fermiez la porte derrière moi et que vous vous cachiez, de manière à ce qu'on ne puisse vous voir par la vitrine ou la vitre de la porte. S'ils découvrent que vous êtes là, ils vous tueront. » Il referma le barillet et vérifia la visée en pointant le canon vers un pan de mur nu.

« Il tire un peu sur la gauche quand on actionne la détente, dit Fontaine. Il faut en tenir compte.

— Merci », dit l'homme et il s'en fut, refermant la porte derrière lui.

Fontaine regarda Rydell, dont les yeux brillaient. L'ex-flic était au bord des larmes.

56
Un drôle de pistolet

« Monsieur Fontaine, dit Rydell, vous n'auriez pas une autre arme à feu dans votre magasin ? »

Ils étaient tous les trois dans la remise, assis par terre l'un à côté de l'autre, le dos appuyé au mur orienté vers Oakland. Entre Rydell et Fontaine, le sac avec le projecteur. Le gosse qui avait dormi sur un tapis de sol occupait maintenant le lit de camp étroit de Fontaine, pianotant sans cesse sur un portable, la tête coiffée d'une de ces énormes paires de visiophones de l'armée, et on aurait pu le prendre pour un robot, si on n'avait vu le bas de son visage et remarqué qu'il gardait la bouche ouverte en permanence. Les lumières étaient éteintes, de telle manière qu'on distinguait parfaitement la pulsation régulière des pixels lumineux émanant du casque.

« Je ne fais pas commerce des armes, dit l'homme noir, mais de montres de marque, de couteaux signés, de... »

Des couteaux, Rydell pensait avoir eu une indigestion. « C'est juste que je n'aime pas être assis comme ça, à attendre.

— Personne n'aime ça », dit à côté de lui Chevette, qui pressait un linge mouillé sur son œil.

En vérité Rydell n'aimait pas la position assise parce qu'il n'était pas sûr d'être capable de se relever. Ses côtes, maintenues par l'adhésif, lui faisaient moins mal qu'auparavant mais son immobilité présente entraînait une raideur dans tout son corps. Il allait demander à son hôte de lui parler de ces couteaux quand Fontaine dit : « Ma foi, il y a bien…

— Quoi ? dit Rydell.

— Ça fait pas vraiment partie de mon stock.

— Qu'est-ce qui ne fait pas partie de votre stock ?

— J'ai hérité ça de cet avocat, de l'Union africaine, vous savez ? Un politique.

— Eh bien ?

— Eh bien, quand on a connu des situations pareilles, tout ce nettoyage ethnique et ces tueries…

— Oui ?

— On a tendance à se protéger, au cas où. »

Rydell était tout ouïe.

« L'ennui, poursuivit Fontaine, c'est que tous ces types de l'Union africaine ont chopé cette mentalité de tueur. Et mon avocat, Martial, il y a pas échappé non plus. Notez, il lutte contre, il consulte même un thérapeute et essaye d'apprendre à se promener sans porter une arme et craindre à chaque seconde de se faire égorger par une tribu ennemie, comme si on était pas en Amérique, ici, hein ?

— Je pense, monsieur Fontaine, qu'en Amérique on risque de se faire trouer la peau plus souvent qu'à son tour.

— C'est vrai, dit Fontaine en déplaçant son séant, mais Martial, lui, est traumatisé, vous comprenez ?

— Et vous l'aidez à surmonter son problème en lui gardant l'arme qu'il s'est achetée, pour qu'il ne soit pas tenté de la trimballer avec lui, n'est-ce pas ? »

Fontaine regarda Rydell. Pinça les lèvres. Acquiesça d'une secousse de ses longues nattes.

« Et où se trouve-t-elle ?

— Dans le mur, derrière nous. »

Rydell se tourna légèrement pour examiner la paroi.

« C'est du contreplaqué ?

— Oui, enfin pas entièrement, dit Fontaine en se retournant vers le mur. Vous voyez ici ? C'est une cache. On a assemblé une boîte, on a mis le machin dedans, encastré le tout dans le mur, plâtré, repeint.

— N'importe qui pourrait la trouver avec un détecteur de métal, fit remarquer Rydell, qui se souvenait de son cours sur les caches d'armes à l'académie de police.

— Oui, mais j'pense pas qu'il y ait beaucoup de métal dans ce bidule, dit Fontaine, en tout cas sûrement pas dans le système de chargement.

— On pourrait le voir ?

— Une fois qu'on l'aura sorti, je l'aurai sur les bras.

— Non, Rydell, c'est moi. »

Fontaine sortit de sa poche un petit canif au manche de corne, le déplia et commença à gratter le mur.

« Vous pourriez peut-être prendre un couteau plus efficace, suggéra Rydell.

— Chut », répondit Fontaine. Et Rydell vit que la pointe de la lame avait exposé un anneau sombre, de la taille de ceux qu'on porte au doigt. Fontaine le dégagea un peu plus de sa gangue de plâtre. « Voilà, il suffit de tirer dessus, d'accord ? »

Rydell passa son majeur dans l'anneau et tira. Rien ne bougea.

« Plus fort », dit Fontaine.

L'enduit craqua et se détacha, tandis que le câble d'acier fin comme du fil et scellé à l'anneau découpait la couche de plâtre comme du fromage sec en dessinant un rectangle de trois centimètres d'épaisseur qui finit par choir dans la main de Rydell. Fontaine sortait maintenant du trou un paquet enveloppé dans ce qui ressemblait à une vieille chemise verte.

Rydell regarda Fontaine déballer la chose, découvrant un objet épais et lourd qui ressemblait à un croisement entre ces cartons de lait familiers à l'enfance de Rydell et une grosse perceuse. Elle était d'un vert olive uniforme et, si c'était une arme à feu, elle était la plus bizarre et la plus laide qu'il eût jamais vue. Fontaine la tenait pointée vers le plafond par le haut du carton de lait. Il y avait à l'autre extrémité une étrange poignée et, devant celle-ci, une espèce de tube rainuré à section carrée d'environ dix-huit centimètres de long.

« C'est quoi, cet engin ? demanda Rydell.

— Un pistolet à chaîne, dit Fontaine. Jetable. Se recharge pas. Le truc long et carré, c'est le canon et aussi le chargeur. Aucune pièce mobile, la mise à feu est électrique. Deux poussoirs ici, à la place de la queue de détente, il faut presser les deux en même temps. Quatre fois, quatre cartouches.

— Pourquoi ils appellent ça un pistolet à chaîne ?

— Ce bidule, dit Fontaine, tient plus du lance-grenades, vous voyez ? Ou bien un genre de mine à fragmentation portable. Il m'a bien recommandé de pas s'en servir dans un espace clos et de faire feu avec quand vous êtes sûr que devant vous il y a personne de votre camp.

— D'accord, et la partie chaîne, c'est quoi ? »

Fontaine tapota doucement de son index sur le canon carré. « Là-dedans, il y a cent mètres de câble en acier coupant comme un rasoir. »

Rydell souleva la chose par la poignée en veillant à ne pas toucher les poussoirs. « Et comme efficacité…

— Un vrai hachoir à viande, dit Fontaine.

— J'ai entendu un coup de feu, dit Chevette, écartant le linge de son œil.

— Pas moi, dit Rydell.

— Moi, oui, dit-elle. Un seul.

— Ça fait peu de bruit, le 22, dit Fontaine.

— Je sens que je vais craquer, moi », dit Chevette.

Ce fut au tour de Rydell de percevoir un bruit. Une brève et sèche et faible détonation. « J'vais jeter un œil », dit-il.

Chevette se pencha en avant, un œil noir et violet, tuméfié et fermé, l'autre gris et sauvage, dans lequel se lisaient la peur et la colère. « On n'est pas à la télé, Rydell. Tu le sais, ça ? Tu sais faire la différence ? C'est pas un épisode à la con. C'est ta vie. Et la mienne. Et la leur, désignant Fontaine et le garçon. Alors pourquoi tu restes pas tranquillement assis ? »

Rydell sentit une chaleur dans ses oreilles, et il comprit qu'il rougissait. « Parce que justement j'peux rester tranquillement assis et attendre…

— Je sais, dit-elle, et j'pourrais en dire autant. »

Rydell tendit le pistolet à chaîne à Fontaine et se remit debout, avec raideur mais moins difficilement qu'il ne le craignait. Fontaine lui redonna l'arme. « J'ai besoin de clés pour ouvrir la porte ?

— Non, dit Fontaine, je n'ai pas mis les verrous. »

Rydell tourna le coin de la cloison qui les cachait de la fenêtre dans la porte et de la vitrine.

Quelqu'un dans l'ombre, dehors, lâcha une rafale d'arme automatique munie d'un silencieux tellement efficace qu'on n'entendait qu'un crissement de fermeture éclair qui contrastait avec le vacarme des impacts dans la boutique. La vitrine, le carreau et le verre du comptoir volèrent en éclats.

Par pur réflexe, Rydell se jeta à terre. De l'autre côté de la rue, l'arme se tut abruptement, son chargeur vide.

Rydell se revit dans le stand de tir à l'école de Knoxville, éjectant un chargeur banane d'un fusil d'assaut, prenant l'autre posé à coté de lui et l'insérant dans la chambre d'un coup sec. Combien de temps prenait ce geste ? Rien que le nombre de mouvements nécessaires.

Il distingua soudain un son aigu et faible, et il réalisa que c'était Chevette qui pleurait.

Il se releva, poussa le nez du pistolet à chaîne de cet avocat du Kombinat dans la meurtrière que formait maintenant la porte sans sa vitre.

L'un des poussoirs était la sûreté

L'autre emplit l'air extérieur d'une flamme jaune, le recul manqua lui briser le poignet, mais personne, vraiment personne ne rechargerait quoi que ce soit.

Pas dans un rayon de cent mètres.

57
Œil

Et en nettoyant, le lendemain, Fontaine trouvera par terre dans la remise une boîte de gros sel mexicain, trouée par une balle.

Et il la ramassera et versera le sel dans sa main par le trou sur le côté, jusqu'à ce qu'il en tombe la pointe creuse bourgeonnant de manière exotique du projectile qui a perforé la cloison de contreplaqué, puis frappé la boîte de sel sur l'étagère, pour y consumer son incandescence et, une fois refroidie, prendre l'aspect d'un grain de pop-corn torturé, car c'est sous cette forme meurtrière que ses concepteurs l'ont destinée à la chair.

Et il placera la chose dans sa vitrine à côté d'un soldat de plomb, autre survivant de la guerre.

Mais le voilà qui se déplace malgré lui comme dans un rêve, et ce qui lui revient dans ce silence, ce silence palpable qui lui procure l'impression de se déplacer dans un bain de glycérine, prend le visage de son père qui, en dépit de l'effroi de sa mère, l'emmène dehors dans la cour, derrière la maison sur la côte en Virginie, pour qu'il fasse l'expérience de l'œil du cyclone.

Et dans cet œil, après la rage initiale de la tempête, rien ne bouge. Nul oiseau ne chante. Chaque branche dénudée de ses feuilles semble figée dans la pierre, et cependant à la périphérie de la perception on peut sentir l'encerclement de l'ouragan. Quelque chose de subsonique, qu'on sent sans l'entendre. Qui reviendra. C'est une certitude.

Et c'est dans une semblable pétrification qu'il se relève et bouge, voit les mains tremblantes du garçon au-dessus du clavier du portable, la tête de nouveau coiffée de la vieille paire de visiophones militaires. Et il pense pendant une seconde que le gosse est blessé, mais il ne voit pas de sang. Seulement effrayé.

Les armes à feu sont faites pour qu'on s'en serve, il le sait, et Rydell l'a prouvé en tirant avec celle de Martial, cette horrible chose, de fabrication russe, butin pervers en provenance d'Afrique et de guerres d'une bêtise éternelle, de luttes ethniques séculaires, couvant sans cesse comme ces feux privés d'air sous l'humus des tourbières. Une arme dont l'utilisation est à la portée des primitifs.

Des relents de sa charge propulsante stagnent dans sa gorge, âcres et chimiques. Un tapis de bris de verre craque sous ses chaussures.

Rydell se tient sur le seuil de la boutique, le pistolet à chaîne pendant à sa main telle une arme de duelliste, et Fontaine le rejoint pour regarder dans l'allée étroite et couverte du pont cette aspersion rouge sang sur la chaussée, se disant que dans l'ombre un peu plus loin on doit sûrement trouver d'autres preuves plus évidentes, des fragments de chair et d'os peut-être, et aussi cette arme automatique.

« Chevette », dit Rydell, comme s'il se souvenait d'elle, et il se retourne et rentre dans la boutique dans le crissement du verre sous ses pas.

Fontaine continue de regarder cette métamorphose instantanée d'un homme en une large tache vermillon et remarque soudain quelque chose au-dessus de lui à la périphérie de sa vision. Une chose argent.

Il tressaille, mais ce n'est qu'un ballon, une espèce de coussin à enveloppe de mylar équipé de propulseurs articulés et d'une caméra. La chose descend au niveau de la boutique, s'arrête et tourne de manière à braquer sur lui son objectif.

Fontaine considère l'objet, se demandant si celui-ci est porteur d'une arme quelconque, mais non l'engin se contente de rester là suspendu dans l'air, alors il s'en détourne et entreprend le constat des dégâts. Tout ce qui était verre a été brisé, mais les impacts de balles ne sont pas faciles à repérer. Deux ont perforé une antique pancarte publicitaire Coca-Cola en forme de capsule de tôle émaillée, dont il aurait pu tirer un bon prix sans ces deux points qui ont quelque chose de final.

C'est le comptoir qui l'attire maintenant, bien qu'il redoute ce qu'il va y découvrir : ses montres sous les éclats de verre, comme des poissons dans un aquarium brisé. Tirant une Gruen "Curvex" par son bracelet en faux croco, il constate que le mécanisme s'est arrêté. Il soupire. Cela fait longtemps que Clarisse lui conseille d'acheter un coffre ignifugé où ranger ses pièces les plus rares la nuit. S'il l'avait écoutée… Mais celle-ci, un chronomètre Doxa, au cadran gentiment corrodé, l'une de ses préférées, autour de laquelle rodent bien des clients, tourne toujours. Il la porte à l'oreille et perçoit le tic-tac d'un mécanisme assemblé des années avant sa propre naissance.

Mais il voit maintenant quelque chose qui ne plaira pas à Clarisse : ses bébés La Doublure amoncelés, leurs corps enchevêtrés comme sur quelque horrible photo d'une atrocité sans nom, leurs têtes arrachées et leurs torses perforés se vidant de leur silicone (Fontaine n'arrive jamais à se rappeler si c'est un solide qui se liquéfie ou un liquide qui se solidifie). Pas un seul n'a réchappé de la fusillade, et comme il se penche pour les examiner de plus près, il entend l'un d'eux répéter à l'infini une seule syllabe, sans qu'il puisse discerner si c'est du japonais ou de l'anglais. Cela le fascine fortement, et il se souvient d'un sentiment semblable, quand il était enfant, à la vue des décombres d'un cinéma dans Harlem ; le feu qui avait ravagé les lieux avait étrangement épargné le stand de confiseries, mais tout ce qu'il contenait avait fondu et s'était solidifié en une coulée de sucre qui dégageait une odeur bien plus agréable, en dépit de l'âcreté des cendres détrempées par les lances d'incendie, que cette mélasse de silicone.

Et il entend maintenant Chevette et Rydell qui discutent, se disputent même, et il souhaite qu'ils se taisent. Il est dans l'œil du cyclone, et il n'a pas envie qu'on l'en distraie.

58
Petite absence bleue

Le gros plan, pris caméra portée, montre à Laney cette petite absence bleue juste au coin de l'œil du mort, telle une expérience de nature terminale avec du rimmel. Une entrée de blessure, par balle, d'une circonférence des plus modestes.

« Vous remarquerez l'absence de marques de poudre et de brûlure, dit la voix de celui qui filme. Donc, un tir à distance.

— Pourquoi me montrer cela ? » demande Harwood d'une voix désincarnée.

Le cadrage prend du recul, révélant le mort, un blond dans une veste de cuir noir, assis le dos à une cloison verticale embrumée d'un bombage de volutes de peinture émaillée. Le cadavre a un air étonné et louche un peu. Le champ s'élargit encore pour qu'un second corps apparaisse, celui-ci dans une veste matelassée noire, le visage embrassant le pavé.

« Une balle chacun. On ne s'attendait pas à ce qu'il soit en possession d'une arme à feu.

— Le pont est connu pour son laxisme à l'égard de la législation sur les armes, vous savez. »

L'homme à la caméra a tourné celle-ci vers lui, car son visage apparaît sous un angle bizarre, pris probablement à hauteur de hanche. « Je tenais seulement à vous en faire la remarque.

— S'il quittait la scène en vie, votre agence devrait faire face à des difficultés qui ne seraient pas seulement d'ordre contractuel. Vous vous êtes engagé par écrit à vous occuper de tout, vous vous en souvenez ?

— Et vous avez accepté de votre côté d'écouter nos suggestions.

— Et je l'ai fait.

— Je suis venu ici avec une équipe de cinq hommes. Deux ont été tués, j'ai perdu le contact radio avec le troisième, et je viens d'entendre ce qui ressemblait à une explosion. Cet environnement est par nature instable : une fourmilière en armes. Ces gens sont des bombes en puissance et ne reconnaissent aucune autorité. Nous pourrions avoir une émeute sur les bras, et si cela se produit, nous n'aurons plus aucune chance d'éliminer votre homme ni de capturer Rydell.

— Le capturer de nouveau, devriez-vous dire.

— J'ai une dernière suggestion. » L'homme lève légèrement la caméra de manière à ce que son visage remplisse l'écran, son écharpe soulignant l'image d'un large trait noir.

« Oui ?

— On le brûle.

— Brûler qui, quoi ?

— Le pont. C'est une véritable mèche d'amadou.

— Mais cela exige une installation, et en avez-vous le temps ?

— Tout est déjà installé. » L'homme montre une télécommande qu'il tient dans son autre main. « Nous avons posé des bombes incendiaires activées par radio.

Nous avons pour politique de parer à toutes les éventualités.

— Mais nos deux hommes ne pourront-ils pas profiter de la confusion pour s'échapper ? Vous me disiez à l'instant que vous redoutiez une émeute…

— Personne n'en réchappera. Ça brûlera de Bryant Street à Treasure Island.

— Et vous, comment ferez-vous pour dégager ?

— Cela aussi a été prévu. »

Harwood observe un silence. « Eh bien, dit-il enfin, je pense qu'il n'y a pas de temps à perdre. »

À ces paroles, l'homme presse un bouton sur la télécommande.

En proie à une soudaine panique, Laney se dégage du losange et cherche Libia et Paco.

Le projecteur est là-bas, sur le pont. Il ne sait toujours pas quel rôle joue l'appareil, mais Rei Toei fait partie intégrante du bouleversement imminent.

Et il comprend que Harwood le sait aussi ou en a l'intuition et qu'il agit, a déjà agi, pour l'empêcher.

Il arrache les visiophones de sa tête et, parmi les couleurs de l'obscurité, cherche à tâtons un téléphone.

59
Les oiseaux sont en feu

Chevette ne pouvait détourner son regard des trous ponctuant la cloison de contreplaqué entre le devant et l'arrière de la boutique de Fontaine, observant comment les balles avaient arraché de longues échardes de bois de chaque côté du trou, tendant à travers la remise une trame de fils virtuels, chacun porteur d'une mort réelle.

Elle ne pouvait croire qu'elle ait pu échapper à l'une de ces trajectoires et en éprouvait une terreur rétrospective, qui la faisait trembler de tout son corps, et elle devait serrer les dents pour les empêcher de claquer, et en plus elle avait le hoquet et tout cela la mortifiait tellement qu'elle s'en prenait maintenant à Rydell tout en étant désolée pour lui, parce qu'il avait lui-même l'air d'être sous le choc.

Elle avait vaguement conscience de gens qui venaient jusqu'au seuil du magasin mais, à la vue de Rydell avec le pistolet à chaîne, repartaient à la hâte. C'étaient des gens du pont, et c'était leur manière de réagir à l'événement. Sans la présence de cet homme armé, ils auraient demandé des nouvelles de chacun et auraient proposé leur aide, contrevenant à la règle générale qui voulait, comme Skinner se plaisait à le rappeler, que chacun balayât devant sa porte.

Elle avait l'impression d'être divisée en deux, une partie d'elle pestant contre Rydell pour l'avoir entraînée une fois de plus dans une telle dinguerie, et l'autre partie qui continuait de regarder autour d'elle d'un air effaré avec l'envie de dire : regarde ça, quel miracle que je sois encore en vie !

Mais un bip-bip commença à sonner dans la poche de Rydell, et il en sortit une paire de lunettes de soleil à grosses montures noires bordées d'un chrome cheap et les enfila rapidement. « Allô ? dit-il. Laney ? »

Chevette tourna la tête, car l'homme à qui Fontaine avait donné son revolver venait d'ouvrir la porte dans le crissement devenu familier des bris de verre. Il entra, identique à lui-même hormis une longue zébrure sur la joue où perlaient des gouttes de sang. Il sortit le petit Smith & Wesson de la poche de son manteau et le tendit à Fontaine en le tenant de côté par le cylindre où on insérait les cartouches. « Merci », dit-il.

Fontaine porta l'arme à son nez, la renifla et haussa les sourcils d'un air interrogateur.

« J'ai ajusté la mire, dit l'homme. Plus besoin de rectifier la visée quand on presse la détente. »

Fontaine fit basculer le barillet sur le côté et en éjecta cinq douilles vides qu'il recueillit dans sa main. Il les considéra puis regarda l'homme. « Le score ?

— Trois, répondit l'homme.

— Je pense qu'il y en a un, disait Rydell. Il y a un gosse qui s'en sert. Tu veux que j'essaie de la câbler ? Tu lui parleras, Laney ? Elle m'a dit que vous aviez de longues conversations... avant. »

Chevette lui trouvait l'air idiot, à Rydell, à parler dans le vide, une main pressée contre l'oreillette, l'autre tenant toujours cet incroyable pistolet. Il aurait pu poser cette saleté quelque part, tout de même.

« Allez, Rydell, dit-elle, et puis elle découvrit Divin Joujou qui, collé au plafond dans l'entrée de la boutique, braquait sur elle sa caméra. Tessa ? Tessa, tu m'entends ? »

Seul un bruit de parasites, semblable au babil d'un perroquet, lui répondit.

« Tessa ? »

L'homme au loden se tourna vers Chevette. « Je suis désolé, dit-il, mais les hommes qui vous ont attaqués communiquent entre eux sur certaines ondes, et j'utilise un brouilleur de manière à les isoler. » Il leva les yeux vers la plate-forme. « Les fréquences qui contrôlent cet appareil ne sont pas affectées, mais toute communication vocale est pour le moment impossible.

— Tessa ! » Chevette faisait des signes de la main au ballon, mais celui-ci continuait de la regarder de son œil mécanique.

« Comment ça… brûler ? s'écriait Rydell. Quoi, maintenant ? En ce moment même ? » Il ôta ses lunettes. « Ils mettent le feu au pont.

— Le feu ? » répéta Chevette. Elle se souvenait de la prudence de Skinner à ce sujet et aussi combien les gens faisaient très attention avec les appareils de cuisson et les allumettes, et que balancer un mégot pas éteint pouvait vous valoir quelques dents cassées.

Mais Rydell avait rechaussé ses lunettes. « Quoi ! L'abandonner ? Merde, Laney, tu pourrais pas avoir un peu de bon sens, pour une fois ? Pourquoi… Laney ? Hé ? »

Elle vit combien Rydell était à cran quand il ôta de nouveau ses lunettes. « Écoutez, tous. Il faut filer d'ici. Laney dit qu'ils ont mis le feu au pont. » Rydell se pencha avec une grimace de douleur pour ouvrir son sac et en sortir ce truc chromé. Qu'elle vit briller à la lumière venue de la rue. Comme une grosse bouteille Thermos. Il tirait maintenant un nœud de cordons, dont il lui passa une longueur. « Trouve une prise. » Il avait un autre câble à la main, et elle le vit s'approcher du garçon coiffé des gros visiophones de l'armée. « Hé, petit ? On a besoin de ton portable. Tu m'entends ? » Le casque se leva vers lui, le regarda d'un air aveugle et intelligent à la fois, comme la tête d'un termite géant. Rydell se pencha et prit le portable, sortant le cordon d'alimentation des visiophones. Chevette vit la bouche du garçon se fermer. L'écran du notebook montrait le cadran noir d'une pendule. Non, réalisa Chevette, celui d'une montre ancienne, agrandie à la taille d'un visage de bébé.

Rydell examina les deux extrémités du câble qu'il tenait, puis essaya une fiche derrière le portable. Une autre. Elle correspondait. Chevette trouva une prise de courant, posée de guingois au bas d'un des murs de la remise. Elle y brancha un bout du cordon d'alimentation et passa l'autre à Rydell qui l'enficha dans le cylindre déjà relié au portable. Il lui sembla entendre un bourdonnement s'élever de l'objet.

Et puis une jeune femme fut parmi eux, pâle et élancée, irradiant de lumière, nue pour un bref instant et puis vêtue du blouson de Skinner, jean et t-shirt noirs, runners à semelles crantées aux pieds. Tout paraissant plus propre et plus beau tout en étant identique à ce que Chevette portait.

« Je suis Rei Toei, dit l'apparition. Berry Rydell, tu dois quitter le pont, maintenant. Il y a le feu.

— Vous avez dit que vous connaissiez mon nom, dit l'homme au manteau, l'estafilade sur sa joue traçant une ligne noire sous la lumière que Rei Toei dégageait. Un peu plus tôt dans la soirée, dans le bar, précisa-t-il.

— Konrad, dit-elle. Avec un "K", n'est-ce pas ? »

Les sourcils de l'homme dessinèrent deux arcs éphémères au-dessus de la monture en or de ses lunettes. « Et comment le savez-vous ?

— Je sais beaucoup de choses, Konrad », répondit-elle et, comme elle disait cela, elle prit pendant deux à trois secondes l'aspect d'une autre jeune femme, blonde, les iris de ses yeux bleus cerclés de noir.

L'homme semblait être taillé dans un bois incroyablement dense, lourd et inerte, et Chevette pensa sans trop savoir pourquoi à des atomes de poussière pris sous un rai de soleil dans un vieux musée, une chose qu'elle avait vue mais où et quand, elle ne s'en souvenait plus. « Lise, dit-il, comme s'il remontait ce prénom de quelque puits de douleur. Hier. J'ai rêvé que je la voyais, dans Market Street.

— Tant de choses sont possibles, Konrad. »

Rydell avait sorti de son sac un gilet rose, semblable à un gilet de sauvetage, qu'il sangla autour de son torse. Sur le devant, un dragon de dessin animé souriait. Chevette le regarda ouvrir une fermeture éclair d'où il sortit une espèce de bavette qu'il fixa autour de son cou. La bavette portait une large inscription en lettres noires : LUCKY DRAGON SECURITY. « C'est quoi, ça ? demanda-t-elle.

— Un gilet pare-balles », répondit Rydell. Il se tourna vers la fille de lumière. « Laney dit que je dois abandonner le projecteur. Mais cela signifie qu'on vous abandonne aussi…

— Et c'est ce que je veux, dit-elle. Nous sommes sur le point d'accéder au cœur du plan de Harwood. Et changer ce plan. Tout changer. » Elle sourit à Rydell d'une manière qui provoqua chez Chevette un pincement de jalousie.

Mais un bruit grandissant détourna son attention, le vrombissement d'un moteur électrique sollicité à fond. Il y eut un froissement de métal sur du bois, et Fontaine s'écarta d'un bond du devant de sa boutique, tandis qu'un trike, espèce de triporteur tout-terrain, s'arrêtait brutalement dehors, Tessa enfourchant la selle arrière derrière un garçon au visage rond, en t-shirt noir et casquette à tulle vissée à l'envers sur son crâne. Tessa portait ses lunettes et son gant de contrôle. Elle ôta les premières et écarta ses cheveux de ses yeux. « Viens, Chevette, cria-t-elle.

— Descends de là, ma poule, dit le garçon au faciès de lune. J'ai pas beaucoup de rayon de braquage. »

Tessa sauta à terre et entra dans la boutique en levant les yeux vers Divin Joujou. « Je reçois rien en audio », dit-elle.

Le type passa en marche arrière l'un des moteurs montés sur les roues. Le trike décrivit un demi-cercle chaotique puis repartit d'un bond en avant pour enfin s'arrêter au milieu de la rue, face à San Francisco. « Amène-toi, ma poule, cria-t-il.

— Je vois des flammes sur les deux caméras, dit Tessa. Cette saleté de pont est en feu.

— Temps de filer, dit Rydell en posant sa main sur l'épaule de Chevette. Fontaine, partez avec Chevette sur la moto.

— Je bouge pas d'ici, fils, répondit Fontaine.

— Mais il y a le feu.

— C'est ici que je vis.

— Allez, Rydell », dit Chevette en le tirant par la ceinture du pantalon.

Tessa était remontée sur l'engin, derrière son chauffeur entullé, et remettait ses lunettes. « Bon Dieu, dit-elle d'une voix sourde, les vues que je reçois… »

Chevette, halant Rydell derrière elle, grimpa à l'arrière du trike, où il y avait une espèce de banquette étroite.

« Attends, dit Rydell, on ne peut pas les laisser là…

« Qui ça "on" ? gueula le garçon. J'te prends pas, moi… » Il se tut en voyant le pistolet à chaîne.

« Partez », dit Fontaine, son bras passé autour des épaules du môme qui l'avait rejoint, avec le casque toujours sur la tête, et qui regardait Rydell avec une espèce de tranquillité animale. « Allez-y. On s'en tirera, vous inquiétez pas.

— Je suis désolé, dit Rydell. Désolé pour votre magasin…

— C'est votre cul qui va être désolé si vous décarrez pas tout de suite. »

Chevette entendit une femme hurler. Elle tira plus fort sur la ceinture du pantalon de Rydell, et le bouton du haut sauta. Il grimpa à l'arrière à côté d'elle, se tenant d'une main à l'anse de la selle qu'occupait Tessa et le pistolet à chaîne dans l'autre.

Il eut le temps de voir Rei Toei qui parlait avec l'homme qu'elle appelait Konrad, avant que leur chauffeur à tête ronde ne mette les gaz et ne fonce en direction de la ville. « Au revoir, Fontaine », cria Chevette mais elle douta qu'il ait pu l'entendre.

Se souvenant de cette nuit où un feu de forêt avait éclaté non loin de l'appartement communautaire à Malibu et des oiseaux dans les buissons tout autour la maison réveillés dans le noir, sentant le danger. Ce concert de cris.

Et maintenant à travers le patchwork de cloisons audessus d'eux elle le perçoit aussi : le grondement de l'incendie.

60
Les rats savent

Fontaine sait que le pont est en flammes quand il regarde dehors et voit un rat passer en courant en direction d'Oakland. Puis un autre et un troisième. Les rats savent, et les rats du pont sont considérés pour en savoir plus que tous les autres, eux qui ont été chassés par les chats féroces des hôtes de ces lieux et par d'innombrables gamins non moins féroces armés de lance-pierres faits de tubulures d'aluminium aéronautique et de conduits de perfusion. Ces frondes ne sont pas seulement mortelles pour les rats, leurs lanceurs se servant de billes d'argile compressées, une arme remontant au Moyen Âge et à ne pas sous-estimer.

Fontaine regarde les rats s'enfuir et soupire. Il a bien une hache d'incendie quelque part dans la boutique, une qu'il a récupérée sur un remorqueur coulé dans le bassin de la Chine en 2003 et aussi un extincteur, mais il ne voit pas l'utilité qu'il pourrait en avoir, hormis pratiquer une ouverture dans la cloison de derrière et sauter dans la baie. Il se demande s'il y a des requins, comme les enfants aiment à le croire. Il sait cependant qu'il y a des poissons mutants, dont la transformation est due aux oxydes suintants des énormes câbles porteurs du pont.

Mais Fontaine a survécu à tant de catastrophes, à la fois urbaines et maritales, et il y a en lui cette croyance que quoi qu'il arrive, tout se passera bien. Et aussi qu'il n'y a pas grand-chose que l'on puisse faire dans certaines circonstances, en tout cas rien dont il soit lui-même capable.

Aussi, au lieu de fouiller dans son placard, où il croit se souvenir avoir rangé cette hache, il prend son balai et entreprend de nettoyer le devant de sa boutique, faisant un tas bien net des bris de verre à côté de la porte. Le verre, songe-t-il tout en balayant, est un de ces matériaux qui prennent relativement peu de place jusqu'à ce qu'on le casse. Mais il est aussi, se souvient-il d'avoir entendu, un liquide, le produit d'une fusion de silices et de carbonates susceptible de revenir à son état premier au terme d'une durée d'échelle cosmique. Toute vitre à travers le monde est entrée dans l'infiniment lent processus de fonte, mais il serait bien exceptionnel qu'une seule de ces surfaces vitrées survive aux millénaires exigés pour être réduite à une flaque vitreuse.

Tandis que dehors les rats sont maintenant rejoints par des bipèdes, une association que seul le pont est capable de créer, il espère que Clarisse et les enfants sont déjà en sûreté. Il a essayé d'appeler, mais personne n'a décroché, et laisser un message sur le répondeur lui paraît bien inutile en l'occurrence.

Il jette un regard dans la boutique et voit l'hologramme de cette créature, amie de Rydell ; agenouillée à côté du lit de camp, elle parle au garçon. Et le professeur, qui lui a emprunté son revolver, est assis à côté d'eux, et ce trio s'impose à Fontaine comme formant une famille, étrange certes mais unie. Fontaine a vécu assez longtemps avec les bouleversements technologiques pour ne pas s'étonner de la réalité de cette créature virtuelle : elle est comme un logiciel de jeu qui surgit pour vous tenir compagnie, se dit-il, et il y a des gens qui doivent aimer ça.

Mais voilà que son balayage tombe sur un obstacle : les poupées dans leur mare de silicone consensuel. Au moins n'y en a-t-il plus une seule qui parle. C'est un spectacle horrible que de voir le balai les repousser parmi les bris de verre, et il préfère poser son outil contre le comptoir et se pencher pour saisir l'une d'elles par un bras et l'emporter dehors et l'étendre par terre juste en dessous de la devanture sans vitre. Les autres suivent, et il est en train de déposer la dernière, quand une grosse femme qui trottine dans un ballottement de chairs vers Treasure Island, serrant contre son ventre une lessive encore humide enveloppée dans un drap, voit ce qu'il est en train de faire et se met à hurler. Et continue jusqu'à ce qu'elle disparaisse à sa vue, mais il l'entend encore alors qu'il retourne dans la boutique en pensant à Tourmaline, sa première épouse.

Il y a maintenant de la fumée dans l'air et il est peut-être temps de chercher cette hache.

61
Futurematic

Cette forme que distingue Laney quand il regarde Harwood, l'idoru, Rydell et les autres, n'a jamais été pour lui un lieu, un espace habitable. À présent, poussé par une nouvelle urgence (que décuple virtuellement toute la population de la Cité fortifiée, œuvrant sur un mode simultané qui approche l'unisson), il réussit à être réellement là, à l'intérieur d'un espace défini par les facteurs émergents du point nodal. C'est un endroit où la métaphore s'effondre, un trou noir descriptif. Tel qu'il le vit, il ne saurait pas plus se le décrire qu'il ne pourrait le faire aux autres.

Et cependant, ce qui se rapproche le plus de ce lieu où l'histoire s'apprête à changer, est ce trou dont il a fait le cœur de son être : un vide, où l'obscurité et la lumière sont également absentes.

Et il sait immédiatement, sans même savoir comment il le sait, que Harwood est là.

« Harwood ?

— Colin Laney. C'est le grand soir des miracles. Je ne vous attendais pas.

— Vous leur avez donné l'ordre de brûler le pont.

— On n'est donc plus maître chez soi ?

— Vous essayez de neutraliser Rei Toei, n'est-ce pas ?

— Je suppose que oui, bien que je ne sache pas au juste ce que j'essaie de l'empêcher de faire. Elle est un système émergent. Elle ne sait pas elle-même quel but elle poursuit.

— Et vous, savez-vous ce que vous voulez ?

— Je veux l'avènement d'un degré de nanotechnologie fonctionnelle dans un monde que je pourrai cependant reconnaître à mon réveil demain matin. Je veux un monde transfiguré mais tout en gardant une place équivalente à celle que j'occupe présentement. Je veux mon gâteau et y goûter. Je veux manger gratis. Et j'ai trouvé le moyen d'y parvenir, il me paraît-il. Mais vous aussi, apparemment. Alors demandons-nous plutôt quel mal y a-t-il à cela ?

— Vous l'avez choisi. Choisi de prendre le 5-SB. À l'orphelinat, nous étions volontaires pour l'expérimenter, mais nous ignorions tout de la nature du produit.

— Et mon choix de l'essayer à mon tour, je l'ai fondé au regard des résultats que vous avez vous-même rassemblés. Vous et une femme nommée Jennifer Mo qui, à la suite de ces expériences a traqué de manière obsessionnelle et homicide un comédien prodigieusement ennuyeux du nom de Kevin Burke. Elle s'est suicidée alors qu'elle le retenait en otage dans un ashram, en Idaho. »

Laney connaît l'histoire de Jennifer Mo, qui l'a hanté depuis le jour où il en a pris connaissance, il y a des années de cela, dans un document fédéral classé secret.

« Pourquoi avez-vous échappé au syndrome 5-SB, Harwood ?

— Peut-être parce que je suis trop préoccupé de ma propre personne pour m'intéresser à quiconque d'autre.

J'en ai donc fait un instrument de profit et, bien sûr, de connaissance de l'avenir. Ne suffit-il pas d'un certain degré de libre arbitre pour être plus heureux ? Et j'ai autant de plaisir à regarder derrière moi que devant, même si notre soupe digitale tend à s'amenuiser rapidement. Mais elle est étonnante, toutefois, cette histoire autour du mari de Curie… Cela a tout changé, mais qui le sait ? Je vous le demande, Laney, qui le sait ?

— Nous.

— Oui, nous.

— Et c'est en train de changer de nouveau. Cette nuit.

— Ce matin, plutôt. Heure du Pacifique. Très tôt. Mais, oui, c'est en train. Et je suis ici pour veiller à ce que le changement prenne la direction que je désire.

— Nous essaierons de vous en empêcher.

— Bien sûr. C'est la tournure que prennent les choses, n'est-ce pas ? Je m'y attendais. »

Maintenant Laney ressent deux choses à la fois : un froid physique auquel il ne peut échapper et qui lui enserre le cœur, et la présence secrète et dense des résidents de la Cité fortifiée, rangés derrière lui comme des soldats d'albâtre prêts à marcher éternellement sur la dalle funéraire d'un empereur. Et ils marcheront, si Laney l'exige, et il devine aussi la présence de Rei Toei, mais il sait en même temps que la configuration n'est pas encore complète.

« Elle est ici, Laney. Elle est dans le flux. Vous avez réussi cela, vos amis et vous. Mais ça ne servira à rien, parce que je m'en vais là où vous ne pourrez pas me retrouver. Oh, juste le temps que se fasse l'affaire. Vos amis ne sont pas seuls à avoir appris comment faire sécession ».

Et tandis que le froid dresse le siège de son cœur, Laney sait que cela est vrai, que Harwood s'en va, disparaissant par quelque orifice de termitière comme il en existe dans la Cité fortifiée elle-même…

Et il se penche vers ce trou (se pencher n'est qu'une impression car il n'y a en ce lieu ni direction ni ordination mathématique), sa légion d'albâtre se penchant avec lui, pour trouver…

62
Los projectos

Silencio se souvient des fûts rouillés d'où montaient les flammes dans les arrière-cours des projectos et des hommes rassemblés autour, crachant par terre et se réchauffant les mains. Playboy et Raton, il les avait rencontrés autour d'un feu semblable, et maintenant il y a cette même odeur de brûlé dans la pièce, et il a peur, et même la gentille, celle qui fabrique sa propre lumière et lui parle dans la langue de sa mère (mais avec douceur) ne peut l'empêcher de trembler, et il a seulement envie de retourner aux montres, à leurs cadrans et leurs états de marche et leurs valeurs, cet univers qui est venu à lui, cette façon d'exister en dehors de laquelle il n'y a que peur au ventre.

Assise là sur le lit de l'homme noir, la gentille brille à côté de lui, et il sent sa crainte grandir, et l'homme noir fouille dans le placard, en sort un tas de choses, et Silencio veut seulement les montres.

À la lisière de son esprit guettent des hommes avec des gueules de chien et des ailes dans le dos, leurs visages plus noirs que le visage de l'homme aux montres. Leurs faces sombres comme cette drogue que Raton se frottait sur les gencives.

« Rapprochez le projecteur », dit la gentille à l'homme qui a refroidi Playboy et Raton, et Silencio remarque qu'en parlant elle a pris le visage d'une autre, avec des cheveux blonds et des yeux bleus. « Et le portable aussi. Attention au cordon. » Et l'homme déplace la chose chromée qui fait peur à Silencio (mais tout fait peur à Silencio) et apporte la chose qui trouve les montres sur le lit, avec le cordon toujours raccordé.

« Branchez les visiophones. Vite ! » L'homme connecte le câble des visiophones dans le capteur de montres et tend à Silencio les grosses lunettes. Et Silencio voit de nouveau des images sur l'écran, les images d'une montre, et il est soulagé, la peur s'éloigne, rejoint la lisière des choses où sont les hommes à gueule de chien. Il enfonce le casque sur sa tête.

Et se retrouve ailleurs, où rien ne s'élève ni descend, mais où tout est plat et plus vaste que les projectos ou n'importe quel endroit qu'il ait jamais vu.

Mais celle qui luit de sa propre lumière est là aussi, et à côté d'elle, il y a quelqu'un d'autre, mais l'image est plus floue.

« C'est monsieur Laney, dit-elle dans la langue de la mère de Silencio. Tu dois l'aider. Il a besoin de retrouver une montre. Cette montre. » Et elle tient une montre dans la paume de sa main, la même que Silencio a vu sur l'écran. C'est une LeCoultre "Futurematic", cadran noir, à remontoir. Silencio connaît le numéro de série, l'histoire de ses enchères, sa valeur actuelle. « Quelqu'un est en train de l'emporter, et tu dois la suivre. »

Le regard de Silencio va de la belle montre au visage de la femme.

« Tu dois la retrouver pour lui… »

Et la montre est partie, et la gentille et l'autre monsieur aussi, et Silencio se retrouve seul dans cet endroit qui n'est qu'espace, sans couleur ni forme, et il pense qu'il pourrait pleurer, maintenant.

Et puis, il la sent, la montre, très loin. Il le sait, elle est là-bas, au-delà de ces champs de lumière grise. De nouveau elle a disparu.

Non. Il y a le système : le système de toutes les montres. Similarités. Différences. Les mots. Un code. Rien n'est perdu dans le système, et la Futurematic remonte à l'intérieur comme à travers une eau claire. La voilà à portée de sa main.

Mais elle lui échappe encore une fois. Le vide.

Non. Il la veut. Il entre encore dans le système.

Traverse les champs grisâtres, ne voit que la montre. Voit le chemin qu'elle a pris…

63
Funiculaire

Rydell avait été initié, à Knoxville, au contrôle des émeutes et savait aussi deux ou trois choses, en théorie du moins, au sujet des incendies et des catastrophes naturelles, mais rien ne l'avait préparé à l'aventure que représentait sa position précaire à l'arrière d'un triporteur tout-terrain, tandis que le dénommé Elmore, le tulle que l'amie de Chevette avait convaincu de les emmener sur son engin, fonçait vers Bryant Street par le niveau supérieur du pont. Rydell n'avait jamais vu un seul véhicule dans les parages, à l'exception des vélos, et il se disait qu'en temps normal on ne leur aurait pas permis d'aller bien loin.

Mais on n'était pas en temps normal; quant au pont et la normalité… Les squatters jaillissaient des habitats situés le plus en hauteur, telles des fourmis fuyant un nid brisé, et Rydell était frappé par le calme avec lequel ils évacuaient leurs logements. D'une certaine manière, ce n'étaient pas des citoyens ordinaires, mais des survivants endurcis habitués à vivre en indépendants au milieu de leurs semblables. Il y en avait bien quelques-uns qui criaient et probablement couraient dans la mauvaise direction, voire en rond, mais de sa position instable sur le trike cahotant dans les ornières, Rydell avait l'impression d'une détermination collective. Le pont brûlait, et ils avaient décidé de quitter le pont. Certains portaient des enfants, d'autres ce qu'ils avaient de plus précieux, et Rydell en repéra au moins trois qui étaient armés.

Le style d'Elmore pour avancer à travers la foule se résumait à aller droit devant en actionnant un petit klaxon énervant que, de l'avis de Rydell, personne ne pouvait entendre, et en comptant sur les autres pour s'écarter de son chemin. Ce qu'ils réussissaient à faire, d'aucuns de justesse, jusqu'à ce que la roue arrière droite du trike accroche une pile de cageots en plastique jaune, qui s'écroulèrent sur deux individus sérieusement tatoués, en culottes de peau et chaussures de travail maculées de taches de peinture. Elmore dut freiner sec, et Rydell vit Chevette décoller mais ne put la rattraper, parce qu'il avait les deux mains prises, l'une par le pistolet, l'autre sur l'arçon de la selle.

Bloqué par le tas de cageots, Elmore passa en marche arrière, recula d'un mètre ou deux et, dans sa manœuvre, percuta de nouveau les deux types qui, cette fois, virent rouge latéral et, passant par-dessus les caisses, se saisirent d'Elmore qui, de l'avis de Rydell, n'avait pas la fibre bagarreuse. « Lâchez-le », hurla la copine de Chevette en luttant pour ne pas être arrachée de la selle en même temps qu'Elmore. Rydell colla le pistolet à chaîne sous le nez d'un des tatoués. Le type considéra l'arme en clignant des yeux, regarda Rydell et avança sur lui, mais un réflexe de flic poussa Rydell à beugler : « LAPD ! À plat ventre ! », ce qui n'avait aucun sens dans les circonstances présentes mais qui, cependant, produisit son effet. « Ceci est une arme, ajouta Rydell en se souvenant que Fontaine lui avait dit que cet engin était tout sauf précis.

— Bande de dingues », grogna l'un des deux hommes, le torse nu plus colorié qu'une bande dessinée, en enjambant les cageots, la lumière jouant sur la tête du clou qui lui perçait la lèvre inférieure. Son pote lui emboîta le pas.

Rydell sauta à terre et retrouva Chevette en train de s'extirper de ce qui était vraisemblablement un tas d'aubergines. Puis, comme il se retournait vers le trike, il vit une femme avec une coupe en brosse et de gros biceps tacler Elmore qui s'en alla donner tête la première dans les cageots.

« Où est Tessa ?

— J'sais pas, dit Rydell en prenant Chevette par la main. Viens. » Dès qu'ils se furent éloignés du trike qui en aucun cas n'irait plus loin, Rydell remarqua que la situation s'aggravait sérieusement. Depuis qu'ils avaient quitté Fontaine, ils avaient vu les gens s'enfuir vers Bryant, ceux-ci s'en revenaient maintenant dans la plus grande précipitation, et la peur était sur tous les visages. « Ça doit brûler près de la rampe », dit Rydell. On pouvait voir la fumée s'élever en s'épaississant rapidement.

« Où est Tessa ?

— Je l'ai perdue. »

Une fillette arrivait en courant et hurlant, sa chemise en feu. Rydell lui fit un croche-pied, tendit le pistolet à Chevette, se pencha sur la gosse et, la faisant rouler sur le sol, étouffa les flammes. La fille, qui n'avait cessé de crier, se releva et repartit à toutes jambes. Rydell reprit le pistolet. « Plus question d'aller vers Bryant », dit-il. Il préférait ne pas imaginer ce qui se passerait si la foule tentait de passer en force à travers les flammes qui grondaient à l'entrée du pont. Il entraîna Chevette vers un café déserté, les tasses encore sur les tables, de la musique sortant doucement d'une radio, de la vapeur s'élevant d'une marmite sur une plaque chauffante derrière le comptoir. Tirant toujours Chevette derrière lui, il entra dans la petite cuisine ; il y avait bien des fenêtres mais elles avaient été solidement grillagées contre le vol. « Merde », grogna-t-il en collant son nez à la vitre ternie par le sel pour estimer la hauteur, au cas où ils trouveraient une voie de passage.

Et puis ce fut Chevette qui, le prenant par le bras, lui fit signe de la suivre, et ils ressortirent, pour tomber sur une nouvelle vague de fuyards venant de Bryant qui, dans leur panique aveugle, les renversèrent. Dans sa chute, Rydell lâcha le pistolet qui glissa dans une bouche d'égout découpée dans le tablier. Il se raidit dans l'attente d'une explosion quand l'arme heurta le fond, mais il ne passa rien.

« Écoute, dit Chevette en se relevant, on est juste au pied de la tour de Skinner. Essayons de monter.

— Mais c'est sans issue, dit Rydell en se relevant avec un rictus douloureux.

— Il n'y a rien à brûler non plus, dit-elle, une fois qu'on a dépassé les cultures sous serre.

— Le feu, peut-être, mais pas la fumée.

— On n'en sait rien, il y a du vent là-haut, dit-elle. Alors qu'en restant en bas, c'est l'asphyxie garantie. » Elle le regarda soudain d'un air grave. « Je suis désolée, Rydell.

— De quoi ?

— De m'être conduite comme si tout ça était de ta faute.

— J'espère bien que non.

— Comment ça s'est passé pour toi après qu'on s'est perdus de vue ? »

Ça le fit sourire qu'elle lui pose cette question, maintenant.

« Tu m'as manqué », répondit-il.

Elle hésita. « Idem pour moi. » Puis elle le prit par la main et se dirigea vers la serre de plastique qui entourait la tour des câbles. Les parois avaient été tailladées par des gens en fuite, et Chevette se glissa à travers l'une des fentes, Rydell derrière elle. Chaleur moite de jungle à l'intérieur et puissante odeur d'engrais. De la fumée aussi, qui tourbillonnait sous l'éclat des lampes de croissance. Chevette fut prise d'une quinte de toux. Des ombres passaient en courant à travers la serre. Chevette se dirigea vers l'échelle et commença de grimper. Rydell grogna.

« Quoi ? » Elle s'arrêta et le regarda.

« Rien », dit-il en la suivant, se mordant la lèvre pour ne pas hurler à chaque fois qu'il levait un bras pour saisir un barreau.

Il entendait des sirènes au loin, une étrange cacophonie de plaintes qui montaient et s'entremêlaient au point qu'on aurait dit un concert de loups mécaniques hurlant à la lune. Il se demanda si les mêmes bruits avaient résonné après Little Big One.

Il ignorait quel poids pouvait supporter cette échelle en métal, collée à la paroi avec cette espèce de résine qui avait tant la faveur des bricoleurs du pont. Il leva les yeux et vit les semelles de caoutchouc dur de Chevette disparaître à travers une trappe triangulaire.

Et il s'aperçut qu'il souriait, parce qu'elle était là et qu'elle lui avait dit qu'il lui avait manqué. Le reste de la montée ne lui parut pas trop difficile mais, quand il franchit à son tour l'ouverture, il vit qu'elle avait commencé à grimper sur l'une des deux poutrelles inclinées qui couraient parallèles au rail cranté du funiculaire de Skinner.

« Bon Dieu », grommela-t-il à l'idée qu'il allait devoir la suivre.

« Reste en bas, lui cria-t-elle par-dessus son épaule. Je vais essayer de t'envoyer le wagonnet. » Rydell suivit des yeux l'ascension de Chevette, redoutant qu'elle glisse sur la graisse enduisant la crémaillère, mais elle continua et atteignit l'espèce de voiturette qui lui rappelait l'une des poubelles entreposées derrière le Lucky Dragon, mais en plus petit.

Rydell entendit le bourdonnement d'un moteur électrique, et la benne, dans laquelle Chevette avait pris place, descendit.

La fumée lui arracha une quinte de toux qui lui crucifia le côté. « Quelqu'un est monté, dit-elle, alors qu'elle arrivait à sa hauteur. Il y a des traces de pas sur la graisse. Quand je suis venue ici, dans la journée, elles n'y étaient pas.

— Peut-être quelqu'un qui habite ici », dit-il en jetant un coup d'œil aux minces parois qui enveloppaient le pied de la tour sur une hauteur de plus de trois mètres. Il prit place dans le wagonnet, et elle poussa un bouton. L'engin gémit, grinça et se mit à s'élever le long la poutre.

Rien n'avait préparé Rydell, alors qu'ils dépassaient le socle de pierre monumental, à ce qu'il découvrait maintenant : toute la partie du pont touchant Bryant était en flammes et d'énormes tourbillons de fumée noire montaient vers le ciel d'encre. On pouvait toutefois distinguer les gyrophares des véhicules de secours accourus par dizaines et percevoir, par-dessus le grincement de la crémaillère, les plaintes de sirènes. « Incroyable », murmura-t-il. Il porta son regard dans la direction opposée, vers Treasure, et là-bas aussi ça brûlait, bien que l'incendie parût moins intense, mais ce n'était probablement qu'une impression due à la distance.

« T'aurais pas une lampe électrique ? » demanda Chevette.

Il pêcha dans son gilet Lucky Dragon une torche jetable et la donna à Chevette. Elle l'alluma et entreprit d'escalader l'échelle menant dans le nid cubique où elle vivait quand elle avait fait la connaissance de Rydell. On y pénétrait par une trappe carrée, et le battant de cette trappe était relevé. « C'est ouvert », dit-elle tout bas après avoir promené le faisceau dans l'ouverture. Et ce fut ce chuchotement qui poussa Rydell à la suivre aussitôt.

Quand il déboucha à l'intérieur, il la vit qui braquait la torche dans tous les coins. « C'est étrange, dit-elle, mais je m'attendais à trouver quelqu'un.

— Plus personne ne vit ici, dit Rydell sans conviction.

— La trappe du toit aussi est ouverte », fit-elle remarquer en l'éclairant.

Rydell s'approcha de la vieille échelle boulonnée au mur et se mit à grimper, sentant le bois humide des marches étroites sous ses mains. Commençant à penser que c'était peut-être une très mauvaise idée d'avoir cherché refuge là-haut, parce que si le pont entier devait brûler, ils ne survivraient certainement pas. Il savait que la fumée était aussi dangereuse que les flammes elles-mêmes, et doutait que Chevette l'eût bien compris.

Une autre chose encore à laquelle il n'était pas préparé, alors qu'il passait la tête à travers la trappe, c'était le canon d'un revolver qu'une main pressa durement contre son oreille.

Son copain à l'écharpe.

64
Tag

Et tandis que Harwood s'estompe, et tout le reste avec lui, au milieu de ce froid envahissant, Laney, les jambes secouées de spasmes dans le fouillis de sacs de couchage et d'enveloppes de bonbons, prend conscience de la présence de Rei Toei, qui lui passe ce sceau, rond comme le cadran d'une montre aux aiguilles dorées marquant les douze heures du jour et les douze de la nuit sur fond de laque noire, qu'il pose sur l'espace même qu'occupait encore Harwood l'instant d'avant.

Et il voit cette montre entraînée au loin, infiniment, vers l'endroit précis où se dirige Harwood ; entraînée par le mécanisme de l'inversion elle-même, jusqu'au moment où elle disparaît.

Et Laney aussi s'en va, mais pas avec Harwood.

« J'ai réussi », dit Laney dans l'obscurité de son carton fétide, entouré des chuintements subsoniques des trains de banlieue et du tapement permanent de milliers de pas.

Et se retrouve sous le soleil de Floride, sur les larges marches de béton menant à l'entrée sans charme d'un orphelinat fédéral.

Il y a là une fille répondant au prénom de Jennifer, du même âge que lui, en jupe de coton bleu et t-shirt blanc, le cheveu noir et lustré, et elle arpente à petits pas, collant ses pieds l'un devant l'autre, le rebord de la plus haute marche, les bras étendus en balancier de chaque côté d'elle, comme une équilibriste.

Avec le plus grand sérieux.

Comme si, viendrait-elle à tomber, sa chute serait éternelle.

Et Laney sourit de la voir, et il se souvient des odeurs de l'orphelinat : les sandwiches à la confiture, le désinfectant, la pâte à modeler, les draps propres…

Et le froid est à présent partout, mais Laney est enfin rentré chez lui.

65
Besoin d'air

Fontaine, qui maintenant brandit la hache, songe qu'il a une assez longue vie derrière lui et que, cependant, cet exercice est nouveau pour lui : lever la lourde cognée et l'abattre sur la cloison du fond, et voir la lame rebondir tout simplement sur l'épais contreplaqué. Il s'étonne de la voir ainsi repoussée par le bois mais au prochain coup il a retourné l'outil, en sorte que c'est le pic de quinze centimètres qui frappe le mur et s'y enfonce de manière satisfaisante, et Fontaine redouble ses efforts.

« On a besoin d'air », dit-il, davantage pour lui-même qu'à l'intention des deux autres, assis sur son lit de camp, l'homme aux cheveux gris et le garçon avec sa tête penchée, perdu de nouveau dans sa quête. À les voir, ces deux-là, on penserait que tout est pour le mieux, que le pont n'est pas en train de brûler.

Où est-elle passée, cette fille hologramme ?

Il n'empêche, cette hache accomplit sa besogne, même si elle commence à lui faire mal aux bras. Le trou a la taille d'une assiette à dessert et ne demande qu'à s'agrandir.

Il n'a aucune idée de ce qu'il en fera quand il pourra y passer la tête, mais il aime bien s'occuper.

Et c'est ce que fait toujours Fontaine, quand les choses vont très mal, vraiment très mal : il aime bien s'occuper.

66
Gros-porteur

Chevette franchit à son tour la trappe sur le toit du logis de Skinner et découvre Rydell agenouillé, le torse sanglé du gilet rose, et le canon du revolver que lui plante dans l'oreille le type du bar, celui qui a tué Carson, et qui lui sourit.

Il ne doit pas être beaucoup plus âgé qu'elle, pense-t-elle, avec sa coupe en brosse et son manteau de cuir noir, l'écharpe négligemment nouée autour du cou, et elle se demande pourquoi il y a des types comme ça : ils vous collent une arme sur la tête et vous savez qu'ils n'hésiteront pas une seconde à faire feu. Et pourquoi Rydell tombe-t-il toujours sur ces types-là, à moins que ce soient eux qui lui tombent dessus ?

Et derrière lui elle peut voir l'arc liquide que dessine une puissante lance d'incendie, et elle devine que cela doit venir d'un bateau, parce qu'elle en a déjà vu un semblable quand l'un des pontons de l'embarcadère a brûlé.

Il y a quelque chose à côté d'elle sur le toit : un delta-plane avec son armature tubulaire rectangulaire, amarré sur le toit en bois goudronné par des piquets chromés.

Il y a autre chose encore : une grande enveloppe en nylon noir – sûrement un sac de couchage. Comme si quelqu'un s'était préparé à camper ici, en cas de besoin, et elle comprend que l'homme à l'écharpe a fait de ce toit son refuge. Et il lui vient à l'esprit qu'il est certainement l'auteur de l'incendie et le responsable de combien de morts déjà, et il est là, à sourire, l'air content de la voir et de presser le canon de son revolver contre l'oreille de Rydell.

Rydell qui a l'air triste. Tellement triste, maintenant.

« C'est toi qui a tué Carson, s'entend-elle dire.

— Qui ça ?

— Carson. Dans le bar.

— Il était en train de t'arranger le portrait, si j'ai bon souvenir.

— C'était un con, dit-elle, mais t'étais pas obligé de le tuer.

— Heureusement, la question n'est pas de savoir qui est un con et qui ne l'est pas. Si c'était le cas, notre travail ne serait jamais fini.

— Tu sais voler avec ça ? » Désignant l'aile.

« Bien sûr. Maintenant, je vais écarter ce revolver de ton oreille », dit-il à Rydell. Ce qu'il fit. Elle vit Rydell tourner les yeux vers elle. Le type en profita pour le frapper à la tempe d'un coup de crosse. Rydell tomba sur le côté. Comme une grande poupée brisée. L'une des braises que portait le vent tomba sur cette bavette ridicule autour de son cou et y laissa une marque noire.

« Je vais vous laisser ici, disait l'autre. Avec un souvenir dans la rotule, ajouta-t-il en visant le genou de Rydell.

— Non, fais pas ça », dit Chevette.

Il lui sourit, visant toujours la jambe de Rydell. « Allonge-toi sur le ventre, là, près de la trappe. »

Elle obéit.

« Et bouge plus. »

Elle pouvait le voir du coin de l'œil qui se dirigeait vers l'aile. La toile synthétique de couleur noire frissonnait sous la brise.

Il passa dessous pour s'installer dans l'armature en fibre de carbone. Il y avait une barre de contrôle ; elle avait déjà vu des gens voler avec ça sur Real One.

Il avait toujours le revolver à la main mais ne le pointait plus sur Rydell.

Elle pouvait sentir l'odeur de goudron monter du toit. Elle se souvenait de cette chaude journée sans vent où elle avait aidé Skinner à bitumer et comment ils chauffaient le seau rempli d'asphalte sur un réchaud à butane.

« Tu peux aller jusqu'à l'embarcadère avec ça ?

— Facile », répondit-il. Elle le vit ranger le revolver dans la poche de son manteau et empoigner la barre à deux mains et soulever l'aile et avancer avec le vent, et elle se souvint de ces grands corbeaux qu'elle avait vus dans l'Oregon. Il n'était plus qu'à quelques pas du bord, celui qui faisait face à China Creek. « Ton copain et toi vous m'avez donné bien du mal, dit-il, mais vous allez mourir brûlés ou asphyxiés, alors je suppose qu'on est quittes. » Il regarda devant lui, prit son appel.

Et Chevette, sans l'avoir le moins du monde projeté, se retrouva debout et, tirant le couteau que Skinner avait laissé pour elle, franchit en trois bonds la distance et, juste au moment où le type s'élançait, elle plongea la lame dans la toile, la déchirant sur plus d'un mètre.

Il ne poussa pas un seul cri, alors qu'il chutait de plus en plus vite en tourbillonnant comme une feuille morte, jusqu'à ce qu'il heurte quelque chose et disparaisse dans la baie.

Elle s'aperçut qu'elle se tenait tout au bord du vide et elle recula d'un pas. Elle regarda le couteau dans sa main, examina le dessin que formaient les chaînons martelés de la chaîne de moto. Puis elle le lança dans le vide et courut auprès de Rydell. Il avait le front en sang, les yeux ouverts, mais semblait voir trouble.

« Où est-il ? demanda-t-il.

— Ne bouge pas la tête. Il est parti. »

Le vent changea, charriant une fumée si épaisse qu'elle masqua complètement la ville. Ils se mirent à tousser.

« C'est quoi, ce bruit ? » demanda Rydell.

Elle pensa que c'était le grondement de l'incendie et puis vit s'élever devant elle la face grise d'un gigantesque avion-cargo, OMAHA TRANSFERT peint sur la carlingue en lettres de dix mètres de haut. « Bon Dieu », dit-elle, alors que le monstre passait au-dessus d'eux, le ventre si près qu'elle aurait pu le toucher.

Et puis il lâcha sa charge, près de huit millions de litres d'eau glacée destinée aux villes du sud, et elle ne put rien faire d'autre que s'accrocher à Rydell et fermer la bouche pour ne pas suffoquer sous ce déluge, et puis elle eut l'impression d'être ailleurs et que ça faisait tellement longtemps qu'elle n'avait pas dormi.

67
Château d'argent

Dans les champs gris Silencio découvre un château d'argent, un lieu vide et qui semble neuf. Il n'y a personne, seulement des couloirs déserts, et il se demande pourquoi quelqu'un a fait bâtir une telle chose.

Le système des montres l'entraîne toujours plus profondément à l'intérieur, chaque corridor pareil au précédent, et cette monotonie est lassante, mais la Futurematic est par là, et il continue de chercher.

Et quand enfin il la trouve, dans une toute petite pièce au bout de ce monde d'argent, il s'aperçoit qu'il n'est pas seul.

Il y a là un homme, et celui-ci regarde Silencio et ne semble pas croire que Silencio ait pu arriver jusque-là, et le regard de l'homme s'emplit d'une crainte qui, pense Silencio, doit refléter celle qu'il ressent lui-même, et Silencio aimerait dire à l'homme qu'il n'est venu ici que pour la montre, parce qu'elle fait partie du système des cadrans et des aiguilles et des nombres appliqués et que lui, Silencio, ne lui veut aucun mal, mais les yeux de l'homme lui rappellent ceux à qui Raton montrait le couteau, et puis quelqu'un tousse derrière Silencio. Et

Silencio se retourne et voit un homme terrible, à la tête comme un nuage de sang, et à la bouche ouverte dans un cri de dents rouges, et la bouche ne remue pas quand l'homme dit « Salut, Harwood. »

Mais maintenant la gentille lumineuse est de nouveau avec Silencio, il enlève son casque comme elle le lui demande, et dans les grosses lunettes s'estompe lentement l'image du château d'argent, et l'épaisse fumée noire qui roule dans la rue pénètre par la porte brisée dans le magasin, et l'homme noir, les nattes grises alourdies de sueur collant à ses joues, a creusé un trou dans le mur avec la hache. Pas un grand trou mais suffisant pour qu'il y passe maintenant la tête et les épaules, et Silencio le voit tressaillir comme s'il recevait un coup. Et quand il se dégage du trou, il ouvre de grands yeux et il a la tête et les épaules ruisselantes d'eau, et de l'eau, il s'en engouffre par le trou et dehors, devant la boutique, il en tombe à seaux.

Et l'homme au long manteau se tient là, les mains dans les poches, à contempler ce déluge, et Silencio voit les plis qui barrent ses joues se creuser profondément. Puis l'homme salue Silencio et l'homme noir d'un signe de tête et s'en va.

Silencio se demande s'il pleut aussi dans le château d'argent.

68
L'absolu dans les grandes largeurs

Boomzilla est de retour au Lucky Dragon, où ils vont pour la première fois essayer ce Lucky Dragon Nanofax, pas un jeu mais un engin qui te recopie n'importe quelle merde d'un magasin à un autre. Franchement il voit pas très bien comment ça peut être possible, mais il y a des sodas et des sucreries gratuites pour les enfants, et il a bien l'intention d'être à la distribution, le temps de se gaver, mais la fête est mal partie avec ce putain de pont en feu et ces putains de réservoirs volants qui vous gerbent dessus des montagnes de flotte, sans parler des cent voitures de pompiers, des caisses de flics et d'ambulances et des hélicos, alors la fête au Lucky Dragon est toute chamboulée, le patron a viré latéral et arpente les allées du magasin en parlant tout seul. Mais les affaires boument, et le big boss à Singapour a ordonné que le Lucky du pont reste ouvert, incendie ou pas, et Boomzilla pioche dans les bacs de candy bars parce que les vigiles sont tout occupés à regarder la fumée qui continue de monter de cette décharge détrempée qu'est devenue cette partie du pont, dont on peut voir, maintenant que tous les gourbis ont cramé, la structure d'origine suspendue dans l'air comme une immense carcasse noircie.

En fin de compte, le directeur fait un petit speech dont il lit les paroles sur un carnet, mesdames et messieurs, c'est un grand jour piapiapia piapiapia, en ce moment même le premier objet à nanofaxer est déposé à la maison mère de Singapour (Boomzilla voit sur la colonne des écrans dans l'entrée une statue en or de Lucky Dragon en personne et tout sourire) et sera reproduit instantanément à un niveau moléculaire dans toutes les succursales de notre chaîne à travers le monde.

Les vigiles et la caissière applaudissent. Boomzilla suce la glace au fond de son grand gobelet de soda. Et attend.

Le nanofax a une espèce de trappe sur le devant, une assez grande pour que Boomzilla puisse y rentrer s'il le voulait, et il se demande combien ça ferait de Boomzilla reproduits à travers le monde et s'il pourrait faire confiance à ces fils de pute? Si c'était le cas, il disposerait d'une sacrée bande, mais il a toujours préféré travailler en solo.

La lumière au-dessus de la fameuse trappe vire au vert, le battant s'ouvre et ce qui en sort n'a rien d'un Lucky Dragon. C'est une fille, nue comme un ver, un sacré canon à la chevelure noire, peut-être bien que c'est une Chinoise ou Japonaise, grande, élancée, avec des seins pas assez gros, du goût de Boomzilla, et elle sourit comme un soleil, et tout le monde, le directeur, les vigiles et la caissière en restent bouche bée, les yeux en boules de loto, et la fille, toujours souriante, se dirige vers la porte, passe devant le comptoir de sécurité, ouvre la porte et sort, et il faut plus qu'une Japonaise à poil pour attirer l'attention au milieu du gigantesque bordel qui règne aux abords du pont.

Mais le plus dingue de l'histoire, et Boomzilla capte mal, au point qu'il lui faut sortir pour y réfléchir en grillant sa dernière Marlboro russe, c'est que sur tous les écrans du pylône vidéo c'est cette fille qu'on voit, vêtue de son seul sourire.

Boomzilla y pense encore, alors qu'il vient de tirer l'ultime taffe, et il pense aussi qu'il se ferait bien un chausson aux pommes réchauffé au micro-ondes, un vrai petit déjeuner d'homme d'affaires selon lui, et il a de quoi se le payer, alors il retourne dans le magasin mais ils en ont plus, les pompiers les ont tous bouffés.

« Leur mère, à ces cons, dit-il aux vigiles. Pourquoi vous m'en faxez pas un de ce putain de Paris. »

Sur ce, il se fait virer.

69
Il faut du temps pour tout

Rydell se réveille dans la douleur – ses côtes sont en feu – tout en ayant le sentiment d'être le plus proche possible de sa conception du paradis… ce sac de couchage de très haut de gamme, miraculeusement sec, et Chevette à côté de lui, aussi reste-t-il là, à écouter les vrombissements des hélicoptères grouillant dans le ciel comme des libellules, se demandant si cet adhésif pour conduits de PVC qui lui ceint le torse ne recèle pas quelque produit nocif.

Ils avaient trouvé ce sac, dans sa housse hermétique, juste après la première trombe d'eau, accroché à l'un des piquets qui avaient retenu le deltaplane de l'homme à l'écharpe. Il ne pouvait y avoir de meilleure trouvaille que celle vous offrant de vous débarrasser de vos vêtements trempés et de vous glisser dans cette enveloppe sèche et chaude et probablement pare-balles, un article qui devait coûter cher. Et contempler les lourds porteurs qui arrivaient, énormes cargos volants déviés de leur destination, obéissant, apprendrait-on plus tard, à un plan de lutte contre le feu établi sept ans plus tôt par des planificateurs de NoCal, et éteignant l'incendie sur

Treasure Island et balançant aussi des tonnes de flotte sur la travée centrale. Et chaque appareil, une fois ses soutes vidées, reprenait brusquement de l'altitude, alors que le suivant arrivait dans une espèce d'étrange noria éléphantesque.

Et se tenir serrés l'un contre l'autre, là-haut, dans l'aube grise, la brise de mer emportant au loin l'odeur de cramé.

Rydell, tout à fait réveillé maintenant, contemple l'épaule nue de Chevette sans penser à rien d'autre, bien que l'idée d'un petit déjeuner commence de faire son chemin dans sa tête, mais cela peut attendre.

« Chevette ? » La voix provient d'un minuscule haut-parleur. Il lève les yeux et voit un ballon de mylar portant une caméra dont l'objectif est braqué sur eux.

Chevette s'étire. « Tessa ?

— Ça va ?

— Ouais, répond-elle d'une voix ensommeillée. Et toi ?

— C'est un long métrage, dit la voix. Un grand film, gros budget, j'ai des images que tu peux pas imaginer.

— Comment ça, un long métrage ?

— Ouais, c'est même signé. Les bandes sont déjà expédiées. Mais qu'est-ce que tu fais sur ce toit ?

— J'essaie de dormir. » Et Chevette roule sur le côté et rabat le haut du sac sur sa tête.

Rydell regarde le ballon qui se balance au-dessus d'eux pendant un instant encore et puis prend du recul.

Il se redresse sur son séant et se frotte le visage. Se glisse hors du sac, se lève, homme nu au torse bardé d'adhésif argenté, se demandant sur combien d'écrans de télé il est en train d'apparaître. Il claudique un peu jusqu'à la trappe, descend dans l'obscurité du logement, et urine contre un mur.

« Rydell ? »

Il sursaute, se pisse un peu sur le pied.

C'est Creedmore, assis par terre, les genoux repliés, la tête mouillée entre ses mains. « Rydell, t'aurais rien à boire ?

— Qu'est-ce que tu fous, ici, Buell ?

— J'me suis réfugié dans la serre en bas, parce que j'pensais qu'il y aurait de l'eau là-dedans, et puis j'me suis dit que j'allais y cuire comme un putain de poisson, alors j'ai grimpé jusqu'ici. Bande de bâtards.

— Qui ça ?

— J'suis niqué, dit Creedmore, ignorant la question. Randy a annulé mon contrat et ce putain de pont a cramé. Tu parles d'un début dans le show-biz, hein ?

— Tu devrais en faire une chanson. »

Creedmore lève vers lui un regard désespéré. Déglutit. Quand il reprend la parole, il n'y a plus dans sa voix une seule trace d'accent du sud. « T'es vraiment du Tennessee ?

— Bien sûr, répond Rydell.

— Putain, j'aimerais bien, moi aussi, dit Creedmore d'une petite voix qui résonne cependant dans cette boîte vide, la lumière entrant par la trappe dans le toit.

— Tu es d'où, Buell ?

— Du New Jersey, merde », dit Creedmore, l'accent lui revenant.

Et il se met à pleurer.

Rydell remonte et s'arrête en haut de l'échelle dès qu'il a la tête à l'air libre et il regarde dans la direction de San Francisco. Il ne sait pas ce que Laney avait en tête en racontant que le monde allait changer, parce qu'apparemment les choses n'ont pas l'air d'avoir bougé.

Rydell regarde le sac de couchage noir et voit qu'il contient ce qu'il désire le plus au monde, désire chérir, et une saute de vent lui ébouriffe les cheveux et, quand il grimpe le reste des échelons et sort au soleil, il entend Creedmore qui pleure dans la pièce en bas.

70
Visite de politesse

Dans le taxi qui l'emmène au siège de Transamerica, il ferme les yeux et revoit la montre qu'il a donnée au garçon, sur le cadran de laquelle le temps ne tourne que dans une seule direction, le temps intérieur, lui, allant maintenant sans gouvernail après qu'une étrangère a pris fugitivement le visage de Lise. Les aiguilles de la montre tracent une orbite de radium, et il ressent en ce matin comme une spirale de possibilité sans frein, bien qu'elle ne soit pas pour lui.

Le pont, derrière lui maintenant, à jamais peut-être, est un moyen de transport devenu destination : air iodé, néons de récupe, cris des mouettes surfant sur le ciel. Il a entraperçu là les contours d'une vie qui a quelque chose d'ancien, d'éternel. Un désordre de façade plaqué sur des valeurs immuables.

Peut-être est-il resté trop longtemps à la solde et dans la compagnie de ceux qui commandent au monde extérieur. Ceux dont les moulins moulent un grain de plus en plus fin, avec pour but quelque point oméga d'information pure, quelque prodige perpétuellement sur le point de se produire. Une chose qui, il le sent, n'arrivera jamais, en tout cas pas sous la forme que ses employeurs ont imaginée.

Dans l'atrium, il déclare être venu faire une visite de politesse. Il est, sur les ordres de Harwood, désarmé, fouillé, menotté et emmené par ses sept gardes du corps dans un ascenseur.

Et alors que les portes se ferment, il est heureux qu'ils soient excités et inexpérimentés, et d'avoir les mains liées devant lui, et non dans le dos.

Le temps que l'appareil atteigne l'étage où Harwood a son bureau, il sera seul.

Il touche la boucle de sa ceinture et pense à cet outil aussi simple qu'efficace qui est caché entre les couches de ce beau cuir italien.

Et en cet instant il éprouve un puissant sentiment d'existence.

71
Yamazaki

Yamazaki, pâle et tendu, descend dans le métro à la première heure de rush. Un homme l'accompagne, un Australien, très grand, le crâne rasé, une oreille mutilée.

« Vous saviez qu'il était ici ? demande l'homme.

— Il désirait que je garde le secret, répond Yamazaki. Je suis désolé. »

Yamazaki guide l'Australien jusqu'à la cité de carton et désigne l'abri de Laney.

« Celui-ci ? »

Yamazaki hoche la tête.

L'Australien sort un couteau dont une pression libère une longue lame aux deux tranchants en dents de scie. Il fend le toit et le soulève comme le couvercle d'une boîte de céréales, et Yamazaki voit les autocollants de Cody Harwood qu'il a entrevus une fois.

L'Australien, immobile, regarde fixement à l'intérieur du carton. Yamazaki, lui, n'est pas encore prêt à en faire autant.

« Que fuyait-il ? » demande l'Australien.

Yamazaki lève la tête et plonge son regard dans les petits yeux férocement intelligents au milieu d'un visage d'une repoussante brutalité. « Il ne fuyait pas, dit le Japonais. Il allait vers quelque chose. »

Un train arrive dans les profondeurs de la station, soufflant une vague d'air chaud en direction de la rue et de la nouvelle journée qui commence.

72
Fontaine

Fontaine revient de la carcasse calcinée du côté de Bryant avec un gallon d'eau minérale et deux sandwiches de la Croix-Rouge. C'est bizarre, là-bas, très scénario postcatastrophe et pas vraiment de son goût. Les véhicules des médias sont plus nombreux que ceux des secours, qui sont pourtant en nombre. Il y a peu de victimes, a-t-il appris, et il porte cela au crédit des gens du pont et de leur acharnement à survivre et de leur croyance dans l'entraide improvisée. Il pense aussi qu'il ne connaîtra jamais les causes de tout ça, même après tout ce qui s'est passé dans sa boutique.

Il espère que Chevette et son ami seront passés à travers, mais il a le pressentiment que tout va bien pour ces deux-là, et le professeur est parti, accomplir quelque mission propre à ce genre d'homme, le genre d'affaire dont il vaut mieux ne rien savoir. Il lui faudra annoncer à Martial que son pistolet a disparu, mais ce n'est pas une mauvaise chose. (Dans la rue devant la boutique quelqu'un a répandu un sacré paquet de ce qu'ils appellent du Kil'Z, au cas où l'incroyable trace de sang qu'a laissée le pistolet à chaîne se révélerait sévèrement séropo.)

En arrivant dans le magasin il entend quelqu'un balayer le verre brisé, et il voit que c'est le garçon, ses pieds plats chaussés de ses grandes tennis blanches et il observe que le petit a fait du bon boulot, vraiment, jusqu'à replacer sur les étagères les objets qui ont échappé au massacre. Cette pièce chromée qui ressemble à un gros shaker ou une Thermos trône à la place d'honneur, derrière le comptoir, entre des soldats de plomb et une paire de vases époque des tranchées, martelés dans des culots d'obus.

« Où est-ce qu'elle est allée ? » demande Fontaine.

Le môme s'arrête de balayer, soupire, se penche en se tenant au manche et ne dit rien.

« Partie, hein ? »

Le garçon hoche la tête.

« Sandwiches, dit Fontaine, et il lui en donne un. On va devoir vivre à la dure pendant quelque temps, ici. » Il regarde de nouveau le cylindre étincelant. Il sait que celui-ci ne contient plus celle qui en jaillissait dans une splendeur lumineuse. L'objet fait maintenant partie de l'histoire, comme ces grosses douilles d'obus d'une guerre ancienne et transformées en vases. Tel est le mystère des choses.

« Fontaine. »

Il se retourne, voit Clarisse avec un sac de provisions dans les bras. « Clarisse. »

Il y a quelque chose de troublé dans ces yeux vert marin, quelque inquiétude, quelque sillage laissé par la peur. « Tu vas bien, alors ? elle demande.

— Oui, dit-il.

— J'ai cru que tu étais mort, Fontaine.

— Non.

— Je t'ai apporté de quoi manger.

— Les enfants, ça va ?

— Ils ont eu une sacrée frousse. Ils sont avec Tourmaline.

— Moi aussi, j'ai eu la frousse. »

Un sourire danse aux coins de la bouche de Clarisse. Elle avance, pose le sac, et effleure d'un baiser les lèvres de Fontaine.

« Merci, dit-il en soulevant le sac qui est lourd et dégage une odeur appétissante. Merci, Clarisse. »

Il voit des larmes brouiller le vert marin. « Salopard, dit-elle, qu'est-ce que tu as fait de mes poupées ?

— Je suis désolé, dit-il, mobilisant tout son sérieux, mais elles ont péri dans ce terrible incendie. »

Et tous deux se mettent à rire.

73
Silencio

« Où tu l'as trouvée ?

Treasure Island. » Le garçon ment. Il tend la montre, une belle pelure brune de corrosion sur tout le boîtier.

Silencio examine à la loupe ce petit macaron de métal. Il gratte la rouille avec une pointe. « Acier inoxydable », dit-il, sachant que le gosse prendra ça pour une bonne chose, moins bonne toutefois que si c'était de l'or. Il en tirera au moins de quoi manger.

« Je veux que tu la répares. »

Silencio enlève la loupe de son œil et regarde le môme, comme s'il remarquait sa présence pour la première fois.

« Je veux que tu la répares. » Le gosse fait un geste de la main vers les montres rangées sous le verre du comptoir.

« Le lit, dit Silencio. Tu étais là avec Sandro, quand on a restauré cette Vacheron. »

Silencio rapporte de la remise le lit de réparation, un coussin carré de trente centimètres de côté. Il le pose sur le comptoir, et le garçon se penche pour voir la surface verte et veloutée, faite de millions de manipulateurs.

Silencio place la montre sur le lit. Ils l'observent se soulever toute seule sur la tranche, puis s'enfoncer dans le coussin, et disparaître comme une pièce de monnaie dans de la boue...

Silencio consulte l'heure à la montre qu'il porte à son poignet, une Jaeger LeCoultre, RAAF. « Neuf minutes, dit-il. J'ai fait du café.

— Je veux voir, dit le garçon.

— Il y a rien à voir. »

À l'intérieur du lit, le mécanisme rouillé de la montre est étudié et désassemblé. Les molécules se mettent en mouvement. Dans neuf minutes, la montre ressortira, brillante et parfaite comme le jour où elle a quitté sa fabrique en Suisse.

« Je veux voir », dit le garçon.

Silencio comprend. Il va chercher le café.

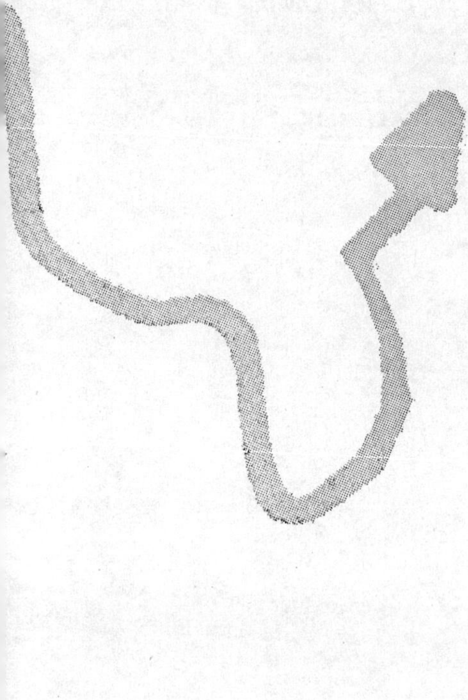

Impression réalisée sur CAMERON par

BRODARD & TAUPIN

GROUPE CPI

La Flèche
en mai 2001

Imprimé en France
N° d'impression : 7349
Dépôt légal : mai 2001
ISBN : 2-84626-012-5